법
정

소 설

무소유

정찬주 장편소설

열림원

진리의 門을 가리켜주신

영혼의 스승 법정스님께

향 하나 사르며

부끄러운 이 책을 올립니다.

어떤 꽃을 피울지 생각하라

아름다운 봄날,

꽃이 피고 새소리가 가득한 불일암!

텅 빈 산골에 꽃비가 내리고 있습니다.

스님께서 1975년 4월 19일 불일암에 첫걸음을 하셨을 때

지금처럼 활짝 핀 벚꽃의 순수함에 반하여 이곳에

살아야겠다고 하셨다지요.

유난히도 꽃을 사랑하셨던 스님!

'봄꽃처럼 맑고 향기로운 삶을 피워야 한다'고 말씀을 남기시고

아름다운 봄날에 홀쩍 떠나시니 그 향기가 그립습니다.

스님이 떠나신 그 자리에 스님의 무소유의 삶의 향기가

가득합니다.

평소 단순함과 간소함으로 홀로 있음을 즐기시고

침묵으로 자기 질서에 투철하셨던 스님!

출가 수행자는 고독 위에 우뚝 서야 한다고 저에게 말씀하셨지요.

홀로 외롭게 고독하게 수행하시며 더불어 사셨던 스님!

이제 스님의 빈자리를 그리워하며 스님께 불명을 받은

정찬주 무염 無染 거사가 『소설 무소유』로 스님의 보이지 않는

옛 그림자를 좇아갑니다.

오랜 시간 동안 스님을 가까이하면서 스님의 향기를 담은

『소설 무소유』,

이 책 속에서 스님의 따스한 마음과 무소의 뿔처럼 살아오신

수행의 여정을 담아 늘 깨어 있는 삶과 맑은 가난의 행복함과

소박함의 가치를 세상에 전해주고 있습니다.

그리하여 『소설 무소유』는 살아가는 데 우리 삶의 나침반이

되리라 믿습니다.

스님! 무소유의 산실인 조계산에는 스님의 솔바람이 그윽합니다.

'아름다운 계절에 여러분이 어떤 꽃을 피울지 생각하라'는

마지막 스님의 법문!

'무소유란 아무것도 갖지 않는 것이 아니라 불필요한 것을

갖지 않는 것'이라는 진리를 가슴속에 새기며 영원한 스승의

가르침을 수행의 지침으로 삼고 살겠습니다.

더불어 우리 모두 무소유의 향기 속에서 모두가 행복하길

기도합니다.

2010년 4월 19일 꽃비가 내리는 날에

덕조스님(불일암 암주, 만상좌)

스승의 고원한 영혼의 비상을 따라

스님은 한 생애를 던져 투과하며 화살처럼 곧게 날아가셨고,

색깔 없는 수행자의 옷을 입고

가장 깊은 은자처럼 살면서도 세상을 그토록 내밀하게 열애하셨으니,

가장 높고 어려운 것을 가장 단순하고 쉽게 말하고,

말보다 행으로, 행보다 존재로 먼저 드러내 보이셨으니,

그 가운데 처음부터 끝까지 한순간도 외로움의 지존과

청정함의 아름다움을 잃지 않으셨으니,

도대체 누가 또 그렇게 한단 말인가.

스님은 자신을 누구와도 비교하지 않았고

그 어떤 시선도 의식하는 법이 거의 없었으며,

자기에게 속지도 않고 자신을 속이지도 않았다.

오로지 외롭고 진실하게 자기다움을 지켜갔으며,

스님을 믿고 따르는 사람들에게는 그것이 힘과 기상으로도 보였다.

작가 무염 無染 정찬주의 이 『소설 무소유』는
과장이나 왜곡 혹은, 소설적 상상력으로 섣부른 감동을 겨냥하지 않는
전기소설의 실증적 리얼리즘과, 스승의 고원한 영혼의 비상을
따라 오르는 진실한 자기수행의 가파른 노력이 절묘하게 결합된
그 결실이다.

2010년 4월 19일 좋은 날에

덕현스님(봉화 법화도량 주지)

차례

1장

고향 바다

법정스님이 태어난 선두리마을과 우수영초등학교

싸락눈

바다가 잠을 이루지 못했다. 북풍이 잔 뒤에도 파도는 새벽녘까지 크게 출렁거렸다. 파도소리가 좁은 고샅길까지 올라왔다가 스러졌다. 고샅길은 석성과 토성 안으로 손금처럼 뻗어 있었다. 동헌과 군기고, 영창이 있었던 선두리마을 일대는 지금도 집단 거주지로서 면사무소와 초등학교가 있고, 식당과 크고 작은 가게가 많았다. 닷새마다 장이 서면 배를 타고 온 섬사람들로 북적거렸다. 청년이 사는 초가는 선창에서 뻗은 고샅길이 가랑이처럼 두 갈래로 갈라지는 곳에 있었다.

청년은 밤새 파도같이 몸을 뒤척였다. 사흘째였다. 눈을 감아도 잠이 오지 않았다. 누운 채 파도소리를 들으며 할머니 몰래 눈물을 흘렸다. 온갖 추억과 감정이 소용돌이쳤다. 눈물은 눈가에서 말랐다가 또 흐르곤 했다. 청년은 피가 나도록 입술을 깨물었다.

'고향을 떠나자!'

먼동이 트자 고샅길을 채운 어둠이 뒷걸음쳤다. 청년은 심장이 터질 것 같아 더 이상 드러누워 있지 못했다. 가을 내내 대학 교정에서 입고 다녔던 단벌 점퍼를 걸치고는 집을 나섰다. 판자문이 날카롭게 소리 냈지만 일어난 식구는 아무도 없었다. 작은아버지 식구가 자는 초가나 할머니와 어머니가 자는 행랑채 방들 모두 조용했다.

청년은 새벽 찬 공기를 해장술처럼 들이켰다. 답답했던 목구멍이 조금 시원했다. 숨 쉬기가 편안해졌다. 청년은 망해산으로 가는 고샅길을 따라 걸었다. 산자락은 바람벽처럼 선두리마을을 에워싸고 있었다. 산 정상에 오르면 바다와 섬들이 한눈에 들었다. 명량바다 건너편에 진도가 보이고, 진도 해안을 따라 양도, 녹도, 혈도가 동그란 연잎처럼 띄엄띄엄 자리 잡고 있었다.

고샅길은 초등학교와 면사무소 공터에서 끝이 났다. 면사무소 뒤 토성을 넘어서부터는 자드락길이었다. 된서리가 내린 자드락길은 광목천을 펼쳐 놓은 듯 하얗게 변해 있었다. 자드락길을 가로막은 솔가지들이 청년을 때렸다. 청년은 심신이 지쳐 있었다. 자드락길이 미끄러웠으므로 큰 키가 휘청했다. 조선수군 경계초소였다고 전해지는 산봉우리에 이르자 등대 불빛이 멀리서 손짓하듯 가물거렸다. 해가 뜨면 저절로 꺼지는 무인등대였다.

등대지기.

청년은 보통학교(현 초등학교) 때 등대지기를 동경했다. 등대지기로 혼자서 사는 것이 꿈이었다. 집을 떠나 등대를 벗 삼아 살고 싶었다. 등대지기가 되어 섬으로 들어간다면 멍하니 먼 산이나 바다를 바라보며 혼자 있기를 좋아하는 소년은 집을 떠날 수 있기 때문이었다. 할머니가 그리울 테지만 별수 없었다. 소년은 늘 할머니 치마꼬리 뒤를 강아지처럼 졸졸 따라다녔던 것이다. 밤에는 할머니 팔베개 위에서 소금장수 같은 옛이야기들을 듣고 잠을 잤다. 소년은 할머니가 심부름을 시키면 어디라도 갔다가 왔다. 마을 가게에 없는 귀한 일제 말엽 담배를 10리가 넘는 시골길을 걸어가 구해다드린 적도 있었다. 할머니는 언제나 소년이 잘못을 해도 감쌌다. 소년이 중학교를 가지 않고 등대지기가 된다 해도 이해해줄 분이었다. 소년이 거짓말을 해도 믿어주는 이 세상에 단 한 사람이었다.

소년은 보통학교를 졸업하던 해에 등대지기 꿈을 접었다. 등대지기가 아니더라도 집을 떠날 수 있는 길이 생겼다. 할머니가 작은아버지를 졸라낸 데다 작은아버지 역시 공부 잘하는 소년에게 큰 기대를 걸고 목포로 유학을 보내주었던 것이다. 작은아버지는 선창 매표소에서 배표를 팔아 그나마 형편이 좀 나은 사람이었다.

하늘이 점점 푸른 빛깔로 바뀌었다. 선착장에서 뱃고동 소리가 울렸다. 완도에서 올라온 첫 여객선이 접안하고 있었다. 청년은 손을 들어 불이 꺼진 등대와 작별했다. 등대지기 추억마저 화장하여 재를 뿌리듯 바다에 버렸다. 그렇다고 이루지 못한 꿈의 그림자조차 사라질 것 같지는 않았다. 빗물처럼 어디론가 스며들었다가 어느 날 문득 고독한 인연의 업이 될 터였다.

청년은 자신이 다녔던 초등학교로 갔다. 학교 뒤편으로 해가 떠올랐다.

학교는 서해바다를 응시하고 있었다. 일출보다는 일몰이 장엄하게 보이는 학교였다. 청년은 운동장을 천천히 가로질러 갔다. 운동장은 널판자처럼 단단하게 얼어 있었다. 방학을 하여 아이들은 한 명도 보이지 않았다. 또다시 바람이 불고 해가 구름에 가렸다. 바람이 교실 외벽에 붙은 검은 판자를 뜯어갈 것처럼 매섭게 불었다. 운동장 가에선 해송이 우-우-우 하고 울음소리를 냈다. 향나무도 덩달아 울었다.

1943년 보통학교 5학년 때였다. 담임선생은 목포에서 온 조선 사람이었다. 그는 일본인과 똑같이 하고 다녔다. 어디서나 일본말을 했고 학생들도 일본말을 사용하도록 지시했다. 급장에게 일본말을 쓰지 않는 학생을 감시하여 적발하도록 했다. 일본 신사처럼 가운데가르마를 타고 검은색 양복을 입고 다니는 유일한 선생이었다.

소년은 자신도 모르게 담임선생을 외면하고 다녔다. 반감의 표시였다. 수업시간에도 집중하지 못했다. 산수시간이었다. 담임선생이 고무타이어로 만든 슬리퍼를 끌고 들어왔다. 키가 큰 소년은 뒷줄에 앉아 무심코 투덜거렸다. 그 소리가 담임선생의 귀에까지 들렸다.

'조선 사람이 일본인 행세를 하다니.'

담임선생의 눈초리가 박재철 소년에게 꽂혔다. 선생은 학생들이 보는 가운데 자신을 능멸했다고 턱을 떨었다. 조선말로 자신을 비아냥댔다고 분기탱천했다.

"빠가야로!"

소년은 교탁 앞으로 불려갔다. 학생들이 일제히 담임선생을 주시했다.

고향 바다

담임선생이 슬리퍼를 벗어 무자비하게 가격했다. 처음에는 뺨을 십여 차례 때렸고, 나중에는 머리를 마구 후려쳤다. 코피가 터졌고 뺨이 시퍼렇게 멍들었다. 그래도 소년은 물러서지 못했다. 학교 말고는 갈데가 없었다. 옆 반 학생들까지 몰려와 발을 동동 굴렀다. 다른 반 선생이 달려와 말리는데도 담임선생은 분을 삭이지 못했다.

소년은 급장에게 이끌려 우물로 갔다. 마을사람들과 함께 사용하는 공동 우물이었다. 얼굴을 씻고 옷에 묻은 피를 닦았다. 아낙네들이 혀를 찼다.

"밤샘떡 아들 재철이잖어. 누가 고등애같이 깡깡한 애를 팼디야."

"쯧쯧. 밭일 나간 밤샘떡 아짐이 보면 얼매나 부애가 날꼬."

소년은 아낙네들보다는 몰려든 여학생들에게 자신의 모습을 보여주는 것이 부끄러웠다. 얼굴을 씻는 둥 마는 둥 한 채 물 한 모금으로 입안을 헹구고는 교실로 걸어갔다.

"재철아, 니 맞을 때 나도 아조 죽겄드라. 우리 반 아이들이 모다 속으로 울었어야."

급장이 뒤따라오며 위로했지만 귓등으로 흘렸다. 소년은 마지못해 한마디 했다.

"산수를 좋아했는디, 지금부텀 산수를 멀리할 것 같어야."

"그렁깨 담임선생님한테 잘못했다고 숭내라도 내라. 니만 손핸깨."

소년은 끝내 담임선생을 찾아가 빌지 않았다. 산수시간이 되면 내내 창밖에 눈을 주곤 했다. 교실에서 가장 가깝게 보이는 섬은 양도羊島였다. 어른들은 맴생이섬이라고 불렀다. 양도에 사는 어부들이 염소를 방목해 키우고 있었던 것이다. 소년은 산수시간만 되면 보물찾기하듯 섬 숲속에서 염소를 찾았지만 한 번도 보지 못했다. 푸른 소나무 숲에 깃든 학들이 흰 빨래처럼 언뜻언뜻 보일 뿐이었다.

청년은 운동장을 지나 교문을 빠져나왔다. 학교 앞 문방구점은 두 집 모두 닫혀 있었다. 구멍가게보다 규모가 큰 상회商會만 사람들이 갈탄 난롯가에서 불을 쬐고 있었다. 상회에는 옷, 탁상시계, 농기구, 고기그물, 과일, 담배 등등 온갖 물건들이 가득 진열되어 있었다.

청년이 8살 때였다. 보통학교를 입학한 뒤 할머니를 따라 상회로 옷을 사러 갔다. 옷은 소년의 생일 선물이었다. 상회로 사람들이 몰리는 까닭은 경품을 주기 때문이었다. 물론 경품용지를 잘못 뽑으면 허방도 있었다. 상회 주인은 할머니가 쌈짓돈을 꺼내 옷을 사자, 소년에게 경품을 뽑도록 용지를 내밀었다. 소년은 사발처럼 생긴 탁상시계를 갖고 싶어 마음을 졸였다. 그러나 소년이 뽑은 용지에는 '원고지 한 묶음'이라고 쓰여 있었다. 소년은 실망하여 주저앉았으나 할머니가 그의 손을 낚아챘다.

"박기배 씨 조카 맞제. 추웅께 들어와 따땃하게 불 좀 쬐고 가소."

청년은 상회를 지나쳐 선창 채마밭 쪽으로 갔다. 원래는 공터였는데 겨울배추가 파랗게 덮고 있었다. 하늘이 더 흐려졌다. 차가워진 바람의 기세로 보아 비보다는 싸락눈이 내릴 날씨였다. 청년은 진저리를 쳤다.

3년 전이니까 청년이 21살 때였다. 청년은 6·25전쟁 때 행랑채 골방에서 숨어 지냈다. 인민군과 경찰은 선창가 공터에 마을사람들을

고향 바다

불러 모아놓고 한두 명씩 총살을 했다. 공터에는 늘 붉은 피가 얼룩져 있었다. 인민군이 들어오면 경찰을 도왔던 사람이 죽고, 경찰이 들어오면 인민군 편에 섰던 부역자들이 죽었다. 청년의 보통학교 동창들도 끌려나와 죽었다. 마을사람을 살리기 위해 먼저 나가 죽은 똑똑한 사람도 있었다. 청년은 이편도 저편도 아니었다. 그래도 사람이 죽었다는 소식을 들을 때마다 가슴이 철렁 내려앉았다. 죄책감으로 신경은 바늘처럼 날카로워졌다. 할머니가 차려주는 밥에 차라리 독毒이라도 들었으면 하고 바랄 때가 한두 번이 아니었다. 보통학교 시절 내내 떠나고 싶었던 고향집에 다시 가두어진 자신이 무기력할 뿐이었다.

청년은 돌멩이를 하나 들어 바다로 던졌다. 돌멩이처럼 악연의 시간들을 수장했다. 그래야만 고향을 뒤돌아보지 않고 떠날 수 있을 것 같았다. 청년이 던진 돌멩이는 다시 나타나지 않았다. 바닷물이 말라 천지개벽이 이루어진다 해도 누구도 찾지 못할 터였다. 청년에게는 악연이 하나 바닷속으로 잠긴 셈이었다.

마침내 소금처럼 딱딱한 싸락눈이 내리기 시작했다. 소나기가 내리듯 다급하게 떨어졌다. 청년의 집으로 난 고샅길에 연기가 흩날렸다. 청년이 묵고 있는 행랑채 굴뚝에서 나는 연기였다. 청년의 어머니가 아궁이에 불을 지피고 있었다. 할머니와 작은아버지 식구들은 모두 겨울배추 밭일을 나가고 없었다.

청년은 행랑채 골방으로 돌아와 여행가방 속에 책을 챙겼다. 고향을 떠나 어느 절을 가더라도 몇 권의 책은 가지고 가려 했다. 모든 것은 다 두고 가더라도 아끼는 책마저 놓고 갈 수는 없었다. 6·25전쟁이 끝난 직후부터 불어댄 영어 광풍은 청년도 예외는 아니었다. 영어를 잘해야 출세할 것 같고, 모르면 낙오자가 될 것 같은 분위기였다. 그래서 청년은 일찌감치 『영한사전』 한 권을 여행가방 속에 넣어두고 있었다. 나머지 책들은 행랑채 궤짝 속으로 들어갔다 나왔다가를 수십 번이나 반복했다. 청년은 최후로 세 권을 정했다. 이미 결정한 『영한사전』에다 고3 때부터 탐독했던 니시다 기타로가 쓴 『선善의 연구』, 그리고 당시 국내 최고의 문장가가 쓴 문고판 수필집 한 권을 넣었다. 서옹스님이 추천한 『임제록』은 결국 뺐다. 백양사 목포포교당인 정혜원에서 불교학생회 총무 일을 볼 때 구입했던 불교서적들 가운데 읽고 또 읽었던 책이 『임제록』이었던 것이다.

청년은 할머니가 집에 없었으므로 쉽게 발걸음을 뗐다. 홀로 남게 될 어머니에게는 거짓말을 했다. 스님이 되러 절로 간다는 말은 차마 하지 못했다.

"친구 집에 다녀오겠습니다."

"눈이 옹깨 날이나 좋아지면 가제 그라냐."

"약속을 했으니 갔다가 오겠습니다."

"니 할머니 기다리싱깨 그래. 어만 디로 빠져불지 말고 얼릉 와."

싸락눈이 미친 듯 흩날렸다. 허공을 가득 메워버렸다. 청년은 고개를 숙인 채 돌담 사이로 난 고샅길을 빠져나오다가 마지막으로 뒤를 돌아보았다. 어머니가 판자문 밖으로 나와 청년을 지켜보고 있었다. 잠깐 동안이었지만 어머니와 청년의 검은 머리카락이 하얗게 셌다. 청년은 문득 어머니가 낯설었다. 순식간에 수십 년이 흘러버린 듯했다.

고향 바다

'저분이 내 어머니인가.'

청년이 인정하는 어머니는 여동생이 생기기 전의 어머니였다. 밭을 매면서도 치마 끝에 흙을 묻히지 않는 정갈한 어머니였다. 청년이 4살 때 폐병으로 돌아가신 아버지 제삿날에 정성을 다해 상을 차리는 어머니였다.

그런데 싸락눈을 뒤집어쓴 어머니는 탈속하여 그 무엇도 아닌 모성만 남은 어머니였다.

청년은 눈물이 날 것 같아 더 서 있지 못했다. 선창으로 도망치듯 걸어갔다. 마침 작은아버지는 배표를 팔지 않고 있었다. 청년은 사람들에게 둘러싸여 배표를 팔고 있는 한 사내에게 목포행 배표를 끊었다.

바닷물 색깔은 잿빛이었다. 바람이 계속 불어 바닷속 갯벌이 뒤집혀 물 색깔이 달라져 있었다. 청년은 싸락눈이 흩뿌리는 선창가로 나가 배를 기다렸다. 청년의 입술은 금세 파랗게 변했다.

목포의 눈물

목포 선착장에서 내린 청년은 타고 온 여객선을 한동안 바라보았다. 갈매기 서너 마리가 뱃머리 위로 날았다. 어린 바닷고기를 부리에 문 갈매기는 멀리 날아갔다. 아무것도 물지 못한 갈매기들만 뱃머리 위아래로 선회했다. 갈매기에 낚인 어린 고기는 불행하겠지만 고기를 낚은 갈매기는 행복할 터였다. 세상 사람들의 삶도 부조리하기는 마찬가지였다. 가난한 이의 불행이 부유한 이에게는 행복의 밑거름이 되곤 했다. 세상 사람들 모두가 행복하기란 불가능했다. 행복이건 불행이건 대물림하는 것이 현실이었다.

흰 눈이 나붓나붓 날렸다. 해남 고향에서는 싸락눈이었는데 목포 객지에서는 흰 눈으로 바뀌어 내렸다. 부둣가 길바닥은 금세 흰 눈이 점령했다. 거지 아이 두 명이 깡통 불을 피우다가 청년에게 다가와 땟물 전 손을 내밀었다. 6·25전쟁이 끝난 뒤부터 갑자기 생겨난 부둣가

고향 바다

풍속이었다. 전쟁고아들이었다. 청년은 배표를 끊고 남은 잔돈을 거지 아이들에게 주었다. 돈을 받은 거지 아이가 물러가자 이번에는 다른 거지 아이들이 떼로 몰려왔다. 청년은 부둣가를 벗어나 골목길로 들어섰다.

청년은 거지 아이들을 따돌리면서 도리질을 했다. 거지 아이들 눈망울이 중학교 시절의 씁쓸한 기억을 떠올리게 했다. 중학교 2학년 1학기 때였다. 납부금을 낼 시기가 되었는데도 작은아버지가 돈을 보내주지 않았다. 할 수 없이 어린 그는 일요일에 우수영 선두리마을로 내려갔다. 할머니에게 먼저 일러바치듯 하소연하자 작은아버지를 마루로 불러 말했다.

"여그 앙거봐라. 애기 가심이 얼매나 탔으믄 내려왔겄냐. 이왕 줄거 싸게 줘뿌러라."

작은아버지는 실제로 그때 호주머니 속이 궁해 있었다.

"수금이 잘 안돼그만이라우. 걱정 마쇼잉. 해결해줄 텡깨요."

"선상님이 애린것을 자꼬 찔벅거린디야. 얼릉 줘뿌러라. 내 앞에서 애기가 울돌목 우는 소리를 내는디 으짤 것이냐."

할머니 말에 작은아버지가 난감해했다. 동네 사람이 꼬리를 흔드는 진돗개를 보면서 '저 노므새끼 꼴랑지를 콱 뽑아뿌릴 것이여!' 하고는 집을 나갔다. 어린 그는 막배를 타려면 일어서야 했다. 막배를 놓치면 하루를 결석해야 하기 때문이었다. 어린 그는 울면서 고샅길을 나섰다. 그러자 집 한 귀퉁이에서 풀빵 장사를 하던 사람이 달려와 '니 작은아부지와 나중에 셈허면 됑께 이 돈 갖꼬 올라가뿌러라' 하고 달랬다.

납부금은 청년을 대학교 때까지 괴롭혔다. 고등학교 때는 밤에 인쇄소로 가 심부름하며 생활비를 벌어 보탰지만 그래도 보릿고개처럼 한 번씩 궁핍한 시기가 찾아와 청년을 뒤흔들었다. 납부금으로부터 자유로워진 것은 대학을 중퇴한 이후였다. 학교에 대한 집착을 놓아버리자 납덩이처럼 짓누르던 괴로움이 사라졌다. 중퇴를 결심하고 난 뒤의 마음은 오랫동안 목에 걸린 가시가 뽑혀진 것처럼 후련했다.

청년이 자주 갔던 정혜사는 유달산 노적봉으로 올라가는 중간쯤에 있었다. 청년은 눈 쌓인 골목길에 발자국을 반듯하게 밟으며 올라갔다. 여행가방은 책이 세 권만 들었으므로 가벼웠다. 무엇을 넣으려 해도 남은 식구들에게 미안하여 더 담을 수 없었던 것이다. 할머니가 피울 담배 열 갑을 샀고, 통장에 남은 돈은 어머니가 쓸 것이고 옷가지와 소설책과 시집, 공책 등은 어린 여동생이나 사촌동생들의 몫이었다.

눈송이는 날벌레가 날아다니듯 분주했다. 유달산 산자락과 언덕빼기도 솜을 쌓아놓은 것 같았다. 눈발 사이로 삼학도 앞으로 지나가는 통통배가 흐릿하게 보였다. 중학교 시절 교정에서 넋을 잃고 바라보던 삼학도였다. 교정에서 가끔 바닷가로 내려가 콧노래나 휘파람을 불 때도 있었다. 노래는 힘들고 외로운 고비를 견디게 했다. 어머니가 이따금 흥얼거렸던 〈목포의 눈물〉을 3절까지 휘파람으로 부를 때면 자신의 곤궁한 처지가 잊혀졌다.

사공의 뱃노래 가물거리며 삼학도 파도 깊이 스며드는데
부두의 새아씨 아롱 젖은 옷자락 이별의 눈물이냐 목포의 설움

고향 바다

삼백 년 원한 품은 노적봉 밑에 님 자취 완연하다 애달픈 정조
유달산 바람도 영산강을 안으니 님 그려 우는 마음 목포의 노래

깊은 밤 조각달은 흘러가는데 어찌타 옛 상처가 새로워지나
못 오는 님이면 이 마음도 보낼 것을 항구에 맺은 절개 목포의 사랑

　친구들과 짓궂은 장난을 친 날도 있었다. 중학교 1학년 때였다. 어수룩한 엿장수를 속이는 유혹에 빠졌다. 교문 밖에는 학생들을 상대로 장사하는 노점상들이 늘 진을 치고 있었다. 교문이 가까운 자리는 주로 미군부대에서 나온 과자와 탈지분유, 연필과 칼 등을 파는 노점상이 차지했고, 후미진 곳에서는 아주머니나 노인 등이 떡과 칡 등 주전부리할 것을 좌판에 놓고 팔았다. 말을 더듬고 팔이 하나 없는 엿장수도 학교 담 모퉁이에 서서 엿을 팔다가 가곤 했다. 그도 그때 반 친구들을 따라서 갔다가 엿을 훔쳤다. 대여섯 명이 몰려가 배짱 좋은 한 학생이 나서서 엿장수의 시선을 다른 데로 돌려놓으면 나머지 학생들이 엿을 빼돌리는 장난이었다.

　그러나 그는 다음 날 그 엿장수가 팔이 하나 없는 것을 다시 보았을 때 후회를 했다. 무심코 본 것이 아니라 멀리서 훔쳐보았는데 유독 잘려진 팔이 가슴을 쿵쾅거리게 했던 것이다. 그 순간 이후 학생은 그 엿장수가 있는 쪽으로 가지 않고 반대편의 먼 길로 졸업할 때까지 돌아 다녔다. 같은 운동장을 쓰는 고등학교에 입학한 후에도 두고두고

생각이 나 그 길을 다니지 못했다.

청년은 예나 지금이나 그 길을 걸어가지 못했다. 지독한 자학이었다. 대학생이 되어 고등학교 졸업증명서를 떼러 모교를 찾아간 적이 있는데, 그때도 장애인 엿장수가 엿을 팔던 그 길을 걷지 못하고 돌아서 갔던 것이다.

정혜원 앞 골목은 눈이 치워져 있었다. 마침 눈을 다 쓸고 일주문 안으로 들어가려던 사미스님이 청년을 보더니 반갑게 맞이했다. 만암스님에게 계를 받은 지 얼마 안 된 사미스님이었다. 만암스님은 해제하여 산철이 되면 백양사에서 정혜원으로 왔고, 그때마다 사미스님이 한약을 지어오는 등 시봉을 도맡았다. 사미스님이 청년에게 말을 건넸다.

"불교학생회 총무님, 방학인데 집으로 안 내려갔습니까."

"집에는 안 갈 겁니다."

"잘됐네요. 만암 큰스님도 이번에는 오시지 않겠다고 합니다. 그러니 총무님이랑 나랑 여기서 살지요 뭐."

청년은 법당으로 들어가 삼배를 했다. 절을 한 이후에도 일어나지 않고 엎드려 있었다. 이마를 마룻바닥에 대고 있는 동안 마음이 편안했다. 우수영 집에 있을 때와는 정반대였다. 집에서는 온갖 생각들이 들끓는 탓에 3일간이나 잠을 못 잤던 것이다. 부처님의 미소를 생각하고 있으면 마음에 쌓인 묵은 감정들이 햇살에 눈 녹듯 스러졌다. 오래전부터 경험해온 느낌이었다. 고향집보다는 절이 더 좋았다. 중고등학교 시절도 그랬고, 청년이 되어서도 마찬가지였다. 절과 친근한 느낌은 지하수처럼 가슴속에서 흐르다가 어떤 사건을 만나면 언뜻언

고향 바다

뜻 드러났다.

8·15 직후 가을이었다. 중학교 2학년이었던 청년은 담임선생의 인솔로 진도 쌍계사로 수학여행을 갔다. 목포에서 진도 관문인 벽파까지는 제주 가는 여객선을, 그리고 벽파에서 진도읍까지는 버스를 타고 갔다. 쌍계사는 진도읍에서 시오리 떨어진 첨찰산 두 계곡 사이에 있었다. 이런저런 사정으로 빠진 학생이 많아 수학여행 일행은 십여 명뿐이었다.

첨찰산 산자락에는 동백나무와 후박나무 그리고 참가시나무, 감탕나무, 종가시나무, 생달나무, 모새나무, 참식나무, 광나무 등 희귀한 나무들이 빽빽하게 들어차 있었다. 노스님은 자랑거리가 없었는지 긴 시간 나무 얘기만 했다. 대웅전 뒤로는 동백나무들이 숲을 이루고 있었는데, 노스님은 동백꽃이 피면 다시 오라고 간곡하게 말했다.

하룻밤 지낼 곳은 절 요사채 방이었다. 작은 방은 담임선생이 혼자 차지했고, 큰 방은 학생들이 묵었다. 절에서는 큰 방이라고 했지만 학생들이 모두 드러눕기에는 비좁아 대부분 앉아서 장난을 치다가 새벽녘에야 겨우 새우잠을 잤다. 그때 그는 방을 나와 대웅전으로 들어가 두어 시간을 보냈다. 노스님이 등잔대에 불을 켜고 염불을 하고 있었다. 흐린 등잔불빛이지만 부처님 미소가 또렷했다. 노스님이 외는 염불소리도 가을날 낙숫물처럼 귀를 기울이게 했다. 그는 법당의 그윽한 분위기에 빠져 깜박 자신이 수학여행 왔다는 것을 잊어버렸다.

다음 날 아침 일찍 절밥을 먹고 산문을 나섰다. 계곡을 건너자마자 절은 자욱한 안개 속에 숨어버렸다. 산문 밖에까지 나와 손을 흔들던 노스님도 보이지 않았다. 안개는 모든 것을 감춰버렸다. 그래도 그는 서운해서 자꾸 뒤를 돌아보았다. 끝내 눈물이 나왔다. 고향집 같은 절을 떠난다는 것이 견딜 수 없었다.

고등학교 여름방학 때 대흥사 한 암자에서 보았던 비구니 노스님도 늘 머릿속에서 잊히지 않았다. 그 암자에서 하룻밤 보내는데 달빛이 창호로 흘러들고 있었다. 달빛으로 환해진 방에서 일찍 눈을 감고 잔다는 것이 아쉬웠다. 그때 밖에서 누군가가 '월광보살, 월광보살, 나무월광보살' 하고 염불을 했다. 그는 무엇을 보고 월광보살이라 하는지 궁금하여 방문을 열고 나갔다. 달빛이 암자 기와지붕과 마당에 내려앉아 금싸라기처럼 빛을 내고 있었다. 두류산 산자락 위에 뜬 보름달이 온 산에 은은한 빛을 뿌려주고 있었다. 비구니 노스님은 학생이 뒤에 서 있는 줄도 모르고 합장한 채 달을 향해서 연신 '월광보살, 월광보살, 나무월광보살'을 외며 염불했다. 그도 비구니 노스님을 따라 했다. 그러자 보름달이 그에게도 월광보살이 되어 내려다보았다. 보름달을 보고 오롯한 낭만을 느껴보기는 처음이었다.

대학교 1학년 때였다. 이번에는 걸림 없이 바랑 하나 메고 행각하는 두 스님을 보고 몹시 부러워했다. 늦봄부터 여름방학 때까지 동아리 선후배들과 섬마을 주민들의 생활상을 조사하기 위해 흑산도에 몇 번 드나들던 무렵이었다. 흑산도 가는 배편은 닷새에 한 번씩 있었다. 폭풍주의보가 내리면 출항을 못 하지만 흑산도까지 운항하는 유일한 정기 여객선이었다.

흑산도에서 다시 홍도를 가려면 어선을 타고 가야 했다. 처음 조사는 늦봄 5월 하순에 흑산 본도에서 이틀 동안 시작했다. 본도 조사가 끝나자 대학생들은 면사무소가 있는 진마을 모래톱에서 바닷바람을 쐈다. 그때 마을사람들이 찾아와 홍도로 가는 어선이 있다고 알려주었다. 학생들은 바로 면사무소를 찾아가 사정했다. 그러자 면 직원은 학생들을 태워주기로 약속했다. 통통배 어선은 제3대 민의원 투표함을 싣고 있었다. 섬 주민들이 투표할 투표함이었다.

어선을 기다리는 사람들 중에는 걸망을 멘 두 스님도 있었다. 서른 살쯤으로 보이는 젊은 스님들이었다. 홍도에 도착한 뒤 대학생들은 마을사람들을 만나며 조사활동을 벌였다. 그는 또 두 스님을 동백나무 숲 그늘에서 만났다. 스님들은 바닷바람에 땀을 들이며 나이 든 촌로에게 무언가 설명을 듣고 있었다. 그는 묻지도 않았는데 스님들에게 다가가 자신이 섬에 온 까닭을 말했다.

"전남대 상대를 다니는 박재철입니다. 선후배들과 섬 주민들 생활상을 알아보기 위해 나왔습니다. 조사활동이라기보다는 봉사활동에 가깝습니다."

스님들이 법명을 밝혔다.

"범어사에서 온 길이오. 이쪽은 도천스님이고 나는 도광스님이오. 우리들은 지금 이 섬에서 절터를 찾고 있소."

구레나룻수염을 기른 촌로가 큰 소리로 스님의 얘기를 맞받았다.

"스님, 식수가 딸리는 여그서 물길만 찾아주쇼. 그라믄 절은 우리가 지서줄 텡깨요. 여그 섬 풍광이 아조 좋아라우."

두 스님 중에서 한 스님은 걸망에 손거울을 가지고 있었다. 그는 손거울을 꺼내는 스님을 먼발치에서 보면서 '스님도 거울을 보네' 하면서 신기하게 여겼다. 며칠 후 다물도에서도 또다시 두 스님을 만났다. 이제는 구면이 되어 반가웠다. 섬에서 유복한 생활을 하는 친구 집에 머물고 있었는데, 마침 두 스님도 사랑방에 머물고 있었던 것이다. 그곳에서도 스님들은 절터를 찾고 있었다. 그러니 서로 길게 대화할 시간이 없었다. 식사 때가 되어 잠시 마주칠 뿐이었다. 스님들은 섬사람들이 끼니때마다 먹는 젓갈이 들어간 반찬이나 고깃국을 일체 입에 대지 않았다. 깨소금과 간장만으로 맨밥을 먹었다. 이것저것 가리지 않고 게걸스럽게 먹던 대학생들이 부끄러워할 정도였다. 두 스님의 모습이 당당하고 너무 맑았다.

목포로 나올 때도 같은 배를 탔는데, 그제야 대학생들은 두 스님에게 편한 마음으로 수도 생활에 대해서 물었다. 두 스님이 함께 다니는 이유도 물었다. 도광스님이 바다를 응시하며 대답했다.

"우리는 전쟁 전에 금강산 마하연 선원에서 처음 만나 약속했어요. 성불할 때까지 서로 탁마하는 수행 도반이 되기로 했어요."

목포에서 내려 부둣가에서 헤어지는 순간 그는 누구보다도 두 스님을 부러워했다. 두 스님과 같은 도반이 있다면 세상을 사는 데 외롭지 않겠구나 하는 생각이 들어서였다.

청년이 법당에서 나오지 않자 사미스님이 들어와 옆에 앉으며 말했다.

"총무님, 정말 집에 안 갈 겁니까."

"절이 제 집인데 어디로 가겠습니까."

고향 바다

"잘됐습니다. 정혜원에서 같이 지내자고요. 도량석도 하고 같이 염불도 하고."

"하룻밤만 자겠습니다. 스님."

"앞으로 총무 일은 누가 보라고요. 지금까지 박 총무님이 잘 봐왔잖아요. 지난번에 법문한 일초스님도 우리 절만큼 불교학생회를 잘하는 데가 드물다고 했어요."

사미스님은 청년과 나이가 같아 스스럼없이 얘기하고 있었다. 일초스님이란 군산 출신으로 효봉스님의 젊은 상좌로서 법문할 때 자기 식으로 신선하게 불교를 얘기했던 스님이었다. 일초스님이 법문한 내용은 불교와 실존주의였다. 일초스님이 실존주의의 실존實存과 불교의 각존覺存을 얘기했는데, 신에게 의지하지 않고 인간의 힘으로 고해의 바다를 건넌다는 것은 서로 공통점이 있었다. 그러나 청년은 일초스님의 철학적인 법문이 가슴에 와닿지 않았으므로 곧 잊어버리고 말았다. 청년에게 오랫동안 잊히지 않은 것은 안개 속에 숨어버린 쌍계사나, 대흥사 비구니 노스님이 나무월광보살을 외던 정경이나, 다물도에서 깨소금과 간장만으로 맨밥을 먹던 도광스님과 도천스님이었다.

청년은 정혜사 요사채 골방에서 단잠을 잤다. 단 한 번도 깨지 않고 꿈 없는 잠을 이뤘다. 새벽에 도량석 하는 소리를 듣고 눈을 뜰 때까지 깊은 잠을 잤다.

완행열차

완행열차가 정읍역에 서 있는 동안 한 무리의 장돌뱅이들이 내렸다. 정읍 장날인 모양이었다. 장돌뱅이들은 커다란 짐을 머리에 이거나 등에 지고 역사를 빠져나갔다. 그제야 청년은 열차 칸으로 들어와 빈자리를 찾아 앉았다. 마음이 초조하여 송정리를 지나서부터 차가운 난간을 잡고 언뜻언뜻 흘러가는 불빛에 눈을 주고 있었던 것이다. 열차 칸 안은 따뜻했다. 잠시 후 청년의 언 얼굴과 곱은 손도 녹았다.

청년은 팔짱을 끼고 어깨를 움츠린 뒤 눈을 감았다. 컴컴한 차창에 명멸하는 불빛처럼 고향집 사람들이 하나둘 떠올랐다. 할머니 모습이 먼저 머릿속을 스쳤다. 부산 초량에서 해남으로 시집온 할머니. 성은 김해 김씨, 이름은 금옥. 할머니는 입담이 좋았다. 옛이야기를 잘하고 행랑채에서 물레를 잣다가 소리도 잘 흥얼댔다.

할머니가 푸는 이야기보따리는 무궁무진했다. 소년은 밤마다 같은 이야기들을 듣고 또 듣지만 질리지 않았다. 할머니가 이야기 줄거리를 조금씩 바꾸어 풀었던 것이다. 그래도 소년이 더 해달라고 조르면 할머니는 마지막으로 긴 얘기 해주랴 짧은 얘기 해주랴 하고 물었다. 긴 얘기를 해달라고 하면 '긴 긴 간짓대' 하고 짧은 얘기 해달라고 하면 '짧은 짧은 담뱃대' 하고 끝을 맺었다. 어떤 날은 할머니가 우수영 아낙네들이 부르는 〈강강술래〉나 〈노리개〉 소리를 흥얼대어 잠이 들 때도 있었다.

우리 아부지 노리개는 진 담뱃대
우리 어무니 노리개는 막내딸
우리 오래비 노리개는 책가우
우리 성님 노리개는 바늘곰지지
요내 노리개는 연지 분통

청년은 할머니에게 한마디도 말하지 않고 떠나온 것을 후회했다. 할머니에게만은 거짓말하지 못할 것 같아 바로 나섰지만 얼굴이라도 한번 보고 떠나올 것을 하고 죄송해했다. 할머니가 잠자는 동안 몰래 머리카락이라도 몇 올 잘라 올걸 하고 어금니를 물었다. 할머니의 흰 머리카락이라도 걸망에 넣고 다닌다면 할머니와 함께 있는 것이니 도망친 불효는 면할 것이라는 생각이 들어서였다.

기적소리가 울음소리처럼 들렸다. 열차는 쉬지 않고 달리는 것이 힘겨운지 불빛 한 점 없는 캄캄한 산중 오르막에서 갑자기 속도를 늦추었다.

레일에 부딪히는 열차바퀴의 날카로운 쇳소리가 비명처럼 들려왔다. 열차 칸끼리도 부대끼며 둔탁한 마찰음을 냈다. 덜컹거리는 소리에 눈을 뜬 사내가 청년에게 말을 걸었다.

"젊은이, 서울까지 가는가."

"네."

사내는 팔 하나가 없었다. 양복저고리 끝으로 손 모양을 한 의수가 비쭉 보였다. 청년은 눈을 돌렸다. 전쟁 중에 부상당한 불구자 같았다. 상이군인 중에는 의수를 하지 않고 쇠갈고리를 달고 다니는 사람도 있었다. 쇠갈고리는 손 보조기구라기보다는 흉기처럼 섬뜩했다.

고향에도 의수나 의족을 달고 다니는 사람들이 더러 있었다. 손재주가 좋아 느티나무를 깎아 살색 칠을 하여 잘린 팔에 달고 다니는 불구자도 그중 한 사람이었다. 진도 출신의 그는 백병전에서 인민군을 몇 명 죽였다는 둥 무용담을 자랑하다가도 술에 취하면 의수를 쇠갈고리로 바꿔 끼고는 눈을 부라리고 다녔다. 선창에서 배를 기다리는 섬사람들에게 '6·25가 자신을 병신으로 만들었다'며 자신의 손을 돌려달라고 행패를 부렸다. 그래도 마을사람들은 '너는 전투라도 하다가 상이용사가 되지 않았느냐'라고 하면서 피해버렸다. 배를 타려는 사람들도 그를 애써 못 본 체했다. 전쟁 중에 경찰과 인민군에게 개죽음을 당한 사람들에 비한다면 '그래도 너는 훈장이라도 받지 않았느냐'라는 표정으로 돌아섰다.

사내 목소리는 뜻밖에도 부드러웠다. 사람들에게 핀잔받을 위인 같

고향 바다

지는 않았다.

"잘됐소. 영등포역에 도착하면 좀 알려줘요. 전쟁 중에 모셨던 상사님이 추천해줘서 가긴 하지만 취직이 잘될까 모르겠네."

"걱정 말고 주무세요."

"젊은이는 서울에 뭣 하러 가는가."

청년은 대답하지 못했다. 청년이 가려는 목적지는 서울이 아니었다. 서울에 다급한 볼일이 있는 것도 아니었다. 청년은 고향인 해남에서 가장 먼 곳으로 가고 있었다. 해남에서 멀리 떨어진 곳일수록 할머니와 어머니가 찾아오지 못할 것 같아서였다. 청년이 가려고 하는 곳은 강원도 월정사였다.

사내가 더 이상 말을 걸어오지 않자 청년은 눈을 붙였다. 그러나 편안하게 잠을 잘 분위기는 아니었다. 기적소리와 열차바퀴의 쇳소리가 잠을 쫓았다. 청년은 문득 떠오른 고향사람들에게 빚을 진 것처럼 미안해했다. 반골기질이 강한 고향사람들이었다. 청년도 이따금 반골기질을 숨기지 못했다. 명량대첩의 현장에 살고 있다는 자부심으로 생겨난 반골기질이었다.

실제로 마을사람 중에는 이순신 장군 후손도 있었다. 선두리 선창가와 동외리 주재소 앞에서 독립만세를 부르다 15명이나 장흥지청으로 끌려가 재판받고 감옥살이를 했다. 어떤 가게주인은 일본인들에게 쌀을 팔지 않았고, 고기를 팔지 않은 좌판 생선장수도 있었다. 일본군인들이 경복궁 뒤뜰에다 버린 명량대첩비를 해방 후 고향사람들이 운송비를 모금하여 되찾아온 일도 있었다.

청년이 보통학교 4학년 때였다. 일본 군인들과 주재소 순사들이 우수영 인근 마을 사람들과 우수영보통학교 4학년 이상 학생들을 강제 동원했다. 동외리에 있는 명량대첩비를 선두리 선착장으로 옮기기 위해서였다. 결국 통나무를 이용하여 옮겨진 명량대첩비는 배에 실려 목포로 떠나버렸다. 한동안 마을이 뒤숭숭했다. 초상난 것처럼 통곡하는 사람도 있었다. 일본 군인들이 명량대첩비를 배로 싣고 가다가 바다에 빠뜨렸다는 둥, 목포역에서 기차에 실려 서울로 갔다는 둥 갖가지 뜬소문이 나돌았다. 마을사람들은 완도나 진도 주재소에서 순사를 했거나 앞잡이로 나섰다가 우수영에 들어와 사는 사람들에게 화풀이했다. 그들에게 느닷없이 욕을 하거나 싸움을 걸고는 손찌검을 했다. 그러자 그들 가족은 우수영에서 살지 못하고 떠났다.

사내가 저고리 밖으로 나온 의수를 감추며 청년에게 다시 말을 걸었다.

"젊은이, 여기가 어딘가."

열차가 불빛이 흐릿한 시골 역으로 들어서고 있었다. 청년은 역 이름을 알고 싶어 이정표를 찾았지만 보이지 않았다. 청년이 탄 열차 칸은 이미 조그만 역 건물을 지나쳐 있었다. 한밤중이었다. 하차하는 승객은 아무도 없었다. 차창 밖에 희끗희끗한 것들이 날았다. 차창에 붙었다가 곧바로 녹아버리는 눈송이였다.

"영등포역은 아닌 것 같습니다."

"밖이 캄캄한 것 보니까 맞는 것 같구먼. 영등포역에는 새벽에 도착한다고 그러더라고."

고향 바다

열차가 덜컹거리는 소리를 내며 서서히 움직였다. 그러자 사내는 하품을 크게 하더니 눈을 감았다. 완행열차는 승객이 있건 없건 시골 역마다 정차하곤 했다. 하행하는 열차를 하염없이 기다렸다가 가기도 했다.

청년은 자신도 모르게 고개를 꺾고 졸았다. 기적소리가 몇 번이나 꿈결처럼 들리곤 했다. 열차가 터널을 지날 때는 귀가 먹먹했다. 열차는 북쪽을 향해서 달렸다. 그러나 청년의 생각은 북행하는 열차와 달리 슬그머니 고향집에 가 있곤 했다. 청년은 눈을 뜨고서 도리질했다.

어머니가 자꾸 청년을 불렀다. 할머니와 달리 어머니는 소심했다. 집안에 조그만 일만 생겨도 가슴을 쓸어내렸다. 옆 사람이 잠을 깰 정도로 한밤중에 한숨을 크게 뱉었다. 어머니는 밭일을 정갈하게 잘했다. 나물 같은 반찬을 깔끔하게 잘 무쳤다. 물레 일도 남보다 뒤지지 않았다. 하루 종일 밭일을 하고 돌아와서 밤이 되면 물레를 들고 이 집 저 집으로 품앗이하며 돌아다녔다. 물레를 가지고 온 아낙네들 중에는 소리를 잘하는 사람도 있었다. 거미가 거미줄을 뽑듯이 가슴에서 나오는 소리를 했다. 당골네는 일주일을 밤낮으로 해도 다 못할 소리로 아낙네들을 울리고 웃겼다.

씨아부지 방구는 호령방구

씨어무니 방구는 살림방구

도련님 방구는 나팔방구

씨누 방구는 새침방구

며느리 방구는 조심방구
서방님 방구는 단방구

청년은 어머니가 살아온 인생이 불쌍하다고 생각했다. 어머니가 아버지를 너무 일찍 잃었기 때문이었다. 신안 율도에서 배를 타고 시집와 남편과 깊은 정이 들 새도 없이 사별했던 것이다. 그래서 청년은 외동아들로 자랐고, 어머니는 집안일을 맡지 못하고 바깥일만 하러 돌았다. 논보다는 밭이 많은 해남에서 낮밥을 싸들고 쫓아다녔다. 우수영에 협률사가 들어와 선창가 공터에서 장화홍련전과 춘향전을 공연해도 보지 못했다. 풍각쟁이들이 징이나 꽹과리를 치면서 마을 고샅길을 구석구석 바람 잡고 다녀도 어머니는 할머니 눈치를 보아 나가지 못했다.

어머니가 야속한 적도 있었다. 고등학교 시절에 어머니가 여동생을 낳았을 때였다. 그러나 작은아버지 식구들은 어머니를 감쌌다. 입이 하나 붙었다고 불평하지도 않았다. 동네 사람들만 어머니가 큰 실수를 한 것처럼 뒤에서 수군거렸다. 그날 이후 청년은 어머니 방으로 가지 않았다. 그래서 어머니와 거리가 생겼고 할머니와 더 정이 들었다.

그러나 청년은 대학교를 간 뒤부터는 어머니를 그리워했다. 납부금을 내지 못해 괴로울 때면 어머니가 더 생각났다. 밭일을 하고 있을 어머니가 궁금해 유달산 정상에 올라가 해남 쪽을 바라보며 휘파람을 불었다. 대학생이 돼서야 어머니를 마음속으로 받아들였고, 난생처음으로 '사랑하는 어머님께'라고 편지를 썼다.

고향 바다

청년은 그런 어머니를 머릿속에서 지우려고 눈을 떴다. 열차 칸을 잇는 통로로 나와 난간을 붙들고 찬바람을 쐤다. 찬바람이 이마와 얼굴을 때렸다. 입을 벌리고 찬바람을 들이켜자 숨이 막혔다. 어두운 숲과 뱀장어처럼 검게 번들거리는 개천들이 뒤로 밀려났다. 열차는 인정사정없이 눈앞의 물체들을 뒤로 떨쳐내며 달렸다.

청년은 이를 악물었다. 속가 그림자를 떨쳐내지 못한다면 출가할 자격이 없다고 자신을 다그쳤다. 출가해서도 속가 그림자를 떨쳐내지 못한다면 저잣거리에 있는 속인이나 다름없다고 생각했다.

'열차가 어둠 속의 모든 것들을 뒤로하고 앞으로만 달리는 것처럼 나도 그래야 한다. 지나온 인연에 매달려서는 한 발짝도 앞으로 나갈 수 없을 것이다. 결코 나는 자유인이 될 수 없을 것이다.'

청년은 다시 자리로 돌아와 겨우 한숨을 잤다. 안양쯤에서 졸았는데 눈을 뜨고 보니 용산역이었다. 단 몇 초가 지난 것 같은데 차창은 푸른빛이 번지고 있었다. 새벽이었다. 의수를 한 사내는 이미 영등포역에서 내리고 없었다.

완행열차는 서울역으로 들어서며 거친 숨을 가라앉히듯 수증기를 토해냈다. 승객들이 서로 먼저 내리려고 통로에 서서 열차가 정차하기를 기다렸다. 청년은 하차한 사람들 속에 섞여 길고 짧은 계단들을 오르내렸다. 그러자 천장이 턱없이 높은 대합실이 나왔다. 천장을 장식한 전등불빛이 눈부셨다. 대합실에는 이른 아침인데도 사람들이 빼꼭히 들어차 웅성거리고 있었다.

서울역 광장은 우수영보통학교 운동장만 했다. 광장 한쪽에서는 모닥불이 타오르고 있었다. 매캐한 연기도 치솟고 있었다. 불을 쬐고 있던 지게꾼과 장사꾼들이 서울역에서 내린 사람들에게 다가와 큰 소리로 흥정했다. 여행가방 하나만 달랑 들고 있는 청년에게는 아무도 다가오지 않았다. 살얼음 같은 찬 공기만 코끝에 달라붙었다.

남대문으로 난 도로도 고향의 명량바다와 같이 넓었다. 이삼층 건물들 사이로 널따랗고 시원하게 뚫려 있었다. 처음 보는 전차 옆으로는 버스들이 미끄러지듯 달렸다. 청년은 어리둥절해하며 한동안 서 있었다.

잠시 후, 청년은 지나가는 사람을 붙들고 물었다.

"종로 봉익동으로 가려면 어디로 가야 합니까."

"봉익동이 어딘지는 모르겠지만 이 길로 쭉 가면 종로 1가입니다."

청년은 종로 봉익동 한옥마을에 자리한 대각사를 먼저 찾았다. 용성선사가 창건한 대각교포교당인 대각사에서 하룻밤 묵은 뒤 월정사로 가려고 했던 것이다.

고향 바다

2장

행자 법정

미래사 효봉암 터에서 바라본 남해바다

삭발

청년은 한나절을 걸어서 대각사에 도착했다. 한옥 민가들이 대각사를 둘러싸고 있었다. 상점들도 대각사 일주문 앞까지 들어서 있었다. 청년은 일주문을 들어서는 순간 가슴이 뛰었다. 요사채 기둥에 걸린 대각불심大覺佛心이란 주련의 글씨를 보자 더욱 감격스러웠다. 출가가 한 발짝 더 자신에게 다가선 것 같았다. 청년은 심호흡을 하고 법당으로 들어가 부처님 앞에서 삼배를 올렸다.

대각사 법당은 다른 절과 조금 달랐다. 불단에 부처님뿐만 아니라 용성스님의 진영을 봉안하고 있었다. 법당 안은 용성스님을 추앙하는 분위기가 짙었다. 용성스님의 오도송과 열반송이 법당 벽에 붙어 있기도 했다. 청년은 용성스님이 3·1독립운동 민족대표 33인 중에 한 분이라는 것을 이미 알고 있었기 때문에 이단 같은 느낌은 들지 않았다.

법당 안은 난방시설이 없었으므로 썰렁했다. 마룻바닥 틈새에서 냉기가 솔솔 올라와 무릎이 시렸다. 어깨가 움츠러졌다. 청년은 스님용 좌복에 무릎 꿇고 앉아 부처님을 우러르며 빌었다.

'부처님이시여. 출가하여 위로는 진리를 구하고 아래로는 중생을 제도하겠습니다.'

청년은 부처님에게 당장 허락을 받아내겠다는 마음으로 발원했다. 기도하는 동안 신도들이 한두 사람 들어와 참배하곤 했지만 청년은 불단 정면에서 꿈쩍도 안 했다. 불단 바로 앞은 스님들이 의식을 치르는 자리였으므로 신도들은 고개를 갸웃거렸다. 더구나 청년은 초라한 행색을 하고 있었다. 이틀 동안 수염을 깎지 않은 얼굴은 부스스했고, 입은 옷은 열차를 타고 오면서 제멋대로 구겨져 있었다.

그러나 청년의 눈빛은 형형했다. 큰 키에 또렷한 이목구비는 비범한 인상을 풍겼다. 신도들이 대각사 종무소에 알린 듯 중년의 스님이 법당으로 들어와 청년을 불렀다.

"거기는 스님이 앉는 자리라오."

"스님, 알고 있습니다."

청년은 불단 앞에 놓인 좌복이 스님용인 줄 이미 알고 있었다. 다만 출가를 발원하는 동안 잠시 잊고 있었을 뿐이었다. 청년은 미안해하며 스님에게 합장했다.

"어디서 왔소."

"목포에서 왔습니다."

스님은 그의 초라한 행색을 보고는 그가 출가하려 한다는 것을 금세 알아차렸다. 출가하려고 절에 찾아온 사람들은 어딘가 달라 보였다. 언행이 무거웠다. 표정이 간절하고 비장했다. 스님은 그런 청년들을 많이 보아왔으므로 바로 알아냈다.

"나를 따라오시오. 절은 정해두었소."

"월정사로 가려고 합니다."

스님이 더 묻지 않고 미소를 지었다. 청년은 스님을 따라서 요사채 뒷방으로 들어갔다. 객승이 머무는 방이었다.

"웃지 않을 수 없었소."

방에 앉자마자 스님이 좀 전에 왜 웃었는지 그 이유를 말했다.

"난 대각사 스님이 아니라 월정사 스님이오. 묘한 인연인 것 같소."

"스님을 따라가겠습니다. 허락해주십시오."

"지금은 월정사에 폭설이 내려 갈 수 없소. 산길이 뚫릴 때까지 기다려야 하오."

"갈 수 있는 방법이 없겠습니까, 스님."

청년은 맥이 풀렸다. 대각사로 출가할 생각은 처음부터 없었기 때문에 난감했다. 그렇다고 목포로 되돌아간다는 것은 끔찍한 일이었다. 이제 청년에게 돌아갈 고향은 없는 것이나 다름없었다. 한때는 희망의 전부였던 대학마저 중퇴하고 너무 멀리 와버렸기 때문이었다.

"월정사 어느 노장님을 은사로 모시고 싶은 것이오."

"거기까지는 생각해보지 않았습니다."

"한암 노장님은 3년 전에 입적했소."

청년이 허탈해하자 스님이 말했다.

"그래도 월정사를 가려면 여기서 산길이 뚫릴 때까지 기다릴 수밖에 없소. 대각사 원주스님에게 부탁은 해주겠소."

"얼마나 기다리면 되겠습니까."

청년은 낙심했다. 기다릴 만큼 마음의 여유가 없었다. 산길이 뚫릴 때까지 기다려야 한다는 스님의 말에 어두운 얼굴로 변했다. 스님이 위로하듯 말했다.

"그렇다면 효봉 노장님을 찾아가 보시오. 도인스님이오."

"큰스님은 어디에 계십니까."

청년은 효봉스님 얘기를 듣는 순간 눈을 번쩍 떴다. 정혜원에서 일초스님에게 '동쪽에는 동산, 남쪽에는 효봉'이라며 효봉스님 얘기를 짧게 들었지만 섬광처럼 강렬한 인상을 받았던 것이다. 와세다 대학 졸업, 고등고시 합격, 조선인 판사로서 조선인 사형선고, 엿장수로 방랑, 출가, 오도송, 만공스님의 인가 등등 드라마 같은 인생유전이었던 것이다.

"지금 선학원에 가면 노장님을 친견할 수 있소. 선학원은 이곳에서 멀지 않은 안국동에 있소."

"스님, 고맙습니다."

청년은 망설이지 않고 일어섰다. 효봉스님이라는 말을 듣는 순간 눈앞이 환하게 밝아졌던 것이다. 그러고 보니 자신의 불법인연은 효봉스님과 맺어져 있는 것도 같았다. 멀리 월정사로 가겠다는 생각이 워낙 강해 잠시 효봉스님을 잊고 있었던 것이다.

과연 안국동 골목길에 자리한 선학원은 월정사 스님이 일러준 대로 지척의 거리에 있었다. 선학원은 대각사와 달리 많은 스님과 신도

행자 법정

들이 드나들고 있었다. 스님들이 경내를 바쁘게 오갔고, 고승이 법상에 올라 법문 중인지 법당 밖에는 신도들의 구두와 고무신이 가지런히 정돈돼 있었다. 법당은 만원인 듯 신도들이 더 들어가지 못하고 종무소로 발길을 돌렸다. 청년도 종무소 방으로 가 앉은뱅이책상 앞에서 연필을 들고 있는 아가씨에게 물었다.

"효봉 큰스님을 친견하러 왔는데 오늘 뵐 수 있겠습니까."

"시봉하는 스님께 물어봐야 합니다."

아가씨가 난처해하자 종무소 방에 앉아 있던 보살들 중에서 경상도 사투리를 쓰는 보살이 말했다.

"우리도 큰시님 친견할라꼬 왔십니더. 법문은 곧 끝날 깁니더. 쬐그만 기다리지예."

보살들이 둘러앉아 과자와 떡을 먹고 있다가 청년에게 권했다. 그러나 청년은 입에 대지 않았다. 창 쪽으로 물러나 조용히 앉았다. 청년의 얼굴 표정이 비장하게 보였던지 보살들이 더 이상 말을 걸어오지 않았다.

이윽고 한 보살이 종무소 아가씨에게 절에 시주할 물건을 내밀었다. 국수를 싼 큰 보따리였다.

"효봉 큰스님께서 국수를 좋아하신다고 해서 가져왔어요."

"보살님, 불단에 먼저 올리시지요."

"법당에 큰스님 법문 듣는 신도들이 꽉 차서 이리 들어왔어요. 다음 번에는 일찍 와서 자리를 잡아야겠어요."

"저희도 조금 늦게 와서 법당에 들어가지 못했어요."

보살들은 효봉스님의 법문을 듣지 못하고 종무소 방에 앉아 있었다. 법당은 더 이상 들어설 자리가 없기 때문이었다. 잠시 후 한 스님이 종무소 방으로 들어오자 아가씨가 말했다.

"스님, 큰스님 친견하러 오신 분들입니다."

"한꺼번에 친견하셔야 될 것 같습니다. 오늘은 큰스님께서 출타하실 일이 있습니다."

효봉스님을 시봉하는 시자스님이었다. 시자스님이 청년을 잠깐 동안 뚫어지게 보더니 종무소 아가씨에게 물었다.

"보살님, 저분은."

"큰스님을 친견하러 오신 분입니다."

시자스님이 관심을 보이며 말했다.

"거사님은 선학원에 처음 온 것 같은데 무슨 볼일이 있습니까."

"스님이 되려고 왔습니다."

수다를 떨고 있던 한 보살이 '어머나!' 하고 놀랐다. 다른 보살도 일제히 청년에게 눈을 주었다. 그제야 종무소 아가씨가 쟁반에 과자와 떡을 담아 청년 앞에 갖다 놓았다. 시자스님의 말투도 조심스러워졌다.

"한 번 더 생각해보고 결정해도 늦지 않을 겁니다. 큰스님을 친견할 수 있도록 해드리겠습니다."

시자스님이 '보살님들, 큰스님 법문 끝날 때 됐습니다'라고 말하며 종무소 방을 나간 뒤, 청년도 뒤따라 나와 마당에서 효봉스님을 기다렸다. 시자스님은 법당 문밖에 서서 두 손을 모으고 대기했다.

청년은 문득 선학원이 낯익은 고향집처럼 느껴졌다. 어느 생애엔가

행자 법정

한번 머물렀던 것 같은 기분이 들었다. 너무 오랜만에 돌아와 낯설게 보였던 것 같았다. 선학원은 이미 청년의 마음속에 들어와 있었다. 구름 한 점 없는 하늘은 고요하고 푸르렀다. 경내에 내려앉은 햇살은 그윽했다. 대웅전 기왓장은 햇살에 반사되어 눈부셨다. 코끝을 시리게 하는 공기마저 머릿속을 상쾌하게 했다.

시자스님이 법당 문을 열자, 미소를 머금은 효봉스님이 천천히 걸어 나왔다. 안개 저편에서 산 하나가 나타난 듯했다. 청년은 스님을 본 순간 고압전류에 감전된 것처럼 숨이 막혔다. 기개가 산 같고, 마음이 바다 같은 풍모였다. 자애로우면서도 범접할 수 없는 선풍도골의 모습이었다. 스님은 법당 문턱을 넘으면서 잠시 시자의 부축을 받았다. 청년을 잠깐 응시하기도 했다. 찰나였지만 이심전심으로 빛살 같은 것이 관통했다. 스님이 방으로 돌아가고 난 뒤에야 신도들이 우르르 쏟아져 나왔다. 청년은 합장한 채 서 있던 자리를 뜨지 못했다. 스님의 잔상이 한동안 눈앞에서 지워지지 않았다. 청년은 난생처음으로 사람에게서 향기를 맡았다. 스님의 향기가 미묘하게 가슴을 적셨다.

한참 만에 시자스님이 청년을 불렀다.

"이봐요, 큰스님 방으로 갑시다."

효봉스님은 조실 방에 앉아서 보살들과 담소하고 있었다. 종무소 방에서 보았던 보살들이었다. 청년이 들어가 삼배를 올리는 동안 보살들이 벽 쪽으로 물러서 있다가 역시 삼배를 하고 물러갔다. 두어 명의 스님만 남았다. 효봉스님이 물었다.

"어디에서 왔는가."

"해남에서 왔습니다."

"어떻게 왔는가."

"출가하려고 왔습니다."

효봉스님이 잠시 침묵하더니 다시 물었다.

"생년월일을 말해보아라."

청년은 긴장하지 않고 또박또박 말했다.

"임신년 10월 8일입니다."

"허허. 니 생일에 불도가 들어 있구나. 중노릇 잘하도록 해라."

효봉스님은 고개를 끄덕이면서 흔쾌하게 출가를 허락했다. 그러면서 시자스님에게 지시했다.

"시자야, 밖이 추우니 방에서 삭발해주어라."

밖으로 나간 시자스님이 세숫대야에 물을 떠 왔다. 조실 방은 아래위 방으로 나누어져 있었다. 청년은 윗방으로 가 시자스님에게 머리를 내밀었다. 머리카락은 예리한 삭도가 스칠 때마다 뭉툭뭉툭 잘려나갔다. 검은 머리카락 무더기들은 청년의 눈에 번뇌와 미망의 잔해처럼 보였다. 청년은 자신의 잘린 머리카락을 보면서 이를 악물었다. 머리카락의 수만큼 얽히고설킨 세상과의 인연을 남김없이 끊어버리겠다고 다짐하며 입술을 깨물었다. 청년은 불도를 이루어 대자유인이 된 뒤 자신처럼 가난하고 외로운 중생을 제도하겠다고 맹세했다.

삭발을 다 하고 나자, 시자스님이 먹물을 들인 법복을 한 벌 주었다. 청년은 그 자리에서 바로 법복으로 갈아입었다. 법복이 크거나 작

행자 법정

지 않을까 신경 썼는데 다행히 몸에 맞았다. 청년은 다시 효봉스님 앞으로 가 제자로서 삼배를 올렸다. 효봉스님은 법복으로 갈아입은 청년을 보고는 얼른 알아보지 못했다.

"누구던고."

"좀 전에 출가 허락을 받고 삭발한 청년입니다."

시자스님의 대답을 듣고 나서야 효봉스님이 웃으며 말했다.

"허허. 묵은 중舊參 같구나!"

조실 방에 들어와 있던 스님들이 하나같이 반색했다. 그러자 효봉스님이 또 물었다.

"무슨 띠라 했던고."

"잔나비 띠입니다."

청년의 대답을 들은 효봉스님이 손가락마디를 짚으며 간지를 중얼거렸다. 그러더니 격려의 말과 함께 법명을 내렸다.

"오호라! 니는 부처님 가피로 세상에 태어났으니 불법인연이 참으로 크다 아니할 수 없구나. 부디 수행을 잘하여 법法의 정頂수리에 서야 한다. 이제부터 니를 법정法頂이라 부르겠다."

조실 방을 나온 청년은 자신에게 법명을 준 효봉스님을 향해 삼배를 올렸다. 홀연히 세상에 다시 태어난 것 같은 환희심이 솟구쳤다. 새처럼 자유롭게 훨훨 날 것만 같았다. 미망 속을 헤매던 박재철이 비로소 효봉스님의 제자가 된 것이었다.

법정은 번화한 종로 거리로 나갔다. 종로 1가에서 화신백화점을 지나 법복 자락을 펄럭이며 동대문까지 걸었다. 젊은이들이 신기한 듯 쳐다보았지만 법정은 아랑곳하지 않았다. 세속의 힘겨운 짐을 잠시 벗어버렸다. 출가의 기쁨을 홀로 만끽했다.

행자 법정

미래사

미래사 가는 산길 옆에는 편백나무와 삼나무 숲이 울창했다. 숲속에 들어서면 한여름에도 아침저녁으로 청량한 공기가 감돌았다. 바다가 산모퉁이 아래에서 몰래 출렁거렸다. 파도소리는 산자락을 타고 오르다가 시퍼런 산죽 이파리에 스러졌다. 소금기 섞인 바람이 약초꾼처럼 출몰할 뿐이었다. 용화사로 가는 산길 중간쯤인 띠밭등에서는 바다와 섬들이 더 숨지 못하고 한눈에 보였다. 띠밭등에서는 바닷바람 속에서 비린내가 활발하게 났다. 비린내는 땅에서 자라는 약초인 어성초 냄새와 흡사했다.

작년에 구산스님이 보성스님을 데리고 절터를 찾아 지은 새 절 미래사는 미륵산 남쪽 산자락에, 묵은 절 용화사는 북쪽 산자락에 있었다. 처자와 함께 사는 대처승 절인 용화사와 그 위에 자리한 도솔암은 수행자들이 한철 정진해보고 싶어 하는 잘 알려진 도량이었다.

늦더위가 물러가는 자리에 청정한 초가을의 바람이 다가설 무렵이었다. 풀벌레 울음소리가 점점 더 처량해지고 있었다. 종단정화 준비위원 자격으로 서울 선학원에 갔던 효봉스님이 미래사로 내려올 것이라는 소식이 전해졌다. 먼저 내려와 있던 행자 법정에게도 효봉스님이 머물 토굴을 쓸고 닦으라는 지시가 떨어졌다. 행자 법정은 토굴 방문에 창호지를 바르고 산자락을 덮은 칡넝쿨과 풀을 벴다. 미래사 대중 모두가 빗자루를 들었다. 구산스님은 며칠 전부터 미래사와 토굴은 물론 주변의 모든 산길까지 구석구석 점검했다. 구산스님의 사제가 되는 법흥스님도 분주하게 움직였다. 일초스님과 일관스님은 뒤를 보는 정랑에서 구린내가 나지 않을 때까지 깨끗하게 치우고 바닥에 재를 뿌렸다. 효봉스님의 힘 좋은 손상좌들은 장작을 패 토굴까지 지게질을 했다.

스님이 머물 토굴은 미래사에서 왼쪽으로 난 산길 끝에 있었다. 바위가 병풍처럼 둘러쳐진 곳으로 멀리서 보면 제비집 같았다. 효봉스님이 한적한 곳에서 정진하기를 좋아했으므로 상좌들이 미리 지어놓은 토굴이었다.

구산스님은 점심공양 뒤에는 반드시 행자 법정을 데리고 나가 산길을 골랐다. 삽과 괭이를 들었다. 토굴로 가는 산길이 지난여름 폭우에 군데군데 허물어졌던 것이다. 돌을 운반하여 축대를 쌓고 파인 곳을 흙으로 채웠다. 중노동이었다. 힘에 부치면 가끔 나무그늘에 앉아 바람을 쐬며 땀을 들였다. 행자 법정은 허기가 지면 옹달샘 물로 배를 적셨다. 그런 때에 구산스님은 주로 은사 효봉스님에 대해서 얘기를 했다.

행자 법정

"아우님은 6·25가 났을 때 어디에 있었소."

"고향 해남에 가 있었습니다."

구산스님은 사제가 될 행자 법정을 '아우님'이라고 불렀다. 행자 법정은 사형이 될 구산스님에게 세속에서 느껴보지 못한 맑고 깊은 정을 느꼈다. 외로움이 몸에 밴 까닭인지 구산스님이 문득 큰형님 같았다.

"전쟁이 나던 그해 나는 우리 스님을 모시고 해인사에 있었어요."

"피난을 가지 않았습니까."

"나중에 피난을 가기는 갔지만 우여곡절 끝에 해인사를 떠났지요."

구산스님은 행자 법정에게 효봉스님의 자애로운 마음과 큰 도량을 이야기하고 있었다. 괭이질이 서툴러 손바닥에 물집이 잡힌 행자 법정은 구산스님의 얘기를 듣는 것도 수행이라고 생각했다. 때문에 한마디의 말이라도 헛듣지 않고 귀담아들었다.

6·25전쟁이 나자, 해인사 대중들은 알게 모르게 뿔뿔이 흩어졌다. 가을로 접어들어서는 해인사가 텅 비었다. 모두 떠나고 조실인 효봉스님과 제자들인 구산, 원명, 보성 등만 남아 스님을 시봉했다. 밤만 되면 공비들이 나타나 스님들을 위협해 양식을 강탈했다. 인천상륙작전이 성공했다지만 가야산에 숨어든 공비들의 세력은 여전했다. 다른 지역으로 퇴각하지 못한 채 경찰토벌대와 일전을 벼르고 있는 공비들이었다. 불안해하는 상좌들 사이에 불만이 터져 나오기도 했다. 한밤중에 군화를 신은 공비가 불쑥불쑥 큰방으로 들어오곤 했던 것이다.

맏상좌 구산이 나서서 효봉스님을 간곡하게 설득했다.

"스님, 부산은 안전하다고 합니다. 그러니 지금이라도 가셔야 합니다."

"내 걱정 하지 마라. 너희들이나 안전한 데로 가서 수행하거라. 늙은 중에게 별 탈이야 있겠느냐."

"스님께서 가시지 않는데 어찌 저희들만 떠날 수 있겠습니까. 저희들도 해인사에 남을 수밖에 없습니다."

"내가 피난 가지 않겠다고 하는 이유는 두 가지다. 하나는 장경각의 팔만대장경을 지켜야 한다. 팔만대장경을 잃는다면 무슨 낯으로 세상을 살겠느냐. 또 하나는 우리 대중이 키우던 소들을 버리고 떠날 수는 없다. 나라도 해인사에 남지 않으면 누가 소여물을 쑤어주겠느냐."

"스님, 팔만대장경은 법보이자 나라의 보물이니 수긍하겠습니다만 저 소들 때문이라면 이해하지 못하겠습니다. 사람 목숨이 더 중요한 것 아닙니까."

"허허. 수행자로서 자비심을 들먹일 것도 없다. 우리 해인사 농사짓느라고 작년 내내 고생한 소들이 아니더냐. 저 말 못 하는 소들도 우리와 같은 대중이란 말이다. 죽도록 부려먹을 때는 언제고 이제 나만 살자고 저 소들을 버리고 피난 가자는 것이냐."

효봉스님의 주장이 너무도 완고하자 한 상좌가 꾀를 냈다.

"스님, 방법이 하나 있습니다. 들어주시겠습니까."

"말해보아라."

"스님, 소들을 끌고 함께 피난 가면 되지 않겠습니까. 그러면 사람도 살고 소들도 살지 않겠습니까."

"니는 하나만 알고 둘은 모르는구나. 소를 끌고 어찌 숨어서 피난 갈수 있다는 말이냐. 그러다 사람도 죽고 소도 죽을 수 있지 않겠느냐. 그러니 나는 남을 테니 너희들이나 가거라. 나는 해인사를 지킬 것이다."

그러나 며칠 뒤 효봉스님은 한밤중이 되어 공비들에게 소들을 모두 빼앗기고 말았다. 산에서 내려온 공비들이 소들을 끌고 가버렸는데, 그날 밤 산중에서는 총성이 몇 차례 울리기까지 했던 것이다.

다음 날 효봉스님은 상좌들의 청을 더 이상 물리치지 못하고 함께 피난을 떠났다. 스님은 낙동강 다리를 건너 부산 쪽으로 가는 도중에 몇 번이나 공비들 총에 죽은 소를 안타까워하며 말했다.

"소가 우리를 살리고 죽었구나. 우리 대신 죽었어. 니들이나 나는 소에게 큰 빚을 졌다. 소에게 진 빚을 갚으려면 천도재도 지내주고 수행을 잘해야 할 것이야."

상좌들이 효봉스님을 안내하여 모시고 간 곳은 부산의 온천동 금정사였다. 효봉스님은 상좌들과 함께 금정사에서 겨울을 났다. 춥고 비좁은 방에서 가부좌를 틀고 새우잠을 잤다. 겨울을 나는 동안거 중에 효봉스님은 상좌 구산에게 법을 전해주는 게송을 읊조렸다.

한 그루 매화나무를 심었더니　　栽得一株梅

옛 바람에 꽃을 피웠구나　　　　古風花已開

그대 열매를 보았으리니　　　　汝見應結實

내게 그 종자를 가져오너라　　　還我種子來

구산스님은 사실을 과장하거나 보태고 빼는 법이 없었으므로 행자 법정은 늘 진실하게 받아들였다.

"부산 금정사에서 계속 정진하기가 어려웠어요. 피난 온 스님들로 절 살림이 궁했지요. 그래서 우리는 노장님을 모시고 해남 대흥사를 가기로 하고 여수 가는 배를 탔어요."

여수에 도착하면 버스를 타고 해남 대흥사로 갈 계획이었다. 그런 데 효봉스님이 부산부두에서 배를 탄 지 얼마 지나지 않아 심하게 뱃멀미를 했다. 할 수 없이 통영부두에서 일행 모두가 내렸다.

효봉스님 일행이 찾아간 곳은 통영 용화사였다. 당시 용화사는 대처승 가족이 살고 있었는데, 효봉스님 일행이 비어 있는 도솔암에서 살 수 있도록 해주었다. 효봉스님은 며칠간만 쉬었다 갈 생각이었지만 그곳에 머물러버렸다. 그런 뒤 도솔암 큰방에 동방제일선원을 열었다. 효봉스님은 그날 구산을 따로 불러 말했다.

"전쟁 중이지만 내가 선방을 연 까닭은 이러하니라. 입산하여 중 되었으면 참선정진하는 외길밖에 다른 길은 없다. 강사는 죽을 때 후회하며 내생에서는 참선하겠다고 죽느니라. 팔만대장경을 거꾸로, 바로 외워도 무슨 수로 생사해탈할 수 있겠느냐. 염불과 주력은 자기 원대로 해달라고 해서 업을 쌓는다. 중은 모름지기 수좌로 살아야 하느니라. 중 되고 나서 힘써 참선하다 죽었는데 설마 지옥에야 가겠느냐. 목숨을 내놓고 정진해라. 생사해탈할 날이 있으리라."

도솔암에 동방제일선원을 열자, 효봉스님의 상좌들은 물론이고 스님을 따르는 수좌들이 몰려들었다. 안거 전에 완산, 경산, 범응, 경운,

탄허, 성수 등 중견수좌들이 도솔암으로 올라와 정진했다.

그런데 대중 숫자가 불어나다 보니 크고 작은 시비와 갈등이 불거졌다. 파계를 일삼아 수행풍토를 흐리는 스님도 있었다. 어느 상좌는 참지 못하여 효봉스님을 찾아와 그러한 스님의 행태를 고자질했다.

"스님, 대중 중에 술 마시고 담배 피우는 스님이 있습니다. 게다가 여자도 만나는 것 같습니다. 대중의 질서를 위해서도 바로잡아야 합니다."

상좌는 '계율을 생명같이 여기라'는 효봉스님의 평소 가르침을 상기하며 일러바치고 있었다. 그러나 그날따라 효봉스님은 무덤덤하게 대꾸했다.

"니가 보았단 말이지."

"네, 스님."

"수행자는 술 마시면 안 된다는 말이군."

"그렇습니다."

"담배를 피워도 안 된다는 말이군."

"그렇습니다."

"여자를 가까이해서도 안 된다는 말이군."

"그렇습니다."

"잘 알고 있군그래."

"네, 스님."

갑자기 효봉스님이 고자질하는 상좌에게 벼락을 치듯 큰 소리로 나무랐다.

"너나 잘해라, 이 녀석아!"

이후에도 효봉스님은 남의 잘못을 두고 시비하는 제자들을 볼 때마다 혀를 찼다. 남을 감싸주지 못하고 고자질하는 태도를 아주 경계했던 것이다.

"쯧쯧. 너나 잘해라, 너나 잘해!"

효봉스님은 도솔암 선원에서 1년을 정진한 뒤 용화사 위쪽에 마련한 토굴로 시자 한 사람만 데리고 들어갔다. 시자는 일초의 사제가 되는 일관이었다. 그때 구산에게는 미륵산 남쪽 산자락에 미래사를 짓게 하였다. 일관은 해인사로 수학여행 갔다가 효봉스님의 법문을 듣고 그 씨앗이 싹터 출가한 젊은이였다. 일관이 스님에게 첫 번째로 배운 것은 지독한 검박이었다. 스님은 늘 고무신을 토방에 좌측과 우측을 바꾸어놓곤 했는데, 하루는 토굴에 문안인사를 하러 올라온 한 손상좌가 물으니 비밀을 알려주듯 말했다.

"스님, 고무신이 잘못 놓였습니다."

"신발을 오래 신으려고 그런다."

신발 뒤꿈치가 한쪽만 닳으니 바꿔 신으면 골고루 닳아 두 배나 오래 신을 수 있다는 대답이었다. 뿐만 아니었다. 밤에 켜는 초의 촛농을 절대로 버리는 일이 없었다. 시자에게 촛농을 깎아 모으도록 했다. 그리하여 촛농이 한 줌 쌓이면 심지를 박아 다시 사용하도록 했다. 촛농 불을 켜고 새벽예불을 보도록 했다.

시자가 걸레를 빨 때면 가만가만 빨도록 가르쳤다. 걸레를 세게 빨면 천이 빨리 해어지기 때문이었다. 걸레를 짤 때도 마찬가지였다. 힘을 주지 못하게 했다. 꽉 짜면 걸레가 빨리 떨어진다고 경책했다. 아무리 시봉을 잘한다고 하지만 토굴 걸레를 빨면서 한 번도 지적을 받지 않은 시자는 단 한 사람도 없었다.

"걸레라고 하여 함부로 대하지 말라."

어떤 시자는 실망하여 효봉스님 곁을 떠나버리기도 했다.

"도인스님이 쩨쩨하게 걸레 빠는 것까지 간섭하다니, 가난뱅이 촌부와 뭐가 다르단 말인가."

그러나 구산은 효봉스님 곁을 자나 깨나 지켰다. 구산은 자신의 상좌 보성, 원명 등과 함께 미래사를 다 짓기 전에 스님을 미래사 조실로 모셨다.

효봉스님은 동자처럼 몹시 기뻐했다. 용화사나 도솔암에서는 대처승인 주지가 대중들이 많아진다고 가끔 눈치를 주었는데, 비로소 제자와 신도들이 마음 놓고 정진할 수 있는 도량이 생겼기 때문이었다. 효봉스님은 단숨에 미래사 법당 상량에 들어갈 글을 지어 구산에게 주었다.

이 절을 세움이여!

뿌리 없는 나무를 베어서 대들보를 올리고, 그림자 없는 나무를 꺾어서 도리와 서까래를 걸며, 푸른 하늘과 흰 구름으로 기와를 삼고, 메아리 없는 골짜기의 진흙으로 장벽을 만들도다.

사방에 문이 없어 드나듦이 없지마는 시방세계에서 모두 모여도 넓지도 않고 비좁지도 않도다.

　청정한 부엌에서 밥을 지을 때에는 낟알이 없는 쌀로 짓고 국을 끓일 때에는 흰 쇠고기를 삶도다.

　잿밥을 먹을 때에는 낟알 없는 밥을 먹고, 흰 쇠고기 국을 마시며, 공양을 마치고는 조주趙州의 차를 마시고 운문雲門의 떡을 먹도다.

　법당을 돌 때에는 줄이 없는 거문고를 타고 구멍이 없는 젓대를 부나니, 그 가락마다 고라니와 사슴이 모여와 기뻐하고 봉황이 날아와 춤을 추도다.

　선실에 있을 때는 올 없는 옷을 입고 허공을 향해 앉아 문수文殊의 눈을 후벼내고 보현普賢의 정강이를 쪼개며 유마維摩의 자리를 부수고 가섭의 옷을 불사르도다.

　이렇게 해야 그것이 이른바 납자의 일상생활이니 이 절에 있는 이로서 이같이 하면 좋겠거니와 그러지 못하면 신명을 잃을 것이니 어찌 삼가지 않을 것인가.

　효봉스님은 구산스님이 미래사를 다 짓고 난 뒤에 그를 초대 주지로 명했고, 얼마 후 구산스님은 대중 가운데 처심이 반듯하고 원만한 원명스님을 원주로 삼았다.

행자 법정

화두소리

하늘도 바다도 짙푸른 늦가을이었다. 남향받이에 자리한 토굴에서는 바다가 잠자는 담수호처럼 얌전하게 보였다. 통통배가 검은 연기를 뿜어내며 지나갈 때만 바다는 잠을 깼다. 술꾼이 토악질하듯 바다는 흰 물거품을 길게 토해냈고, 갈매기들은 통통배 꽁무니를 따르며 너울너울 날았다.

토굴은 이른 아침 한때만 지나면 햇살이 비춰들어 포근했다. 효봉스님이 가부좌를 틀고 아침 정진에 들어가는 시간은 토굴에 늦가을 햇살이 부챗살처럼 퍼질 무렵이었다. 그 시각이 되면 행자 법정은 방에서 나와 지겟다리에 새끼줄을 감고 낫과 톱을 챙겼다. 토굴 아궁이에 불을 땔 나무를 하기 위해서였다.

효봉스님이 참선정진하는 동안 행자 법정은 땔나무를 했다. 밥하고 나무하는 것이 토굴 행자들에게는 유일한 정진이었다. 행자 법정이 지게를 지고 마당을 지나칠 때면 효봉스님이 화두를 들고 외는 소리가 풀밭에 낙숫물 떨어지듯 들릴락 말락 들렸다.

"무無라, 무無라."

효봉스님은 염불하듯 화두를 들었다. 스님의 고구정녕한 화두소리誦話頭는 행자 법정의 마음을 고요하게 적셨다. 행자 법정은 토굴 마당에서 스님의 절절한 화두소리를 듣기 위해 걸음을 멈추곤 했다. 효봉스님의 화두소리는 웅얼거리는 소리와 같아 귀를 기울이지 않으면 '무'가 '물'로 들렸다.

한 해 전, 큰절에서 토굴에 군불을 지펴주러 왔던 귀가 어두운 한 스님이 효봉스님이 외는 '무라, 무라'를 듣고는 찬물 그릇을 방으로 들고 들어간 적도 있었다.

"스님, 냉수 떠왔습니다."

"무라, 무라, 무라."

그래도 효봉스님이 '물, 물, 물' 하자 귀가 어두운 스님은 찬물을 잘못 떠온 줄 알고 고쳐 물었다.

"스님, 물을 데워서 가져올까요."

"무라, 무라, 무라."

그제야 그 스님은 효봉스님이 화두를 통하여 선정에 들었음을 알고 물그릇을 가지고 밖으로 물러 나왔다.

행자 법정은 지게를 벗어놓고 늦가을 햇살이 쏟아지는 너럭바위에

행자 법정

앉아 상념에 잠겼다. 전라도 해남에서 경상도 통영까지 와 있는 자신이 누구인지, 자신이 왜 이 세상에 태어나 죽어야 하는지 스스로에게 응답이 없는 물음을 던졌다. 그러면서 그도 역시 효봉스님이 들고 있는 무자 화두를 들었다. 효봉스님처럼 나직한 소리로 곡진하게 외웠다.

"무라, 무라."

늦가을 햇살이 내리쬐는 너럭바위는 구들장처럼 따뜻했다. 엉덩이에 온기가 시나브로 전해지자 큰대자로 눕고 싶었다. 팔베개를 한 채 한숨 푹 자고 싶은 충동이 일었다. 그러나 행자 법정은 멋쩍어하며 일어나버렸다. 은사 효봉스님이 '무라, 무라' 하고 정진 중인데, 시봉하는 행자가 누워 있다는 것은 무례한 일이라고 생각했다.

행자 법정은 토굴 부근의 산자락으로 올라갔다. 가파른 응달 산자락에는 썩은 나무둥치나 나뭇가지가 육탈한 뼈처럼 산재해 있었다. 그는 굵은 나뭇가지만 한 아름 골라 지게에 올렸다. 오전에 한 짐, 오후에도 한 짐 하여 하루에 두 짐을 날라야 했다.

토굴 방은 하루에 한 번씩 제대로 불을 때야만 냉기가 가셨다. 효봉스님은 하루에 한 번 이상 불을 때지 못하게 했다. 아무리 썩은 나뭇가지지만 한 번 이상 아궁이에 들어가 태워 없어지는 것은 낭비라 하여 금지시켰다. 행자 법정은 곧 요령을 터득했다. 한 번 불을 땔 때를 이용하여 밥도 하고 국도 끓였다. 군불은 한겨울이 되어 방 안에 물이 얼 정도가 돼야만 스님의 허락을 받아 지폈다.

행자로서 시봉하기가 결코 쉬운 것은 아니었다. 불을 지나치게 때면 방이 끓고, 적게 때면 방에 찬 공기가 감돌았다. 효봉스님은 몸에 열이 많아 뜨거운 방보다 미지근한 방을 좋아했다. 그러나 행자에게 방바닥의 온도를 가지고 탓한 적은 한 번도 없었다. 뜨거우면 뜨거운 대로 받아들였다.

"행자야, 방이 설설 끓는구나. 땀을 흘리고 나면 몸이 개운하겠구나."

차가우면 차가운 대로 견딜 뿐이었다.

"행자야, 방이 차가우니 정신이 번쩍 나는구나."

효봉스님은 늘 부처님 법佛道을 중심에 두고 살라고 말했다. 부처님 법 밖의 조건들은 시비하거나 집착하지 말라고 당부했다. 어두우면 어두운 대로, 밝으면 밝은 대로, 추우면 추운 대로, 더우면 더운 대로 '무라, 무라' 하고 화두만 들면 다 해결된다고 했다. 피한다고 해서 있는 그 자리가 없어지는 것은 아니라고 가르쳤다.

행자 법정이 구산스님에게 들은 얘기도 그랬다. 미래사에 내려오기 전 선학원에서 일어났던 일화였다.

6·25전쟁이 끝나자, 왜색불교 잔재를 청산하는 불교정화운동이 들불처럼 번졌다. 정화운동을 지지하는 비구스님들이 선학원으로 모여들었다. 효봉스님도 만암스님과 동산스님 그리고 청담스님 등과 함께 이미 선학원에 올라와 있었다.

방이 모자라니 한방에서 구참과 신참들이 섞일 때가 많았다. 별의별 비구스님들이 다 모여 있었으므로 방을 배정하는 데 원주스님이 애를 먹었다. 특히 금봉스님 방에는 아무도 가지 않으려고 했다. 정혜사 조실인 금봉스님이 줄담배를 피우는 '골초 스님'이기 때문이었다. 금봉스님이 머무는 방에서는 젊은 비구스님들이 담배 연기 때문에 코를 싸쥐고 있어야 했다.

원주스님이 조실 방으로 와 효봉스님에게 하소연을 했다.

"스님, 금봉스님께서 담배를 너무 피워대니 그 스님 방으로 아무도 가지 않으려고 합니다. 어찌해야 합니까."

"그럼, 수좌들에게 내 방에서 자라고 하시오."

"스님, 어찌 조실스님 방에서 잘 수 있겠습니까."

효봉스님이 원주스님을 크게 꾸짖었다.

"그대들은 어찌 금봉의 도道는 보지 못하고 금봉의 담배만 보는가!"

효봉스님은 상좌 구산에게 자신의 짐을 금봉스님 방으로 옮기도록 지시했다. 자신은 목침 하나만 달랑 들고 금봉스님 방으로 건너가버렸다. 그날부터 며칠 동안 효봉스님은 금봉스님 방에서 담배 연기 때문에 쿨룩쿨룩 기침을 하며 지냈다. 그러면서도 불평 한마디 없이 골초인 금봉스님과 애기꽃을 피웠다. 금봉스님은 성격이 불같고 말을 고함치듯 크게 하여 입에서 침이 튀곤 했다.

"나에게 물건이 하나 있소. 항상 움직이는 가운데 있되 거두어 얻을 수 없으니 허물이 어디에 있겠소."

효봉스님의 말투는 엄격하고 단호한 태도와 달리 봄바람처럼 늘 부드러웠다.

"나에게 물건이 있다고 말하는 놈을 속히 잡아오시오. 그러면 스님과 더불어 더 얘기를 나누겠소."

본래의 마음을 두고 선승들은 한 물건一物이라고 불렀다. 당신이 깨달은 본래의 마음이 무엇인지 말해보라는 두 선승의 선문답이었다.

행자 법정은 부엌문 앞에서 지게를 진 채 땔나무 짐을 부렸다. 이제는 점심공양을 준비할 차례였다. 효봉스님은 안거 중에 오후 이후에는 아무것도 먹지 않으므로 점심공양만큼은 정성껏 차려야 했다. 따뜻한 밥과 국은 기본이었다.

밥을 하는 동안 행자 법정은 고향집에서 가져온 책 중에서 한 권을 꺼냈다. 모두 다 버리고 출가하였지만 끝내 버리지 못한 책이었다. 책을 읽고 있는 동안 누군가가 뒤에서 보는 것 같은 인기척을 느꼈다. 그러나 뒤를 돌아보았지만 박새 한 마리가 머루알 같은 눈을 반짝이며 날고 있을 뿐이었다.

"무라, 무라."

효봉스님이 외는 화두소리 같기도 하여 밖으로 나가보았지만 아무도 없었다. 행자 법정은 다시 책을 펴고 밥물이 살짝 보일 때까지 읽었다. 그러고 나서 뜸을 들이는 동안에는 반찬을 만들었다. 무를 썰어 고춧가루를 뿌리고 참기름을 두어 방울 넣었다. 냄새만 나야지 느끼해지면 효봉스님은 시물施物을 아끼지 않는다고 젓가락을 놓아버렸다.

효봉스님의 식사는 하루에 한 끼만 하므로 점심공양이 끝이었다. 지독한 소식이어서 점심공양 시간은 짧았다.

"세속인처럼 많이 먹는 것은 낮밥이라 하고, 수행자들이 배 속에 점을 찍듯 적게 먹는 것을 점심이라 하느니라. 배를 배불리 채워서는 점심이라 할 수 없느니라. 알겠느냐."

"네, 큰스님."

몇 마디 주고받다 보면 점심공양 시간은 홀연히 지나가버렸다. 바로 일어나 부엌으로 가 숭늉을 떠와야 했다. 그런데 그날따라 효봉스님이 숭늉을 뜨러 가는 행자 법정을 주저앉혔다.

"행자야, 거기 앉아라."

"큰스님, 무엇이 잘못되었습니까."

"아니다. 밥이야 주림만 면하면 그만이지 진밥, 된밥 가릴 게 있겠느냐. 니에게 할 말이 있어 앉으라 했다."

그제야 행자 법정은 효봉스님이 자신의 허물을 지적하려는 것을 알고 무릎을 꿇었다.

"큰스님, 허물을 지적해주시면 고치겠습니다."

"몇 번을 보았다. 밥하는 시간에 책을 보더구나. 이왕 출가했으니 책보다는 화두를 들면 더 좋지 않겠느냐."

"지금 당장 아궁이에 넣고 태워버리겠습니다."

"그러지는 마라. 화두를 들다 보면 어느 땐가 책이 시시해질 것이다. 그때 책을 치워도 늦지 않다."

행자 법정은 당돌하게 말했다.

"큰스님, 화두를 주십시오."

"무자 화두가 좋다. 조주스님의 화두 중에 무자 화두가 최고니라. 굳이 선방에 들어 화두를 들려고 하지 마라. 물 긷고 나무하고 밥하면서도 어디에서나 무자 화두를 놓지 않으면 된다."

그날 이후 동안거 기간 내내 행자 법정은 무자 화두를 들었다. 화두를 든다는 것은 의식이 흐려지지 않고 투명하게 깨어 있는 것과 같았다. 눈을 뜨고 자기 내면을 들여다보고 있음을 뜻했다. 화두를 든 이후 행자 법정의 눈빛은 점점 맑아졌다. 눈동자 가에 비쳤던 핏발이 말끔하게 가셨다. 마음을 고통스럽게 했던 번민의 비늘이 한 켜 한 켜 떨어지고 있다는 증거였다. 행자 법정의 맑은 눈빛을 볼 때마다 효봉 스님이 격려했다.

"동서양에는 수많은 종교가 있는 줄 알 것이다. 허나 절대자에게 의지하지 않고 스스로 계, 정, 혜 삼학을 닦아 생사해탈하는 종교는 불교밖에 없느니라."

어떤 날은 다른 때보다도 행자 법정에게 참선정진할 것을 유독 권유하기도 했다.

"대근기는 참선정진하는 수좌 노릇 하고, 중근기는 경을 가르치는 강사 노릇 하고, 하근기는 기도나 염불해 절밥 얻어먹고 사는 목탁귀신 노릇 하느니라. 행자는 어떤 길을 가려고 하느냐."

"명심하겠습니다."

"책 속의 내용이란 남의 것이다. 술이 아니라 술 찌꺼기다. 니 것을 가져야 한다. 니 것을 채우는 데는 참선이 제일이다."

"참선정진하겠습니다."

"무라, 무라."

효봉스님이 '무라, 무라' 했을 때는 각자의 자리로 돌아가자는 뜻이었다. 행자 법정은 스님의 뜻을 바로 알아차리고 방을 나왔다. 그런 뒤 토굴 부엌으로 들어가 나뭇단 뒤에 찔러두었던 책을 꺼냈다. 아궁이에는 아직 잉걸불이 벌겋게 타고 있었다. 책을 아궁이 속에 처넣고 싶은 충동이 일었지만 참았다. 효봉스님이 책 내용이 시시해질 때까지 정리하지 말라고 했기 때문이었다.

행자 법정은 동안거를 해제하고 나서야 집에서 가지고 온 책을 모두 미래사 신도 집으로 보냈다. 참선정진하는 것보다 책을 보는 것이 시시해졌던 것이다. 예전에는 심오하다고 여겼는데, 그것도 남의 것이라고 생각하니 성에 차지 않았다. 책이 저절로 손에서 떠났다. 효봉스님은 그제야 행자 법정에게 '중물이 들었다'고 인정했다. 비로소 그해 하안거를 해제한 날 행자 법정은 사미계를 받았다. 사미스님이 되었다. 가슴을 졸이며 조마조마했던 행자생활을 보내고 풋사과 같은 풋풋한 스님이 되었다.

3장

쌍계사 탑전 시자

시자 법정스님이 효봉선사를 모셨던 쌍계사 탑전

비누조각

매미가 자지러지게 울었다. 며칠 전부터 나무그늘에서 날아와 토굴 서까래에 붙어 우는 매미였다. 울다가 힘에 부치면 죽은 듯 가만히 엎드려 있다가도 사람이 나타나면 또 자지러지게 울었다. 여름 한철을 영원처럼 사는 매미가 짝을 부르는 소리였다. 매미가 처절하게 짝을 찾는 것처럼 애써 하면 이루지 못할 일이 없을 것 같았다. 수행도 매미가 짝을 부르듯 절절해야 깨달음을 이룰 것이었다. 그러나 시자 법정 입장에서는 매미가 문지기처럼 토굴에 손님이 왔다고 알려주는 셈이었다.

시자 법정은 걸망을 쌌다. 효봉스님의 무거운 짐은 자신의 걸망에 넣었다. 시자 법정의 걸망이 스님의 것보다 배나 불룩했다. 효봉스님이 어젯밤에 종단정화 일로 자주 찾아오는 서울 손님들을 피해서 토굴을 옮기자고 했던 것이다. 미래사에서 하안거를 해제한 지 이틀 만이었다.

"여법하게 정진해보자. 여기서는 어긴 것이 많았다. 내방객을 탓할 것 없이 내 잘못이 컸다. 금강산 법기암 토굴이 그립구나."

법기암 토굴이란 효봉스님이 1년 6개월 동안 토굴 문을 밖에서 걸어 잠그고 용맹정진하여 깨달음의 노래를 불렀던 곳을 말했다. 외부와 모든 인연을 끊고 감옥의 독방처럼 갇혀 수행하는 이른바 무문관 無門關정진을 했던 곳이었다. 하루 한 끼 흙벽을 뚫은 투입구 안으로 공양을 밀어 넣는 스님과도 끝까지 묵언을 지켰다.

"이번에는 어느 토굴에서 사시려고 합니까."

"쌍계사 탑전이다. 육조 혜능스님의 정골 사리를 모신 성지다. 우리 모두 육조스님의 후예가 아니더냐. 육조스님의 혼백이 와 보더라도 부끄럽지 않게 여법하게 살자꾸나."

"어디에 있는 쌍계사입니까."

"조선 땅에 지리산 말고 쌍계사가 또 있다는 말이냐."

"제 고향집에서 가까운 진도 섬에도 쌍계사가 있습니다."

"허허. 그것도 묘한 인연이다. 니는 전생에 쌍계사와 깊은 인연을 맺었던 모양이구나. 중노릇을 했던 것 같구나."

해제를 해서인지 효봉스님은 안거 때와 달리 엄숙하지 않았다. 지팡이를 이곳저곳 쿡쿡 찍어보며 가볍게 묻고 말했다.

시자 법정은 그날 바로 효봉스님을 모시고 미래사를 내려와 하동 가는 경전선 열차를 탔다. 하동에서는 구례 가는 버스를 타고 화개장 터에서 내렸다. 불볕더위가 목을 타게 했지만 화개에서 쌍계사까지는

쌍계사 탑전 시자

벚나무가 그늘을 만들어 걸을 만했다. 동네 우물로 가 목을 축이면서 쉬엄쉬엄 걸었다. 개가 짖고 수탉이 벼슬을 세웠다. 그래도 땀이 나면 화개천으로 내려가 발을 담갔다. 계곡물은 더위를 잊게 했고, 바윗덩어리에 부딪히며 튀어 오르는 물보라는 눈을 맑혀주었다.

쌍계사 산문을 들어서자 키가 작은 주지스님이 기다리고 있다가 효봉스님을 공손하게 맞이했다. 효봉스님을 대웅전으로 먼저 안내하더니 법당 문을 모두 열어젖혔다. 그러나 법당 안은 동굴 속처럼 서늘한 공기가 돌았다. 효봉스님과 시자 법정이 삼배를 올리고 나자 주지스님이 큰 소리로 시자를 불렀다.

"시자야! 잭설차 끓여뒀제. 퍼뜩 가져오그래이."

"잭설차라니 무슨 말이오."

효봉스님이 처음 들어보는 말에 의아해했다. 시자 법정도 마찬가지였다.

"구들방에서 야생찻잎을 발효시킨 참니더. 금당복수金堂福水로 끓였으니 잡숴보이소. 땀이 쑥 들어갈 낍니더."

시자가 주전자와 사발을 들고 왔다. 주지스님이 주전자를 들고 사발에 차를 따랐다. 찻물은 한약처럼 누런 빛깔을 띠고 있었다. 주지스님은 주전자를 높이 들었다가 단번에 찻물을 따랐지만 법당 마룻바닥에 한 방울도 흘리지 않았다. 찻물은 목구멍을 타고 부드럽게 넘어갔다. 입안에서는 단맛이 돌았다. 과연 차가 배 속을 적시자 산들바람을 쐰 것처럼 땀이 들었다. 시자 법정은 주전자 뚜껑을 열고 어떤 찻잎이 조화를 부리는지 궁금해했지만 어른 스님들 면전이었으므로 참았다.

법당을 나와 진감선사탑비 앞을 지나면서 주지스님이 탑비를 자랑했다. 그러나 효봉스님이 비문을 탁본한 것을 이미 읽어보았다며 어서 탑전으로 올라가자고 재촉했다. 스님은 단 한순간이라도 시간을 낭비하고 싶지 않은지 서둘렀다. 육조정상탑을 봉안한 금당 안팎은 말끔하게 청소가 돼 있었다. 효봉스님과 시자 법정은 금당 안으로 들어가 육조정상탑을 참배했다. 절하는 동안 대웅전과 달리 금세 땀이 났다. 효봉스님이 탑전으로 돌아와서 걸망을 풀어놓고 시자 법정에게 짧게 법문했다.

"여기 성지에서는 아무리 더워도 가사 장삼을 수해야 한다. 육조스님이 눈앞에 계신다고 생각해야 한다. 이곳은 육조스님만 계신 것이 아니다. 좀 전에 탑비를 보았지 않느냐. 진감선사도 계시니 계행을 철저하게 지키고 정진해야 한다."

탑전 부엌 쌀독에는 양식이 반 정도 들어 있었다. 아마도 주지스님이 효봉스님을 예우하여 준비해둔 것이 분명했다. 두 사람뿐이니 석 달 양식으론 충분했다. 쉴 틈도 없이 시자 법정이 법복을 갈아입고 미래사 토굴에서와 같이 땔나무를 하러 지게를 졌다. 그러자 효봉스님이 시자 법정을 불러 세웠다.

"오늘은 너무 늦었다. 그러니 큰절 경내나 한 바퀴 돌고 오거라. 가서 진감선사탑의 비문을 읽어보거라."

탑전은 쌍계사 산문에서 보자면 대웅전 왼쪽 산자락에 있었고, 진감선사탑비는 대웅전으로 오르는 계단 아래에 있었다. 시자 법정은 효봉스님에게 찬물을 한 그릇 떠다 바치고 경내로 내려갔다. 주지스님이 말한 금당복수였는데, 금당 옆에서 솟는 약수라 하여 복수福水라고 부르는 것 같았다.

최치원이 쓴 진감선사탑의 비명은 한자 획이 깊고 날카롭게 음각되어 있었다. 시자 법정은 진감선사 행장을 뙤약볕에 서서 읽어 내려갔다. 어려운 한자가 군데군데 많았지만 내용을 파악하는 데는 어렵지 않았다.

진감선사의 법호는 혜소慧昭, 스님은 금마金馬(익산) 출신으로 신라 혜공왕 10년(774)에 태어나 생선 장사를 하며 빈한한 가정을 돌보다가 부모가 돌아가신 후 "어찌 매달려 있는 박처럼 나이 들도록 지나온 자취에만 머물러 있겠는가"라고 생각하고는 도道를 구하러 나섰다. 애장왕 5년(804)에 세공사歲貢使 선단의 뱃사공이 되어 당나라로 건너가 마조선사의 선맥을 이은 신감神鑑선사의 제자가 됐다.

선사는 헌덕왕 2년(810)에 숭산 소림사로 들어가 도의道義국사를 만나 함께 수행하다가 도의국사가 먼저 귀국하자 종남산으로 들어가 3년간 선정을 닦았다. 이후 자각紫閣 네거리로 나와 짚신을 삼아 오가는 사람들에게 3년 동안 보시한 후 귀국했다. 이때가 홍덕왕 5년(830)인데 선사는 장백사長柏寺(남장사)에 머물렀다가 화개곡으로 들어와 쌍계사의 전신인 옥천사를 창건했다.

시자 법정은 비문을 읽다 말고 '어찌 매달려 있는 박처럼 나이 들도록 지나온 자취에만 머물러 있겠는가'라는 구절에서 '관세음보살'을 외었다. 세속의 넝쿨을 자르고 불도의 넝쿨로 인생길을 바꾼 진감선사의 말이 가슴에 와닿았던 것이다. 진감선사의 행장뿐만 아니라 가풍도 비문에 오롯하게 잘 드러나 있었다. 수행자로서 어떻게 살아야 하는지 벼락같이 뇌리에 꽂혔다.

진감선사의 성품은 꾸밈이 없고 말 또한 꾸며 하지 않았으며 옷은 삼베라도 따뜻하게 여겼고, 음식은 겨와 싸라기라도 달게 여겼다. 도토리와 콩을 섞은 밥에 채소 반찬은 항상 두 가지가 없었다. 중국차를 마시는 사람이 있으면 돌솥에 섶으로 불을 지펴 가루로 만들지 않고 끓이면서 '나는 이것이 무슨 맛인지 알지 못하겠다. 배를 적실 뿐이다'라고 했다. 진眞을 지키고 속俗을 거스르는 것이 모두 이러했다.

시자 법정은 효봉스님이 왜 굳이 진감선사탑비를 보고 오라 했는지 이해했다. 참됨을 지키고 속됨을 경계함이 진정한 수행자라는 것을 스스로 마음에 새기도록 하기 위해서 그랬을 것 같았다.

다음 날부터 시자 법정은 용맹정진에 들어갔다. 땔나무는 여전히 하루에 두 짐씩 하고 물 긷고 밥하고 금당을 아침저녁으로 청소했다. 법복은 일하느라 늘 흙이 묻고 땀에 절어 밤마다 빨아 널었다. 번뇌망상이 끼어들 여지 없이 하루하루가 번개처럼 빠르게 지나갔다. 미래사 토굴처럼 손님이 와 한숨 돌릴 시간도 없었다.

공양을 하기 전에는 반드시 「반야심경」과 「오관게五觀偈」를 외웠다. 그러고 나서 등을 곧추세운 채 꼿꼿한 자세로 젓가락이나 숟가락이 밥그릇에 부딪혀 소리가 나지 않게 먹었다. 효봉스님은 점심공양을 마치고 밥상을 치운 뒤 숭늉을 마시는 동안 간단하게 법문했다. 어떤 날은 시자 법정이 효봉스님에게 먼저 질문하여 법문할 때도 있었다.

"계, 정, 혜 삼학을 닦아 불도를 이루라고 말씀하십니다만, 스님께서는 선정을 으뜸으로 치시는 것 같습니다."

시자 법정은 효봉스님이 선승이니 당연히 삼학 중에서 선정을 으뜸으로 치리라고 생각하면서 물었다. 그러나 효봉스님은 어느 한쪽으로 치우치는 것을 경계하라고 가르쳤다.

"삼학을 집 짓는 것에 비유하겠느니라. 계율이 집터라면 선정은 재목이며 지혜는 집 짓는 기술 같은 것이니라. 제아무리 집 짓는 기술이 뛰어나더라도 재목이 없으면 집을 지을 수가 없고, 제아무리 좋은 재목이 심산유곡에 있더라도 집터가 없으면 지을 수가 없고, 제아무리 천하 명당에 집터를 구했다고 하더라도 집 짓는 기술과 재목이 없으면 집을 지을 수가 없으니 어느 것 하나도 소홀히 할 수 없는 것이야. 이와 같은 이치로 삼학을 함께 닦아야 불도를 이룰 수 있는 것이니라."

그러나 참선과 불학이 어떻게 다른지는 분명하게 선을 그었다.

"내가 금강산에 있을 때다. 한번은 참선하고 있는 나에게 어떤 강사가 시비를 걸어온 일이 있었느니라."

그때의 일을 효봉스님은 자기 상相을 드러내는 허물이라 하여 한 번도 말한 적이 없지만 당시 옆자리에 있었던 운허스님이 얘기하여 선가에 퍼졌다. 그러니까 효봉스님의 입을 통해서는 시자 법정이 처음으로 듣는 얘기였다.

경에 달통한 강사가 바다에서 고기 잡는 것을 예로 들어 효봉스님에게 말했다.

"스님, 소승이 알기로는 경을 배워서 부처님 말씀을 익히는 것과 참선수행해서 부처님 마음을 아는 것은 결국 같다고 여겨집니다. 어느 그물을 쓰든 큰 바다에서 물고기만 잡아 올린다면 같은 것이 아니겠습니까."

"참선만 제일이다 하는 풍토가 못마땅하던가요."

"경을 공부하는 교학도 그물을 쓰는 법을 익히는 방편이라고 생각합니다. 그런데 선가에서는 어찌하여 교학의 그물 쓰는 법을 도외시하는지요. 고기를 잡는 분명한 방편인데 말입니다."

"스님께서는 강사답게 말씀을 참 잘하십니다. 좋은 비유를 들어서 내게 말씀해주셨습니다."

효봉스님은 강사에게 칭찬을 먼저 했다. 그러나 바로 강사의 입을 다물게 만들었다.

"교학을 공부하는 스님들은 그물로 고기를 잡겠지요. 허나 선객들은 바닷물을 통째로 마셔버리니 그물 따위가 왜 필요하겠소."

"선객들이 바닷물을 통째로 마셔버린다고 했습니까."

"그렇소. 참선하면 바로 알게 될 것이오."

시자 법정은 법문을 듣고 나서는 합장하여 예를 올렸다. 바닷물을 통째로 마셔버리는 얘기를 들은 뒤에는 효봉스님의 호연지기를 느꼈다. 그러나 어떤 날은 바늘 하나도 꽂을 곳이 없을 만큼 꼼꼼하고 치

쌍계사 탑전 시자

밀한 성품을 드러내어 내심 질리곤 했다. 효봉스님의 걸망을 빨려고 하다 발견한 비누조각을 보고서도 질리고 말았다.

"스님 걸망을 빨려다가 헝겊에 싼 비누조각을 보았습니다. 스님, 그 비누조각은 너무 오래되어 거품이 나지 않을 것 같습니다. 그러니 새 것을 하나 사겠습니다."

"금강산에 있을 때 시주받은 것이니 얼마나 됐을까. 30년은 됐을 것 같구나."

"이제 향기도 다 빠져버린 것 같고, 때도 씻기지 않을 것 같습니다. 그러니 화개장이나 구례장에 가서 새것을 하나 사야 합니다."

"중이 하나만 있으면 됐지 왜 두 개를 가지겠느냐. 두 개는 군더더기이니 무소유라 할 수 없느니라."

무소유無所有.

시자 법정은 효봉스님의 말씀을 듣는 순간 눈에서 비늘이 떨어졌다. 금싸라기 같은 지혜 하나를 발견한 듯하여 환희심이 솟구쳤다. 두 개를 갖지 않은 청빈, 그것이 무소유였다. 효봉스님의 헌 비누조각이 무소유라면 새 비누를 갖는 것은 소유였다. 생존을 위한 최소한 것이 참됨이라면 군더더기를 갖는 것은 속됨이었다.

시자 법정은 당장 부엌으로 들어가 자신이 정리할 수 있는 것부터 치웠다. 부엌칼도 하나만 남기고 치웠고, 숟가락과 젓가락은 두 벌, 밥과 국그릇도 두 벌, 반찬그릇도 몇 개만 남기고 찬장에서 내렸다. 여분의 부엌 살림살이는 포대에 쌌다. 탑전 물건이므로 함부로 누구에게 양도할 수는 없었다. 큰절로 지게에 지고 가 내려놓는 것이 순리였다.

부엌이 환했다. 치워진 살림살이 공간에 청빈한 여백이 느껴졌다.
햇살이 비쳐들어 아무것도 없는 빈 공간이 해맑고 그윽하게 보였다.

쌍계사 탑전 시자

점심공양

　시자 법정이 효봉스님에게 야단을 맞고 당황하여 쩔쩔맬 때도 있었다. 효봉스님은 야단을 칠 때 길게 끌지 않았다. 시자가 저지른 실수를 몇 마디 하고는 돌아서버렸다. 변명은 들으려고 하지 않았다. 시자가 무엇을 잘못했는지 지적하고는 그 자리에서 끝맺었다. 그러니 야단을 맞는 시자는 더 깊이 후회하고 새롭게 거듭나지 않을 수 없었다.

　탑전에서 보낸 시자생활 중 첫 여름이 지나가고 있었다. 효봉스님에게 「초발심자경문」을 막 배우기 시작했을 때였다. 조심스러운 나날이었기 때문에 시간은 흐르는 계곡물처럼 빨랐다. 오랜만에 시자 법정은 효봉스님에게 보고하고 화개장터로 반찬거리를 사러 내려갔다. 장터로 나가니 오만가지 구경거리가 풍성했다. 구경 중에는 순박한 사람들 구경도 눈을 즐겁게 했다. 고향의 우수영 선창가에서도 큰 장이 섰는데, 화개천변의 화개장도 만만치 않았다. 구례와 하동, 그리고 광양 사람들이 물건을 흥정하고 물물교환을 하고 있었다.

장터에는 승복을 입은 사람이 시자 법정만 기웃거리는 것이 아니었다. 칠불암 스님들도 내려와 어정대고, 연곡사 스님들도 장을 보러 서성거리고 있었다. 시자 법정은 효봉스님에게 적잖은 돈을 타왔으므로 물건을 사는 데는 여유가 있었다. 원래 계획에는 없었지만 대장간으로 가 호미와 괭이 등 연장도 샀다. 충동구매였다. 탑전 옆 산자락에 있는 묵은 채마밭을 일구려면 농기구가 필요했던 것이다.

시자 법정은 낯익은 회사의 연필도 한 자루 샀다. 장터에 문방구가 없어 철물점에서 겨우 찾았다. 효봉스님에게 받은 잉크를 찍어서 쓰는 펜이 있지만 연필을 깎을 때 나뭇결에서 나는 향이 그리워 구했다. 반찬거리로는 효봉스님의 입맛을 돋우려고 쑥갓과 상추, 국거리로 아욱 잎과 미역을 보따리에 쌌다.

아침 일찍 탑전을 나섰으나 미적미적 장 구경을 하는 바람에 점심공양 시간이 밭았다. 시자 법정은 뛰듯이 걸었다. 그런데 엎친 데 덮친 격으로 가다가 소나기를 만났다. 시자 법정은 소나기를 피해 외딴집 추녀 밑에 있다가 다시 보따리를 들고 뛰었다.

그러나 시자 법정이 탑전에 도착했을 때는 점심공양 시간을 넘긴 뒤였다. 시자 법정은 바로 탑전 부엌으로 들어가 허둥지둥 점심공양 준비를 했다. 그때 효봉스님이 부엌으로 들어오더니 차가운 목소리로 말했다. 탑전 생활 중 첫 야단이었다.

"오늘 점심공양은 짓지 마라. 오늘은 단식이다. 나도 굶고 니도 굶

쌍계사 탑전 시자

자. 공부하는 풋중이 시간관념이 없어서야 되겠는가. 정신을 어디다 팔고 다니는 것이냐!"

"죄송합니다. 스님께 지금 지어 올리겠습니다."

"됐다. 서로 굶기로 하지 않았느냐."

"오다가 소나기를 만났습니다."

효봉스님은 더 이상 변명을 듣지 않고 방으로 들어가버렸다. 시자 법정은 어쩔 줄 모르고 뒤따라 방문까지 갔으나 방에서는 벌써 화두 소리가 나고 있었다.

"무라, 무라."

시자 법정은 부엌으로 돌아와 자신을 나무랐다. 자신을 용서할 수 없어 괭이를 들고 묵은 채마밭으로 갔다. 숨이 턱에 차도록 괭이질을 했다. 밭두둑을 두어 개 만들 때까지도 허리 한 번 펴지 않고 괭이로 흙을 파 올렸다. 땀이 비 오듯 쏟아졌다. 날이 어둑어둑해져서야 시자 법정은 힘이 빠지고 허기가 져 괭이를 놓았다. 괭이를 놓고 풀밭에 큰 대자로 드러누워버렸다.

그때 효봉스님이 다가와 시자 법정을 불렀다.

"니 칼국수 좋아한다고 했제."

"스님, 지금 칼국수 공양 지어 올리겠습니다."

시자 법정은 용수철처럼 바로 일어나 말했다.

"아니다. 내가 만들었다."

"큰스님께서 만들었단 말씀입니까."

"칼국수 나도 많이 만들어봤다. 자, 가서 먹자꾸나."

효봉스님의 목소리는 더없이 따뜻했다. 시자 법정은 합장한 채 약속했다.

"큰스님! 다시는 시간을 어기지 않겠습니다."

"나는 니가 참회하는 것을 다 보았느니라."

시자 법정은 부엌으로 갔다. 솥뚜껑을 열자, 과연 효봉스님이 요리한 칼국수가 있었다. 간장만 넣고 간을 맞춘 담백한 칼국수였다. 시자 법정은 서둘러 상을 봤다. 장 봐온 쑥갓과 상추도 고추장과 함께 올렸다.

"이상하제. 스님들은 다 국수를 좋아한단 말이야. 누군가가 잘 지었어. 국수를 승소僧笑라고 했거든. 스님들을 웃게 한다는 것이지."

시자 법정은 그날 초저녁에 금당으로 들어가 육조정상탑 앞에서 새벽 도량석 때까지 절을 했다. 삼천배를 넘어 섰을 때 먼 산속에서 울던 소쩍새 울음소리가 금당 뒤 가까운 숲속에서 들려왔던 것이다. 시계를 보지 않고서도 그때쯤이면 늘 새벽 도량석을 했는데, 그날은 밤을 새우고 말았던 것이다.

시자 법정은 며칠이 지나서 점심공양 뒤 또다시 곤욕을 치렀다. 이번에는 설거지 뒤끝이 깨끗하지 못하여 따끔하게 지적을 받았다. 효봉스님이 우물가에서 시자 법정을 불렀다. 우물가에서 설거지를 막 끝내고 오후 일과를 생각하면서 한숨 돌리고 있는 참이었다.

"법정이 우물가로 오너라."

"네, 큰스님."

우물가로 달려간 시자 법정은 긴장했다. 혼쭐난 지 며칠이 되지 않았는데 또 야단을 맞는가 싶어서였다. 효봉스님은 뒷짐을 지고 있었다. 손가락으로 가리키지 않고 무엇이 문제인지 찾아보라는 식으로 말했다.

"여길 보아라."

"큰스님, 무엇을 말입니까."

시자 법정은 당황하여 어디를 보라는지 알아채지 못했다.

"니 눈에는 보이지 않는 모양이구나."

"무슨 말씀인지 모르겠습니다, 큰스님."

시자 법정은 우물거리지 않고 솔직하게 말했다. 효봉스님은 모르면 모른다고 해야지 아는 체 둘러대는 태도를 아주 싫어했던 것이다. 효봉스님에게 지적이라도 받으려면 태도가 분명해야 했다.

"그렇다면 직접 가르쳐줘야겠구나."

"네, 큰스님."

효봉스님이 뒷짐을 풀었다.

"빈 그릇하고 젓가락을 가져오너라."

"어디다 쓰시게요."

"가져오면 알 것이다. 내가 보여주겠다."

시자 법정은 효봉스님이 시키는 대로 지체하지 않고 부엌에서 빈 그릇과 젓가락을 가져와 내밀었다.

"큰스님, 여기 있습니다."

그제야 효봉스님이 우물가에 앉아서 젓가락으로 밥알과 시래기 줄기를 건져 올려 빈 그릇에 담았다. 시자 법정이 설거지하면서 흘린 것들이었다. 시자 법정은 얼굴이 화끈거렸다. 설거지하면서는 흘린 밥

알을 보고도 나중에 우물 청소할 때 치워야지 하고 미뤘다가 잊어버렸던 것이다.

"이것을 어떻게 처리할까."

"헌식대에 놓고 오겠습니다."

반반한 바위에 새나 다람쥐의 먹이를 점심공양 뒤에 조금씩 덜어놓곤 했던 것이다. 탑전 뒤뜰에도 헌식대가 하나 있었다.

"그럴 것 없다. 시주한 것을 함부로 버리면 삼세제불이 합장하고 서서 벌선다고 했다. 부처님이 벌선다고 했으니 오늘은 내가 먼저 벌서겠다."

효봉스님은 빈 그릇에 담은 밥알과 시래기 줄기를 우물물에 한 번 헹구더니 망설이지 않고 삼켜버렸다. 그런 뒤, 눈을 껌벅거리며 말했다.

"다음번에는 서로 나눠 먹을까."

"큰스님, 참회하겠습니다."

시자 법정은 그날 이후 우물가 청소를 철저하게 했다. 우물가에 떨어진 국수 한 가닥이라도 흘리지 않고 집어삼켰다. 훗날 어디를 가나 법정스님이 사는 암자의 우물가는 맑은 물만 흘렀다.

그런가 하면, 구례장을 다녀와서는 책을 태운 일도 있었다. 효봉스님은 법정이 행자생활을 할 때보다 더 엄했다. 하루는 구례장터에서 서점을 들렀다가 호손의 『주홍 글씨』를 한 권 사서 탑전으로 돌아와 밤 9시 넘은 취침시간에 고방으로 들어가 호롱불 밑에서 읽다가 큰스님에게 들켰던 것이다.

"세속에 미련을 두고 그런 걸 보면 출가가 안 되느니라. 당장 태워

버려라."

　법정은 바로 부엌으로 들어가 태워버렸다. 좀 아깝다는 생각이었지만 책이 아궁이 속에서 활활 타고 있는 것을 본 순간 예전에 책 때문에 엎치락뒤치락거렸던 번뇌마저 타버리는 것 같은 느낌이 들었다.

　탑전에도 가을이 왔다. 지리산 남쪽이었으므로 단풍이 다른 곳보다 늦었다. 10월 말인데도 고로쇠나무나 팽나무 잎들이 푸르렀다. 더욱이 탑전 주변은 상록수인 동백나무가 숲을 이루고 있었다. 지리산 먼 산자락만 붉고 노란 단풍이 게으르게 번지고 있을 뿐이었다. 시자 법정은 우물 앞의 허물어진 수로를 고치기 위해 산에서 납작한 돌들을 주워 날랐다. 돌을 지게로 나르다가 잠깐 쉬면서 미래사 토굴 쪽을 바라보았다.

　행자 시절인 그때도 우물 앞이 허물어져 자신이 고쳐야 했던 것이다. 시멘트를 구해야 우물 축대를 쌓을 수 있는데, 미래사에는 없었다. 할 수 없이 통영 시내로 나가 시멘트 두 포대를 샀다. 겁도 없이 앞뒤 사정을 잴 줄 몰랐던 때였다. 혼자서 시멘트 두 포대를 통영 시내에서 용화사까지 20리 길을 지게에 지고 왔다. 그런데 힘이 빠지자 용화사에서 미래사로 오는 재를 넘지 못했다. 다리가 후들거려 주저앉곤 했다. 그렇다고 누가 대신 져다줄 사람은 아무도 없었다. 힘들어도 자신이 해결하고 극복해야 했다. 결국 한 포대씩 져 날랐다. 태어난 이후 가장 힘들었던 지게질이었다. 몸이 지칠 대로 지친 상태였으므로 등에 져본 짐 중에서 바윗덩어리처럼 무거웠던 시멘트 포대였던 것이다.

시자 법정은 다시 지게를 지고 웃었다.

'고통스러운 현실도 추억이 되면 단풍처럼 아름답게 물드는 것인가.'

자신이 선택한 고통이기 때문에 견뎌냈던 것도 같았다. 자신이 스스로 진 짐이기 때문에 주저앉지 않고 결국 미래사 토굴까지 날랐던 것이 분명했다. 수행이란 짐도 편하고자 진 것은 아닐 터였다. 고통마저도 단풍처럼 아름답게 물들게 하는 의지가 수행인 것이다.

마침 구산스님이 점심공양 전에 왔다. 시자 법정은 채마밭에서 자신이 가꾼 무와 배추를 뽑아 왔다. 우물가에서 무와 배추를 씻는데 구산스님이 다가와 말했다.

"아우님, 내가 뭐 도와드릴 일이 없소."

"사형님, 제가 다 할 테니 가만히 계십시오."

효봉스님에게 먼저 인사드리고 나온 듯했다. 일을 거들어주려는 듯 가벼운 법복 차림이었다.

"스님 시봉하느라고 힘들었지요."

"아닙니다. 지금이 얼마나 좋은지 모르겠습니다. 큰스님을 모시지 않고 혼자 그렁저렁 지냈다면 어떻게 됐을까, 생각만 해도 아찔합니다."

"아우님 보고 스님께서 구참 같다고 자주 칭찬하시던데요. 삼학의 무슨 공부든 잘하겠지요."

"큰스님께 가끔 꾸중을 듣습니다. 부끄럽습니다."

"꾸중 듣는 때가 좋은 시절이지요."

쌍계사 탑전 시자

구산스님이 갑자기 나타난 것은 무슨 이유가 있을 터였다.

"사형님께서는 무슨 일로 갑자기 오셨습니까."

"서울에서 미래사로 소식이 와서 가지고 왔어요. 네팔에서 제4차 세계 불교도우의회를 연다고 그러는데, 스님께서 한국 대표로 참석하시도록 결정되었다고 해요."

세계불교도우의회에 한국도 11월에 가입할 예정인데, 한국 대표로 동산스님, 효봉스님, 청담스님이 추대됐다는 것이었다.

"사형님, 그렇다면 큰스님께서 탑전을 떠나시는 겁니까."

"물론이지요. 아마도 겨울 동안거는 법정 아우님 혼자서 나야 할 겁니다. 스님께서 다시 오실지 모르니까 탑전을 지키고 있어야지요."

시자 법정은 막막해지는 느낌을 떨쳐버리지 못했다. 배춧잎을 씻다 말고 멍하니 서 있자 구산스님이 말했다.

"중은 혼자 길을 가는 사람이지요. 무얼 그리 낙심한 얼굴을 하고 그래요. 스님께서는 네팔에 가셨다가 이리로 오실 텐데요."

"출가란 살던 집에서 몸만 떠나온다고 되는 일이 아니라는 것을 큰스님을 시봉하는 동안 깨달았습니다. 큰스님의 경책이 없었더라면 저는 새롭게 시작하고 거듭거듭 태어나지 못했을 겁니다."

"혼자 시간을 가져봐요. 그때 공부가 알게 모르게 익으니까요."

시자 법정은 점심공양을 먹는 둥 마는 둥 했다. 싱싱한 배춧잎으로 쌈을 해서 먹지만 목구멍으로 잘 넘어가지 않았다. 그러나 점심공양이 끝나자마자 효봉스님은 구산스님을 따라서 세계불교도우의회에 참석차 곧 서울로 상경해버렸다.

결국 탑전에는 법정만 홀로 남게 되었다. 이제부터 법정은 탑전 안팎으로 크고 작은 일을 혼자 해결해야 했다. 큰절 주지스님에게 눈치를 받지 않으려면 효봉스님이 계실 때보다 더 잘살아야만 했다.

그런데 부엌의 쌀독에는 쌀이 몇 줌 남아 있지 않았다. 큰절도 살림이 궁하므로 손을 벌릴 수도 없었다. 효봉스님이 계실 때는 신도들이 드문드문 찾아와 쌀독에 쌀이 저절로 채워지곤 했으나 지금부터는 법정이 스스로 쌀을 마련해야 했다.

법정은 우물가로 가 무너진 수로를 마저 쌓았다. 지금 당장 끝내지 않으면 다른 일을 시작할 수 없기 때문이었다.

쌍계사 탑전 시자

도반

초겨울이었다. 섬진강 바람이 매서워졌다. 탑전까지 올라와 달랑거리는 나뭇잎을 훑었다. 마당에 이리저리 뒹구는 낙엽을 보면 어깨가 절로 움츠러졌다. 냉한 강바람을 오래 쐬거나 진눈깨비라도 맞게 되면 탁발하는 스님들은 여지없이 독감에 걸렸다. 탁발스님이 아니라도 수행자라면 독감을 아주 조심했다. 목구멍이 부으면 도량석은 물론 예불도 못했다. 독감이 몸에서 나갈 때까지 앓아야 했다. 독감은 혼자일 수밖에 없는 스님들에게 반갑지 않은 겨울손님이었다.

탑전을 내려온 법정은 동구 밖을 벗어나 어디로 갈까 망설였다. 출가하여 처음으로 걸망을 메고 나선 탁발 길이었다. 마음 내키는 대로 가려고 나왔지만 선뜻 발걸음이 떨어지지 않았다. 손에 든 목탁이 어색하여 자꾸 신경이 쓰였다. 마을사람들은 목탁을 쳐 탁발하는 것을 목탁동냥이라고 불렀다.

화개면보다는 악양면이 나을 것도 같았다. 화개면은 화개장터 같은 데서 마주친 낯익은 사람도 있을 것이고, 절집 탁발은 먼 동네부터 돌라는 말이 있었다. 쌍계사나 칠불암의 탁발스님들도 악양면을 더 선호했다. 악양면에는 섬진강에 맞닿은 넓은 악양벌판이 있어 예부터 부자가 많았기 때문이었다.

그러나 법정은 악양면 동네로 가더라도 부자로 보이는 집만 골라서 탁발하고 싶지는 않았다. 부처님이 탁발할 때는 빈자와 부자를 가리지 말고 모든 사람들에게 복 짓는 복전이 되라고 말씀했던 것이다. 법정은 악양벌판을 향해서 걸어갔다. 악양면 마을 농가들은 악양벌판 주변에 조개껍질처럼 다닥다닥 붙어 있었다.

처음으로 마주친 농가 앞에서 법정은 목탁을 두들겼다. 마루에는 머리를 길게 땋은 처녀가 앉아서 예닐곱 살의 단발머리와 함께 마른 고사리를 고르고 있었다. 법정은 고향집 어린 여동생이 떠올라 발걸음을 돌렸다. 처녀가 뒤따라 나오면서 불렀지만 뒤돌아보지 않았다.

"스님, 스님!"

법정은 몰래 죄라도 진 것처럼 도망치듯 걸었다. 한 번도 어린 여동생에게 살갑게 정을 주지 못했던 것이 후회스럽고 부끄러웠다. 법정은 여동생 또래가 있는 그 집에서 탁발할 용기를 내지 못했다. 탁발할 자격이 없다고 생각했다. 법정은 그 농가만 지나친 것이 아니라 마을을 벗어났다. 황급히 걸어가는 법정을 보고 마을 아낙네들이 힐끔힐끔 쳐다보았다.

다른 마을 어귀에 들어서서야 법정은 심란해진 마음을 가라앉혔다.

쌍계사 탑전 시자

왜 그 단발머리 아이를 여동생과 연관시켰는지 알 수 없었다. 법정은 자신이 망상을 일으킨 것이라고 생각했다. 망상은 망상을 낳고 번뇌는 번뇌를 낳는 법이었다. 그것도 괴로움의 원인이 되는 악순환이었다. 찰나생사刹那生死의 윤회였다. 금생에서 내생으로 바뀌는 것만이 윤회가 아니었다.

'아, 나는 복 짓는 복전이 되지 못하는 허물을 지었구나.'

법정은 여동생에 대한 연민이 남아 그랬을 것이라며 자신을 자책했다. 법정은 다른 마을로 들어서서는 목탁을 두드리고 염불했다. 할머니가 쌀을 한 됫박 퍼다 걸망에 넣어주었다. 사립문도 없는 집에서는 보리쌀을 한 줌 시주했다. 주는 대로 받았다. 걸망이 가득 찬 뒤에야 탑전으로 돌아왔다.

첫날 탁발은 대성공이었다. 가을추수를 끝내고 집안에서 타작을 하거나 이엉을 엮고 새끼를 꼬고 있어서 빈집은 거의 없었다. 악양마을 사람들은 불심이 깊은 듯했다. 목탁 치고 염불하면 할머니나 아낙네들이 됫박을 들고 나왔던 것이다.

다음 날은 피곤하여 탁발을 쉬고 채마밭에서 배추를 뽑아다가 우물가에서 김장을 담갔다. 김장을 담가본 적은 없지만 목포에서 자취생활을 하는 동안 눈여겨보았던 것이 도움이 됐다. 배추와 무를 소금에 절였다가 고춧가루를 뿌려 버무렸다. 무청은 새끼줄로 엮어 처마 밑에 말렸다.

며칠 뒤 또다시 탁발을 나섰다. 쌀독을 채우려면 마을을 더 돌아다녀야 했다. 다행히 요령이 생겨 사흘을 돌아다니자 쌀독이 거의 찼다.

법정은 나흘째 또 악양면으로 나가 탁발을 했다. 걸망이 가득 차지는 않았지만 '이 정도면 삼동三冬을 나겠구나' 하고 가벼운 발걸음으로 탑전에 올랐다.

그런데 법정은 탑전 마당에서 걸음을 멈추었다. 탑전 굴뚝에서 연기가 피어오르고 있었다. 누군가가 부엌에서 군불을 지피고 있음이 분명했다. 법정은 걸망을 내려놓고 부엌으로 갔다. 부엌에서 군불을 지피고 있는 사람은 스님이었다. 스님은 해맑은 얼굴로 미소를 지으며 합장했다. 법정은 순간적으로 그 스님과 인연이 맺어지는 것을 느꼈다.

"스님, 지리산으로 겨울을 나려고 왔습니다."

"마침 혼자 나려던 참인데 잘됐습니다."

법정은 군불을 지피는 스님의 출현이 반가웠다. 혼자서 자유롭게 안거하려고도 했지만 사실은 불안한 마음도 있었던 것이다. 간섭하는 사람이 아무도 없다면 자기 질서가 흐트러지고 게을러질 수도 있기 때문이었다. 저녁공양을 하면서 서로가 어떤 사람인지 좀 더 드러났다.

"스님, 사투리로 보아 전라도가 고향인 것 같습니다."

"맞아요. 세속의 배움도 짧고 재작년에 계를 받았으니 중노릇도 짧지요."

재작년에 계를 받았다고 하니 법정보다 출가가 1년 빠른 셈이었다. 그러나 세상에 태어난 해를 대보니 법정보다 한 살 모자랐다.

"아, 제 법명을 밝히지 않았습니다. 수연水然이라고 합니다."

지병이 있는지 병색을 띤 얼굴이었고 가벼운 트림을 참곤 했다. 느릿느릿한 말투로 보아 천성적으로 차분한 성품이라는 느낌이 들었다.

"어디 불편한 데가 있습니까."

"정진하는 데는 지장이 없을 겁니다. 견딜 만하니 걱정하지 마십시오."

법정은 스님의 건강을 묻지 않을 수 없었다. 단 두 사람이 살더라도 소임을 정해야 하는데 건강을 고려해야 하기 때문이었다.

동안거 결제일까지는 서로가 편하게 보냈다. 함께 칠불암 아자방 선방도 가보고, 농가로 내려가 작설차도 마시곤 했다. 농가 할머니들이 말하는 작설차는 녹차가 아니라 발효차였다. 뜨끈뜨끈한 구들방에 띄워서 말린 찻잎을 냄비에 넣고 푹 삶은 차가 바로 화개마을에서는 작설차였다.

5리 남짓 산길을 타고 깊숙이 올라가면 삼신산 계곡에 폭포가 하나 있었다. 폭포 옆에는 참선하는 노스님이 토굴을 짓고 살았다. 화개마을 밖을 다녀올 때면 반드시 탑전을 들렀다 가곤 하는 노스님이었다. 수연이 탑전에 온 뒤로는 노스님의 걸망은 수연이 멨다. 수연은 노스님의 걸망을 대신 메고 토굴까지 다녀오곤 했던 것이다.

마침내 결제일 전날이었다. 법정과 수연은 안거 동안 서로가 지켜야 할 일을 놓고 합의를 보았다. 수연은 법정이 정하는 대로 따르겠다고 말했다.

"법정스님, 탑전은 스님이 주인이지요. 저는 손님일 뿐이고요. 그러니 모든 일을 스님 뜻에 따르겠습니다."

"수연스님, 정진하는 데는 주객이 있을 수 없습니다. 수연스님과 내 뜻이 자연스럽게 묶어져야만 원만하게 안거를 날 수 있다고 생각합니다."

수연은 전혀 자기주장을 내세우지 않았다. 끝까지 수순하겠다고 말할 뿐이었다. 별수 없이 법정이 소임을 짰다.

"저는 공양주를 하겠으니 수연스님은 채공을 보면 어떻겠습니까."

"법정스님이 밥하는 동안 저는 국 끓이고 반찬 만들겠습니다. 솜씨는 시원치 않지만 정성껏 하겠습니다."

"저는 법당과 정랑 청소를 하겠으니 수연스님은 큰방과 부엌을 맡으면 어떻겠습니까."

"좋습니다."

마지막으로 서로가 하루 한 끼만 먹으며 참선정진하기로 했다. 세 끼를 다 먹다 보면 공양 준비하고 설거지하는 데 반나절 정도의 시간이 낭비되고, 무엇보다 배가 고파야 잡념이 힘을 쓰지 못하고 도를 구하는 마음이 간절해질 것이기 때문이었다.

서로가 소임을 충실하게 지키다 보니 정진이 순일하게 잘됐다. 아무런 장애 없이 하루하루가 맑고 투명하게 지나갔다. 두 스님은 바깥일을 까맣게 잊어버리고 오직 화두에만 몰두했다. 법정은 무자 화두를 들었고, 수연은 이뭣고 화두를 들었다.

점심공양 시간이 유일한 대화시간이었다.

"수연스님은 음식 솜씨가 대단합니다. 시원찮은 반찬거리도 스님 손을 거치면 감로미甘露味가 되니 말입니다."

"법정스님이 맛있게 먹어주니 고마울 뿐입니다."

쌍계사 탑전 시자

계율을 어길 때는 서로가 참회했다.

"법정스님, 참선 중에 내내 속가 어머님을 그리워했습니다. 출가하고 나서도 어머니가 생각나는 것을 보면 아직도 저는 풋내기인가 봅니다."

"저도 마찬가집니다. 가부좌를 틀고 앉으면 왜 그리 옛 생각들이 낱낱이 떠오르는지 모르겠습니다."

꿈에 부풀어 들떠서 얘기를 주고받을 때도 있었다.

"법정스님은 해제하면 무엇을 하실 계획입니까."

"삼보 사찰을 순례할 겁니다."

"어쩌면 저와 생각이 같은지요. 해인사도 가보고 싶고, 통도사도 가보고 싶고, 송광사도 가보고 싶거든요."

"참배하고 싶은 절이 같으니 함께 다녀도 좋겠습니다."

동안거 해제일인 정월 보름이 다가오자, 두 스님은 만행 길을 떠올리며 더욱 부풀었다. 법정은 미리 찬물에 목욕을 했다. 해제 전전날에는 수연과 함께 옷가지와 이불 빨래를 하고 대청소를 했다.

그런데 막상 해제 전날이 되자 몸이 갑자기 무거워졌다. 독감이었다. 열이 오르고 입맛이 달아났다. 점심공양 중에는 숟가락을 들었다가 놓아버렸다. 수연이 점심공양을 해야만 기운이 난다고 거들었지만 소용이 없었다. 가만히 있으면 오한이 들었다. 방에 들어 아랫목에 누워 있어도 몸이 떨렸다.

해제 날에도 마찬가지였다. 아픈 몸으로 길을 떠날 수는 없었다. 법정이 눕자 수연도 만행 길을 떠나지 못했다.

"수연스님, 해제를 했으니 떠나셔야지요."

"걱정하지 마십시오. 스님 몸이 가벼워지면 그때 떠나겠습니다. 한약방이 어디에 있는지 알면 다녀오겠습니다만."

그러나 화개장터에는 병원이나 약국이 없었다. 또한 그들에게는 약을 살 돈이 없었다. 동안거 동안 철저하게 무소유로 살았던 것이다.

"앓을 만큼 앓으면 낫겠지요."

"관세음보살님이 도와주실 겁니다."

밤이 되면 법정은 헛소리를 했다. 수연이 머리맡에서 밤새 앉아 간병했지만 정성만으로는 한계가 있었다. 목이 마르면 물 끓여오고, 열이 오르면 이마에 찬 물수건을 갈아 얹어주는 일밖에는 아무것도 할 수 없었다.

수연의 간병에도 불구하고 법정은 며칠 동안 일어나지 못했다. 수연이 날마다 죽을 쑤었다. 법정이 아픈 뒤로는 수연 자신도 끼니때마다 죽을 먹었다. 그러나 그날 아침에는 수연이 법정의 죽그릇만 가지고 방으로 들어와서 말했다.

"법정스님, 잠깐 화개 좀 다녀오겠습니다. 죽은 넉넉하게 쑤어놨으니 조금씩이라도 삼켜야 합니다."

"일어날 것이니 걱정 마십시오."

"다녀오겠습니다. 입맛이 없더라도 죽은 꼭 삼켜야 합니다. 그래야 자리를 털고 일어날 수 있으니까요."

수연은 탑전을 나와 화개장터로 한걸음에 걸었다. 역시나 화개장터

쌍계사 탑전 시자

에는 병원은커녕 약국도 없었다. 한약방은 더더욱 없었다. 수연은 지나가는 촌부를 붙들고 물었다.

"한약방을 찾으려는데 어디로 가야 합니까."

"구례읍에 용한 의원이 있다는 말을 들었습니다만 장날에는 장꾼실어 나르는 트럭이라도 있지만 지금 구례까지 걸어가기에는. 쯧쯧."

촌부가 고개를 절레절레 흔들었다. 쌍계사에서 구례읍까지는 40리거리였다. 왕복은 80리 길이었다. 그러나 수연은 섬진강 거친 강바람을 쐬며 구례읍까지 걸어갔다. 마침 운 좋게 한의원은 바로 찾았다. 그러나 수연은 한 푼도 없었으므로 읍내를 돌며 탁발했다. 한약값을 탁발한 수연은 한약을 지어 곧바로 탑전을 향해 어두운 밤길을 달렸다.

수연이 탑전에 도착했을 때는 밤 10시쯤이었다. 삼신산에 소쩍새가 우는 시각이었다. 수연이 쑨 죽을 몇 번에 걸쳐서 나누어 먹던 법정은 잠시 잠이 들어 있었다. 법정이 인기척에 깨어났을 때는 수연이 한약을 달여 방으로 들어오고 있었다. 수연이 약사발을 들고 말했다.

"스님, 너무 늦어 미안해요. 구례읍에 가서 구해왔어요. 곧 나을 테니 어서 마셔요."

"구례까지 가서 구한 약이라고 했습니까."

법정은 수연의 말을 듣고는 어린애처럼 울어버렸다. 그러자 수연이 법정의 손을 꼬옥 쥐며 말했다.

"법정스님 덕분에 동안거를 무사히 잘 났어요. 얼마나 고마운지 모르겠어요."

수연은 오히려 법정에게 고마움을 나타냈다. 다음 날 법정은 자리를 털고 일어났다. 아파 누워 있는 동안 수연이 자신의 분신이었다는 느낌이 홀연히 들었다. 실컷 앓고 나니 심신이 빨래처럼 헹궈진 것 같아 오히려 개운하기도 했다. 그래도 삼보 사찰을 순례하기로 한 약속은 뒤로 미뤘다. 자신이 아파 누운 기간이 길었기 때문이었다.

수연은 곧 어디론가 떠났다. 법정은 묻지 않았다. 인정에 집착하지 않는 것이 수행자의 예절이었다.

쌍계사 탑전 시자

4장

해인사 억새풀

억새풀 같던 법정스님이 젊은 시절을 보냈던 해인사

빨래판

  법정은 탑전에서 해인사로 가 하안거를 났다. 당시 해인사에는 노스님이 여러 분 있었다. 부루때적(상추전)을 좋아하는 선방 조실스님인 금봉스님, 그리고 세상이 어둡다고 대낮에 등불을 들고 다니던 괴각 응선스님, 새파랗게 어린 사미승에게도 존댓말을 쓰는 선방 유나 지월스님 등이 있었던 것이다. 강원에는 교학에 밝은 명봉스님 등이 학인을 가르치고 있었다. 법정은 동안거도 선방 퇴설당에서 보내려고 했는데, 그때 방부를 들인 선객은 십여 명이었다. 미래사에서 온 사형 일초스님, 후배를 만날 때마다 '송장을 끌고 다니는 놈이 누군가' 하고 묻던 따뜻한 인품의 연산스님, 입승을 맡게 된 덕현德玄스님 등이 있었다.

  덕현스님은 후원 등을 다니며 향이 강한 고소를 뜯고 있는 신참 학인들에게 애매모호한 표현을 하고 다녔다. 금봉스님뿐만 아니라 통도사 극락암의 경봉스님도 덕현스님이 공부한 깊이를 주시할 정도였다. 견처 見處가 있다고 소문이 자자했다.

그러나 법정은 선객과 선방의 관념적인 분위기에 쉽게 용해되지 못했다. 연산스님이 법정을 붙들고 '송장을 끌고 다니는 놈이 누군가' 하고 물어도 가슴에 무언가 각인되지 않고 무덤덤했다. 해일 같은 감동은커녕 찰과상도 그어지지 않았다. 순박하고 너그러운 스님의 인품과는 별개였다.

퇴설당의 일과는 공양하는 시간과 방선 放禪 시간을 빼고는 하루 종일 화두를 들고 좌선하는 시간이 전부였다. 그런데 선방 분위기는 반살림(안거 중간)이 지나가면 가부좌를 틀고 앉아 조는 스님도 있고, 화두를 중얼거리는 스님도 있고, 돌부처처럼 표정 없이 하루 종일 미동도 않는 스님도 있었다.

법정은 방선 시간에 혼자 개울가로 나가 자문했다.

'이것이 깨달음으로 가는 길인가. 이 길을 가기 위해 출가를 한 것인가. 선배들의 길 말고 나만의 길은 없는가.'

초발심 중인 법정만 갈등과 회의를 하고 있는 것은 아니었다. 법정과 달리 여러 철 안거한 스님도 마찬가지였다. 서로가 한방 옆자리에서 함께 좌선하다 보니 얼굴 표정만으로도 서로의 마음을 읽을 수 있었다.

"법정수좌, 실망하지 말아요. 견성성불을 확신하고 이 길을 확신하고 간 도인스님들이 많잖아요."

"하안거 때도 그랬고 동안거도 마찬가지라서 그럽니다. 사람의 개성은 천차만별인데 모두가 한 방법으로만 간다는 것은 맹목적이지 않습니까."

"나는 퇴설당堆雪堂의 퇴설을 생각하면 그런 생각이 났다가도 달아납니다. 혜가스님이 왜 달마대사 앞에서 팔 하나를 끊고 눈이 무릎에 쌓일 때까지 제자 되기를 간청했겠습니까. 달마대사의 선법이야말로 자신과 세상을 구원할 수 있다는 믿음이 들었기 때문이 아닐까요."

"제가 신심이 부족했나 봅니다."

"법정수좌, 우리 눈 밝은 스승을 찾아봅시다."

다음 날부터 법정은 아침저녁으로 장경각으로 올라갔다. 따로 참회의 예불을 하면서 신심을 모았다. 예불이 끝나면 바로 퇴설당으로 내려가 좌복 위에 앉았다. 한동안 분심을 내어 밀어붙이니 무념이 지속되었다. 가부좌의 자세도 흐트러지지 않았다. 정신이 육신을 지배했다. 눈에서는 광채가 났다.

동안거가 끝나갈 무렵이었다. 한 스님이 법정에게 괴로움을 토로했다.

"스님, 도무지 의심이 지어지지 않아요. 내 몸 따로 의심 따로 놀아요. 화두를 들고 있다가도 알음알이知解에 떨어진 나 자신을 발견한다니까요."

"화두 문제는 조실스님께 여쭤보는 것이 좋겠습니다."

법정 자신도 그 문제로 고민하고 있었기 때문에 조실스님을 만나 물어볼 것을 권유했다. 법정은 그 스님과 날을 잡아 조실 방으로 들어가 삼배를 올렸다. 금봉 조실스님 방은 담배 연기가 가득했다. 선객들이 신성한 절에서 담배를 피운다고 수군거리지만 스님은 전혀 아랑곳하지 않았다. 고약한 냄새에 민감한 법정은 터져 나오려는 기침을 겨우 참아냈다. 함께 들어온 스님도 안절부절못했다.

금봉스님은 성격이 거칠고 급했다. 쭈뼛거리는 풋내기 스님들에게 호통을 치듯 물었다.

"뭐 하러 왔는가!"

"조실스님, 의심이 뭉치지 않습니다."

"니 화두가 뭔데."

"부모미생전 본래면목父母未生前 本來面目입니다."

부모미생전 본래면목이란 부모에게서 낳기 이전 본래의 모습은 무엇인가를 궁구하는 화두였다. 금봉스님이 또 담배를 피워 물며 말했다.

"그거면 됐지 뭐가 문제란 말인가."

"잘 안됩니다."

"간절하게 의심해야지. 의심해보지도 않고 안 된다고 하는 놈이구나."

"의심은 하고 있습니다."

"이놈아, 넌 머리로 헤아리고 있어. 마음이 온통 의심덩어리가 돼 언어도단까지 가야 한단 말이여."

그래도 스님이 답답하여 물러나지 않자 금봉스님이 소리를 버럭 질렀다.

"본래면목은 그만두고 지금 당장 니 면목은 어떤 것인지 일러라!"

"……"

해인사 억새풀

"이놈아! 니 면목이 어떤 것인지 어서 당장 일러라."

금봉스님이 주장자를 집어 들고 무섭게 다그치자 질문하던 스님이 놀라 뒤로 물러났다. 순간 법정은 머릿속에 섬광처럼 번쩍이는 것을 느꼈다. 소름이 돋고 전율이 흘렀다. 머릿속이 환했다.

'아, 화두란 지금 이 순간의 내 면목을 찾는 것이구나.'

금봉스님의 벼락같은 선기禪機에 관념적이고 형식적으로만 맴돌던 화두란 의심덩어리가 생생한 현실로 돌아왔다. 법정은 변화를 체험했다. 그 기운으로 퇴설당에 들자 좌선하는 자체에 재미가 붙었다. 그러자 잔잔한 기쁨과 맑은 정신이 유지됐다.

훗날, 선객들 사이에 금봉스님에 대한 이야기가 퍼졌다. 금봉스님은 가야산 계곡으로 시자를 데리고 가 목욕을 했다. 신발도 씻고, 늘 가지고 다니던 벼루와 붓도 빨았다. 그런 다음 바위에 앉아 수박을 반으로 나누어 먼저 먹더니 나머지 반을 시자에게 주면서 또 계곡물에 목욕하러 가니 따라오지 말라고 했다. 잠시 후 금봉스님은 게송을 하나 짓고 바위에 앉아서 눈을 감았다.

산빛은 문수의 눈이다	山色文殊眼
물소리는 관음의 귀다	水聲觀音耳
오늘 세상인연을 다했는데	今日世緣盡
옛것에 의지해 물은 동으로 가는구나	依久水東流

법정은 효봉스님에게서 탄 무자 화두를 들고 집요하게 집착과 갈등의 찌꺼기를 불태웠다. 어두운 마음이 가시고 밝은 마음이 드러날 때까지 몰두했다. 정진하면서 텅 빈 충만이 실재하는 것을 경험했다.

풋풋한 법정의 태도는 억새풀 같았다. 퇴설당에서 같이 동안거를 나고 있는 한 스님이 별명을 붙이며 말했다.

"스님은 억새풀이구마. 가까이했다가는 시퍼런 서슬에 벨 것 같데이."

법정은 동안거에 이어 다음해 하안거도 퇴설당에서 보냈다. 그리고 방선 시간이 되면 멀리 포행 가지 않고 아침저녁으로 예불하는 장경각을 오르내렸다. 법정은 팔만대장경판을 단순히 불교 집안의 법보法寶라고만 생각하지 않았다. 겨레의 문화유산이자 인류문화의 긍지라고 생각했다.

그날도 법정은 방선 시간에 장경각 둘레를 거닐었다. 그때 치마저고리 차림의 아주머니가 장경각 계단을 내려오더니 법정에게 다가왔다.

"시님, 팔만대장경이 어디 있십니꺼."

"보살님께서 방금 보고 내려온 것이 팔만대장경입니다."

아주머니는 고개를 갸우뚱거렸다.

"아무것도 못 봤십니더."

"선반 같은 곳에 가지런히 꽂힌 것이 팔만대장경입니다."

"아, 빨래판 같은 것 말입니꺼. 그거라면 봤십니더."

'모든 이웃이 선지식'이라는 금언이 쏜 화살처럼 꽂혔다. "빨래판 같은 것"이라는 아주머니의 말에 법정은 귀가 번쩍 뜨였다.

해인사 억새풀

'아무리 뛰어난 지혜와 자비의 가르침이라 할지라도 알아볼 수 없는 글자로 남아 있는 한 그것은 한낱 빨래판 같은 것에 지나지 않는구나.'

아주머니는 사라졌지만 법정은 그 자리에서 움직이지 못했다. 아주머니가 무심코 던진 말에 충격을 받아 방선 시간을 지나쳤다.

'국보요, 법보라고 해서 귀하게 모시는 대장경판이지만, 뜻이 일반 사람들에게 전달되지 않을 때는 한낱 빨래판에 지나지 않는구나. 누군가는 쉽게 알아볼 수 있는 말과 글로 옮겨 전해야 하지 않겠는가.'

법정은 하안거를 나고 난 뒤, 자신의 진로를 놓고 고민했다. 결국 강원으로 내려가 경을 배우고 익히기로 했다. 다행히 해인사 강원에는 뜻은 대승에 두고 행동은 소승처럼 하라는 명봉 대강백이 있었다. 이광수와 인척이 되는 운허스님도 자운스님의 권유로 통도사와 해인사를 왕래하고 있었다.

강원학인이 된 법정은 자신의 방 이름을 소소산방笑笑山房이라고 지었다. 방은 큰방을 쪼개 칸막이한 공간이었으므로 몹시 좁았다. 서까래가 내다뵈는 조그만 들창과 드나드는 문이 하나밖에 없는 방이었다. 방이 옹색하고 답답했지만 법정은 소소산방처럼 웃고 또 웃자는 마음으로 지냈다.

'저 디오게네스의 통 속보다는 넓지 않은가!'

철인 디오게네스는 알렉산더 대왕이 자신을 찾아왔을 때 통 속에 앉아 한 줌 햇볕을 즐기면서 그늘을 만들지 말고 비키라고 했던 것이다.

앞산이 방문 한 개 정도 크기로 보이는 전망을 고마워하며 보냈다. 『화엄경』을 읽을 때는 가사와 장삼을 입고 단정히 앉아 향을 살랐다.

대중이 빠져나간 해인사는 썰물이 빠져나간 바다 같았다. 해제를 맞이한 스님들이 만행을 떠난 뒤라 절이 텅 비었다. 그래도 새벽 3시가 되면 도량을 울리는 목탁소리며 관음전의 쇠북소리, 궁현당의 종성, 범종루의 둔탁한 북소리는 여전했다. 한밤에 짤랑짤랑 요령을 흔들며 야경을 도는 학인들의 발걸음 소리도 끊기지 않았다.

　그 무렵 탑전에서 헤어졌던 수연이 해인사에 나타났다. 그렇잖아도 법정은 하안거를 난 뒤 그를 찾아보려 했는데 그가 먼저 온 것이었다.

　"수연스님, 오대산 상원사에서 기도하고 있다는 소문을 들었어요. 산철에 한 번 찾아가려고 했지요."

　"법정스님, 저도 스님이 해인사 선방에 있다는 소문을 듣고 찾아온 길이지요. 스님이 만행 길을 떠났으면 어쩌나 하고 달려왔어요."

　두 스님은 서로 손을 꼭 잡고 반가워했다. 그러나 상원사에서 온 수연은 탑전에서 정진하던 때보다 안색이 좋지 않았다.

　"수연스님, 몸이 안 좋습니까."

　"소화가 잘 안돼서 그래요. 오래됐어요."

　"그럼 약을 먹어야지요."

　"기도하고 있으니 괜찮아질 겁니다."

　수연은 퇴설당으로 입방했다. 산철이지만 만행을 떠나지 않고 정진하는 선객들이 여러 명 있었던 것이다. 수연이 퇴설당에 든 이후 변화가 하나 생겼다. 섬돌 위에 놓인 여남은 켤레의 고무신들이 한결같이 하얗고 가지런히 놓여 있곤 했다. 수연의 밀행密行은 그치지 않았다.

해인사 억새풀

수연은 구참 스님들이 빨려고 장삼을 벗어놓으면 남몰래 빨아 풀 먹여 깔깔하게 다려놓곤 했다.

"스님이 바로 자비보살입니다."

"뭘요, 저는 몸이 약해서 할 수 있는 일만 하는걸요."

수연은 공양을 몇 순가락만 했다. 먹는 둥 마는 둥 했다. 아무래도 위장이 크게 탈이 나 음식을 소화시키지 못하는 것 같았다.

"수연스님, 대구 좀 갔다 옵시다."

법정은 종무소에 용건을 알리고 수연을 억지로 데리고 대구로 버스를 타고 나갔다. 완행버스는 손님을 만날 때마다 제멋대로 쉬었다. 자갈길에서는 곧 망가질 것처럼 뛰었다. 포장도로에 접어들어 완행버스가 온순해지자 수연이 일어났다. 그런 뒤, 호주머니에서 주머니칼을 꺼내더니 창틀에서 빠지려는 나사못 두 개를 죄어놓고는 자리에 앉았다.

수연의 행동을 지켜본 법정은 콧잔등이 찡해 눈을 돌렸다. 가슴속에 파도 같은 것이 일었다.

'아, 수연스님은 내 것이네 남의 것이네 하는 분별이 떨어져버렸는지도 모른다. 어쩌면 모든 것을 자기 것이라고 생각했는지 모른다. 그렇기에 하나도 자기 소유가 아닌 것이 아닐까. 아, 수연스님이야말로 세상의 주인이 될 만한 사람이 아닌가.'

대구병원에서 진찰을 받고 약을 지어 먹은 덕분인지 수연은 잠시 건강을 회복했다. 퇴설당 동안거에도 방부를 들였다. 그러나 반살림이 지나갈 무렵 다시 건강이 안 좋아졌다. 법정은 단안을 내렸다. 안거 중이지만 목숨이 우선이었다. 수연을 설득하여 해인사 진주포교당으로 데리고 갔다. 산중보다 도시가 치료하기에 편리하기 때문이었다.

법정은 수연을 간병한 지 사흘 만에 해인사로 돌아왔다. 안거 중이
니 돌아가라고 수연이 떠미는 바람에 귀사歸寺하고 말았던 것이다.
진주포교당에 두고 온 그가 마음에 걸렸지만 더 이상 어찌할 수 없었
다. 병세가 많이 회복되고 있다는 소식을 전해 들을 뿐이었다. 법정은
조금은 마음을 놓고 명봉스님의 강의를 들으며 『화엄경』을 보곤 했
다. 명봉스님은 유독 법정에게 칭찬과 격려를 자주 했다. 경을 빨리
외우고 쉽게 해석한다고 운허스님에게 자랑하기도 했다.

눈이 내리면 학인들이 눈가래와 빗자루를 들고 일주문 밖까지 나섰
다. 눈은 얌전하게 내리다가도 폭설로 돌변해 교통이 두절되기도 했
다. 폭설이 내리는 날 밤이면 소나무 가지가 찢어지는 소리가 요란했
다. 법정은 꺾어진 소나무를 지게에 져 나르다가 오른쪽 손목을 삐었
다. 손목이 퉁퉁 부어 한동안 가야면 소재지로 내려가 침을 맞았다.
그러던 어느 날 법정은 손바닥만 한 소포를 받았다. 포장지를 조심스
럽게 뜯자 반창고처럼 생긴 파스가 나왔다. 수연이 진주에서 보낸 파
스였다.

파스 뭉치는 수연처럼 말없이 놓여 있었다. 법정은 소포 속을 다시 찾
아보았지만 수연의 편지는 없었다. 수연의 맑은 혼이 있을 뿐이었다.

해인사 억새풀

할머니

홍류동 계곡에 얼음이 녹았다. 가야산 골짜기 오리나무들이 가장 먼저 싹을 틔웠다. 논밭의 두둑에도 초록빛이 수런수런 번지고 있었다. 양지바른 곳에서는 벌써 냉이가 솟았다. 법정은 통도사 운허스님에게서 한 통의 서찰을 받았다.

자금을 댈 시주가 나타나 숙원이던 『불교사전』을 만들게 됐으니 편찬 일을 도와줄 수 없겠느냐는 사연이었다. 작년에 명봉스님을 강주로 강원 대교과를 마쳤던 것인데, 운허스님이 그 사실을 알고 있음이 분명했다. 아마도 명봉스님이 법정의 실력을 믿고 추천했을 수도 있었다. 명봉스님이 학인들을 모아놓고 여러 번이나 법정은 이제 더 가르칠 게 없다고 칭찬했던 것이다.

법정은 걸망을 메고 바로 통도사로 떠났다. 『불교사전』을 편찬하는 데 자금을 기부한 시주는 보명심 보살이었다. 보명심 보살이 거액을 들고 와 운허스님 방에 놓고 갔던 것이다. 6·25전쟁 중에도 범어사에서 『불교사전』 편찬의 원력을 세우고 목록을 작성해왔으나 자금이 없어 미루기만 했는데, 보명심 보살이 나타나 스님의 소원을 풀어주었던 것이다.

법정은 통도사 산문 밖에서 영축산을 바라보며 심호흡을 했다. 작년 이때쯤 금강계단에서 자운스님을 계사로 비구계를 받았던 것이다. 솔숲에서 파도소리가 났다. 통도사에서만 들을 수 있는 소쇄한 소리였다.

이미 통도사에는 정목, 인환, 법안 스님 등이 『불교사전』을 편찬하려고 와 있었다. 통도사 주지 구하스님의 지원도 보탬이 됐다. 구하스님은 편찬하는 스님들 방으로 틈만 나면 과자 접시를 들고 와서 격려했다.

"운허시님 화두는 『불교사전』 만드는 것인 기라. 우리나라에 변변한 『불교사전』 하나 없다는 기 얼마나 부끄러운 일인교. 불편한 점 생기면 무엇이든 말하이소. 시님들은 지금 우리 불교 독립운동을 하고 있는 기라."

법정이 맨 나중에 합류한 셈이었다. 운허스님의 제자 월운스님이 법정에게 그간의 사정을 설명했다.

"노장님께서는 6·25 때부터 사전 편찬을 위해 카드를 만들어 항목별로 목록을 작성하셨지요. 사과상자 4박스 분량이에요. 돈이 없어 늘 다락에 보관해오다가 이번에 일을 시작하게 됐습니다."

월운스님은 법정보다 10여 년 앞서 출가한 선배 스님이었다. 법정은 마음을 내어 기꺼이 동참했다. 더구나 법정은 운허스님이 출가 전 자신이 좋아했던 춘원 이광수의 팔촌 동생이라는 사실에 친근감을 느꼈다.

운허스님은 법정에게 이광수의 얘기를 들려주기도 했다.

"춘원 이광수하고 나는 삼종제三從弟이고 동갑이네. 하지만 내가 생일이 늦어 동생이 되지. 어릴 때 같이 컸어. 춘원은 반고아였고, 우리 집은 먹고살 만했거든. 그래서 춘원이 우리 집에 와서 살았지. 춘원은 머리가 워낙 좋아 독지가가 나타나 일본 유학까지 갔고 나는 집에서 그냥 뭉개고 지냈어. 한문이나 하고 말이지."

"춘원이 장편소설『원효대사』를 쓴 것을 알고 계십니까."

법정은 운허스님에게 꼭 물어보고 싶었던 질문을 했다. 그러자 운허스님이 마치 어제 보았던 일처럼 생생하게 얘기를 했다.

"춘원은 원래 천주교 신자였어. 해방 전에 불교로 귀의했지. 금강산을 유람하면서 절이나 암자에 머물며 불경을 접하고 나서 그리됐어. 그때『원효대사』도 썼어. 나는 그때 독립운동을 하다 쫓기고 있었고. 춘원이 좋아했던 경전은『법화경』이었어. 한글로 번역하려고도 했어. 그래, 내가 청담스님을 시켜서 만류했지. 경의 이해가 깊지 못한 상태에서 오역하여 세상에 내놓을 경우 그 피해가 클 것 같아서 그랬지. 춘원은 대중에게 영향력이 큰 소설가였으니까. 내 얘기를 듣고 청담스님이 찾아가『원각경』이나『능엄경』을 먼저 공부한 다음 번역하라고 했다고 그래. 해방 후에 청담스님이 춘원을 만났더니 그제야 '내 고집대로『법화경』을 번역했더라면 큰일 날 뻔했다'고 그러더래."

법정은 1년 반 만에 해인사로 돌아왔다. 사전 편찬 일에 푹 빠져 있었는데, 그 사이에 4·19혁명과 5·16쿠데타를 겪고 난 세상은 뒤숭숭했다. 신도들이 절로 와서 소식을 전해주어 법정도 뒤늦게 실감했고 쿠데타를 주도한 정치세력에게 막연한 반감을 가졌다. 보통학교 5학년 때 담임선생에게 고무 슬리퍼로 두들겨 맞았던 무자비한 폭력이 오랫동안 잊혔다가 다시 떠올랐던 것이다. 법정은 다른 스님들보다 더 민감했다.

"가야산 억새풀이 아니랄까 봐 흥분하네."

법정은 세상일에 대한 관심을 접었다. 안거 동안은 절대로 절 밖으로 나가지 않고 참선정진하거나 장경각으로 올라가 기도했다. 그러자 메말라가던 마음에 옹달샘의 샘물처럼 신심이 솟구쳤다.

아침저녁으로 장경각 업장을 씻는 예불도 다시 시작했다. 정진이 맑고 순일하게 잘됐다. 그러던 어느 날이었다. 우수영 고향 친구가 찾아와 듣고 싶지 않은 소식을 얘기 중에 전해주었다.

"할머니가 돌아가셨어. 아직도 모르고 있었는가."

"언제."

"늦게 전해줘 미안하네."

법정의 눈가에 이슬이 맺혔다. 친구는 뒤늦게 소식을 전해준 것이 자신의 허물인 양 고개를 들지 못했다. 법정은 가슴이 무너지는 것 같아 더 묻지 못했다. 한동안 침묵이 흐른 뒤 친구가 다시 말했다.

"자네가 할머니를 유독 좋아해서 전해준 것이네."

"고맙네."

해인사 억새풀

"돌아가시기 전에 외동손자인 자네를 한 번 보고 눈을 감으면 원이 없겠다고 말씀하셨다고 그러대."

외동손자에게 남기는 할머니의 유언인 셈이었다. 출가한 소식을 듣고 어머니보다 더욱 가슴 아파했을 할머니였다. 법정은 고향 친구가 고맙기도 하고 야속하기도 했다. 할머니 얘기는 그에게서 더 듣고 싶지 않았다. 법정은 친구를 붙잡지 않고 산문 밖까지 배웅했다. 그런 뒤, 관음전으로 들어가 불전에 향을 살랐다. 가지고 있던 돈을 모두 복전함에 넣었다. 극락 가는 할머니 노잣돈이었다. 법정은 할머니 명복을 빌면서 울었다. 바싹 야윈 할머니 품을 그리면서 울었다. 그날 밤 법정은 휘파람새 울음소리를 들으며 잠을 자지 못했다. 휘파람새가 후이후이 하고 법정을 불렀다. 법정은 밤새 몸을 뒤척였다.

한편, 운허스님은 계속해서 경전 번역 일을 법정에게 맡겼다. 번역을 꼼꼼하고 유려하게 하는 법정의 문재文才를 통도사에서 직접 보았기 때문이었다. 법정은 고향의 슬픈 소식을 잊기 위해 번역 일에 몰두했다. 법정이 거처하는 관음전 골방은 늘 원고 뭉치가 쌓여 있는 출판사 편집실 같았다. 서울에서 수시로 교수들과 불교학자들이 내려와 일을 보았다.

그때 일타스님도 관음전 골방에 머물며 운허스님의 강권으로 『오분율』을 5백 매가량 번역하여 넘겼는데, 하루는 기분이 몹시 상했다. 저녁공양을 하고 나서 법정 방으로 차를 한잔 마시러 갔다가 우연히 방에 모인 사람들의 소리를 들었던 것이다.

법정 방에 모인 불교학자들이 번역 원고의 수준을 논하는 말소리였다. 1급에서 5급으로 나누어 등급을 매기고 있었다. 그런데 일타스님은 자신의 원고를 최하급으로 치고 있는 것에 어이가 없었다. 자운스님이나 권상로 박사 같은 경우는 1급인데 자신은 5급으로 쳤다. 나이가 가장 어린 데다 전문성이 떨어지기 때문이라지만 일타는 섭섭하여 견딜 수 없었다. 결국 일타는 더 이상 번역하지 않고 이미 번역한 원고를 운허스님에게 돌려주고는 해인사를 떠나 제주도로 가버렸다.

"에이구, 수좌하고는 일 못한다."

운허스님은 『오분율』 나머지 부분은 제자인 월운스님에게 맡겨 해결했다. 아무튼 부처님 말씀인 불경 번역 작업만큼은 아무에게나 맡길 수 있는 일이 아니었으므로, 묵묵히 제몫을 단단히 해내고 있는 법정의 역할은 클 수밖에 없었다.

법정은 구족계 계사인 자운스님이 해인사 주지가 되면서 더욱 편하게 번역 작업을 할 수 있었다. 자운스님은 법정에게 관음전의 좁은 방에서 다른 당우의 큰방을 사용할 수 있도록 배려해주었다. 그때부터 법정의 글솜씨가 서울까지 알려지면서 신문사 기자들이 가끔 칼럼 같은 짧은 글을 청탁해왔다.

법정은 세상과 소통하고 싶어 산철에만 드문드문 기고했다. 정성을 들여 다듬고 또 다듬은 원고를 우체통에 넣고 신문이나 잡지가 오기를 기다렸다. 그러나 뜻밖의 사건이 터졌다. '굴신운동'이란 제목의 글을 본 성철 방장스님을 추종하는 일부 스님들이 '불전 삼천배'를 모독했다고 분개했다. 법정은 기고한 글을 다시 정독해보았지만 왜 출가한 스님들이 분노하는지 이해할 수 없었다.

참회는 우리들 인간의 내면생활 가운데서도 가장 승화된 정신적인 현상이다. 자신의 현재와 지나온 자취를 되돌아보고 뉘우쳐 다시는 허물을 짓지 않겠다고 다짐하는 일은 막힌 인간의 통로를 열어주는 재생再生의 문이다.

아무리 몹쓸 죄인일지라도 그가 참회의 눈물을 흘릴 때, 그에겐 차마 돌을 던질 수 없다. 이제 새로 움트려는 어린 싹을 보고 누가 감히 짓밟을 수 있을 것인가. 그러므로 참회의 속성에는 어린이의 순수가 있어야 한다. 자신의 허물을 표백하지 않고는 견딜 수 없는 저 연둣빛 발아發芽 같은 순수가 있어야 한다.

근래 몇몇 사원에서 종풍宗風처럼 떨치고 있는 참회의 열의를 볼 때마다 흐뭇함을 느끼는 한편, 참회의 본뜻을 생각할 때 의구심 같은 것이 없지도 않다. 참회라고 하면 절禮拜을 연상하리만큼 예배와 참회가 동일시되고 있는 경향인데, 예배는 참회하는 방법 중의 하나이지 그것이 곧 참회의 전부는 아니다.

흔히 불전佛前에서 몇 자리의 절을 했다고 해서 무슨 기록의 보지자保持者처럼 으스대는 걸 본다. 어느 스님한테 가서 며칠 동안 몇만 배를 하고 왔다느니, 절을 하고 나니 얼굴이 예뻐지고 재수가 좋아지고 무슨 병이 낫고 어쩌고저쩌고 이런 사람들은 진정한 의미에서 참회한 사람이 아니다. 참회인은 겸허하고 순수해야 한다. 그런데 전에 없던 상相이라는 루주를 입술에 바른 것이다.

그런 사람들의 절하는 동작 또한 가관이다. 몇 시간 동안 몇천 배拜를 채우겠다는 기록의식에서인지, 아니면 최면상태에서 그런지는 몰라도 숨 가쁘게 굴신운동屈身運動을 하고 있는 것이다. 하필이면 부처님 앞에서 그토록 경박스러운 동작으로 굴신한단 말인가.

예배란, 더구나 참회의 예배란 간절한 마음에서 우러나는 것이므로 어디까지나 그 동작이 공손하고 진중해야 한다. 그리고 예배의 의미는 널리 모든 중생을 공경하는 데에 있는 것이지 어떤 특정한 공간이나 시간에만 한정되는 것은 아니다.

이른 아침 누가 시키지 않아도 몸소 묵묵히 한길을 쓸고 있는 이웃들의 모습에서 차라리 우리는 '참회인의 상像'을 보게 된다.

그는 기록의식도 최면에도 걸림이 없이 만인이 다니는 길을 무심히 무심히 쓸고 있을 뿐이다.

해인사 일부 스님들이 법정이 기거하는 방으로 몰려와 항의했다. 분을 이기지 못하고 다로茶爐와 와당瓦當을 걷어찼다. 곡괭이로 방 구들을 파버리자고 흥분했다. 법정은 남을 이해하기도 어렵지만 남에게 자신을 이해시킨다는 것이 얼마나 어려운 일인가를 절감했다.

자운스님이 나서서 흥분한 스님들을 말렸다. 그러면서도 진의가 왜 곡됐으니 성철 방장스님을 찾아가 설명하는 것이 어떻겠냐며 법정을 다독였다.

"법정수좌, 스님들이 앞뒤 자르고 그러는 것이니 너무 섭섭하게 생각지 말아요. 방장스님은 법정수좌를 좋아하거든. 그러니 백련암으로 올라가 설명하는 게 어떨까."

자운스님의 얘기는 사실이었다. 훗날 성철스님은 법정에게 "펜대
를 바로 세우고 글을 쓰는 사람은 법정뿐이다"라고 했으며 스님의 상
당법어집 『본지풍광』이 발간되기 전에 법정스님으로 하여금 어색한
데가 없는지 살펴보도록 했고, 고마움의 표시로 "법정스님도 변했네.
나이롱 장삼을 입고 있는 것을 보니까" 하고 스님이 입었던 깔깔하게
풀 먹인 삼베 장삼을 한 벌 주었던 것이다. 법정도 해인사를 들르게
되면 꼭 백련암으로 올라가 성철스님을 뵙곤 했다.

법정은 어지럽혀진 방을 다시 들어가고 싶지 않았다.

"주지스님, 제게는 고마운 시련인 것 같습니다. 달게 받겠습니다."

자운스님이 물러간 뒤 법정은 장경각으로 올라가 마룻바닥에 앉은
채 마음속에서 인 흙탕물이 가라앉기를 기다렸다. 관세음보살을 외
다 보니 어느새 보름달이 가야산 산자락 위에 떠 있었다. 전각들의 기
왓장이 달빛으로 빛났다. 가람들 사이의 모래땅이 금싸라기처럼 반짝
였다.

법정은 걸망을 멨다. 학인들이 요령을 흔들며 야경을 돌기 전이었
다. 법정은 숲 그늘로 어둑한 일주문을 산짐승처럼 나섰다. 홍류동 계
곡물이 구슬픈 소리를 내며 흘렀다. 출가한 수행자지만 등 떠밀려 마
지못해 떠난다는 것은 통석한 일이었다.

5장

다래헌과 사바세계

법정스님이 사바세계와 소통하며 살았던 봉은사

무소유

다래헌 茶來軒 은 숲으로 둘러싸여 있었다. 서울이라고 하지만 산중이나 다름없었다. 나룻배를 타고 뚝섬으로 건너가야만 복잡한 서울이 나타났다. 뚝섬나루에 밤 11시쯤이 되어 나룻배가 끊어지면 다래헌은 서울과 고립되어 산중처럼 적막했다. 법정은 〈불교신문〉에서 주필 직책을 맡고 있으면서도 다래헌을 떠나지 않았다. 조계사나 시내 절에서 하룻밤도 잔 적이 없었다. 교통이 불편하지만 깊은 산중암자 같은 다래헌의 숲과 새들이 눈에 밟히기 때문이었다.

다래헌의 아침은 온통 연둣빛이었다. 신록을 투과하는 햇살은 푸른 빛으로 변했다. 숲에서는 연신 소쩍새와 까치가 울었다. 귀를 기울지 않아도 또록또록 들렸다. 먼 숲에서 아득히 들려오는 새소리는 귀를 모아야 했다. 뻐꾸기 울음소리였다. 법정은 뻐꾸기 울음소리를 들을 때마다 숙연해졌다. 뻐꾸기 울음소리는 인간의 소리와 닮은 데가 있었다. 법정은 방을 쓸다가 멈추었다. 벽에 등을 기댔다. 뻐꾸기 울음소리는 법정의 가슴을 먹먹하게 했다. 법정은 문득 해인사에서 막 나온 몇 년 전의 일을 떠올렸다.

법정은 환속한 도반 집을 찾아갔다. 도반은 세속의 업에 끌려 환속한 것만은 아니었다. 환속하는 것도 새로운 출가라고 여겼던 것이다. 법정은 도반과 마주앉았다. 그와 얘기를 주고받다 보니 그는 세속을 산중처럼 여기며 살고 있었다.

"저잣거리라고 하지만 집착하지 않고 욕심을 부리지 않으니 산중에 있을 때와 같습니다. 무엇에 쫓기듯 마음이 바쁠 것도 없고 한가합니다."

속세에 나가고 싶어 하는 산에 사는 일부 스님들과는 생각이 달랐다.

"청산에 있어도 세속의 일로 마음이 바쁜 스님들도 많아요. 청산에서 세속인처럼 살고 있는 것이지요. 그러나 산을 잊지는 마십시오. 산은 영원한 모음母音 같은 곳입니다."

"운허 노장님은 요즘도 자주 뵙습니까."

"역경 일을 놓아버린 뒤로는 뜸합니다. 작년에 봉선사로 가 노장님을 한 번 뵌 뒤로는 아직 인사드리지 못했습니다."

법정은 작년 초여름에 긴 장마가 끝나고 봉선사로 찾아가 운허스님을 뵙고 차를 몇 잔 마시고 돌아왔던 것이다.

"법정스님, 종단이 야속하지 않았습니까."

"다 잊어버렸습니다. 몇 년 전 일인데요."

다래헌과 사바세계

"대단하십니다. 그때 종단에서는 스님의 승적을 박탈하겠다고 그 랬는데."

도반은 법정이 종단을 비판하는 칼럼을 써 곤욕을 치른 것을 두고 화제에 올렸다. 월남파병 문제로 온 나라가 시끄러울 때 전국의 절에 서 전투군인의 연일전승 무운장구를 비는 조석 기도를 종단 차원에서 추진한 적이 있었던 것이다. 그때 법정은 '그 어떠한 명분일지라도 사 람이 사람을 죽인다는 것은 악이다. 그런데 싸움을 말려야 할 종교인 이 그 싸움에 동조한다는 것은 더욱 큰 악이다'라고 종단 총무원 당국 을 비판했던 것이다.

"그 무렵 자운스님께서 보내주신 편지 한 장이 많은 위로가 됐습 니다."

"저도 가끔 생각나는 분입니다. 참 인자한 스님이었지요."

"암담해서 편지를 띄웠는데 스님께서 단 여덟 글자만 쓴 담박한 답 장을 보내왔습니다. 소병소뇌少病小惱 소욕지족少欲知足. 조금만 앓 고 조금만 괴로워하고, 적은 것으로 넉넉할 줄 알라는 뜻인 것 같았습 니다."

곁에는 그의 7살짜리 아들이 법정을 말끄러미 지켜보고 있었다. 도 반과 얘기가 길어지자 꼬마가 고사리 손으로 법정의 귀를 잡아당기며 소곤거렸다.

"우리 아빠 데려가지 마, 응."

법정은 눈앞이 아득했다. 7살 아이의 철없는 소리가 아니었다. 티 없고 욕심 없는, 어른의 때가 묻어 있지 않는 천진불의 소리였다. 법정이 대답을 못 하자 아이가 다시 말했다.

"데려가지 않을 거지. 약속해."

아이가 새끼손가락을 내밀었다. 법정은 마지못해 손가락을 걸었지만 말문이 막혀 무어라 한마디도 못했다. 옆에 있던 도반이 아이를 나무라자 겨우 수습이 됐던 것이다.

법정은 아이에게 그때 대답해주지 않은 미안함으로 다시 도반 집을 찾아가 아이가 커서 읽을 동화책 『어린 왕자』를 한 권 선물해야지 하고 생각했다. 그러면서 또 중얼거렸다.

'세월이 흘러 아이가 더 성장하면 선재동자가 스승을 찾아가는 이야기가 들어 있는 『화엄경』을 사줄 수도 있고.'

법정은 7살 꼬마아이를 생각하고는 방에서 일어났다. 뻐꾸기 소리가 어제와 달리 새롭게 들렸다. 일할 맛이 나 밖으로 나갔다. 뜰에는 어제 보육원에서 얻은 장미가 몇 그루 놓여 있었다. 밤이라 심지 못하고 그대로 놓아두었는데, 간밤의 이슬을 맞아 잎과 줄기가 싱싱했다. 법정은 혼자 중얼거리며 꽃삽을 들었다.

'물을 주느라 방 안팎을 드나들며 키우는 난에 비한다면 키우기가 훨씬 수월할 것 같다. 장미는 나를 묶어두지 않을 것 같다. 집착하지 않을 것 같다. 물을 주고 나면 모차르트의 청렬淸冽 같은 것이 옷깃에 스미리라.'

장미를 심어놓고 보니 단조롭던 뜰에 생기가 돌았다. 몽롱한 양귀비꽃의 아름다운 떨림보다는 못하겠지만 장미꽃의 첫 개화를 생각하니 가슴이 뛰려고 했다. 개화란 우주의 신비이자 생명의 신비이기 때문이었다.

흙 속에 묻힌 한 줄기 나무에서 빛깔과 향기를 지닌 꽃이 피어난다는 것은 일대 사건이 아닐 수 없으리라. 그런 사건이야말로, 그 '순수한 모순'이야말로 나의 왕국에서는 호외감이 되고도 남을 만한 일이리라.

장미에게 물을 준 뒤 방으로 들어온 법정은 벼루를 꺼내 먹을 갈았다. 그러자 묵향이 방 안에 번졌다. 법정은 시인 유치환의 시 제목이기도 한 '深山(심산)'을 한자로 썼다. 마음대로 쓴 붓글씨지만 애송시의 제목이기 때문에 상관하지 않았다.

법정은 심산을 두 분盆의 난이 있었던 자리 위에 붙여놓고 시를 외웠다. 치운 난의 자리가 텅 빈 것 같아 허전했는데, 심산이란 글씨의 출현으로 방 안이 비어 있으면서도 가득 차 보였다. 그 큰 의미 때문이었다.

深深山 골에는
산울림 영감이
바위에 앉아
나같이 이나 잡고
홀로 살더라

법정은 종이와 볼펜을 꺼냈다. 「심산」을 두런두런 외면서 떠오른

탄력받은 상념들을 깨알 같은 글씨로 꼼꼼하게 메모했다. 법정의 글씨는 큰 키에 비해 깨알처럼 작았다. 이와는 반대로 키가 작은 사람은 글씨를 크게 쓰는지도 몰랐다.

말년을 어떻게 회향할까. 새파란 주제에 벌써부터 말년의 일이냐고 탓할지 모른다. 그러나 순간에서 영원을 살려고 하는 것이야말로 생명 현상 아니겠는가.

할 일 좀 해놓고 나서는 세간적인 탈을 훨훨 벗어버리고 내 식대로 살고 싶다. 어디에도 걸릴 것 없이 홀가분하게 정말 알짜로 살고 싶다.

인적이 미치지 않는 심산에서는 거울이 소용없으리라. 둘레의 모든 것이 내 얼굴이요, 모습일 테니까.

며칠 뒤 법정은 '본질적으로 내 소유란 없다. 어떤 인연으로 해서 내게 왔다가 그 인연이 다하면 가버린다. 나의 실체도 없는데 그 밖에 내 소유가 어디 있겠는가. 그저 한동안 내가 맡아 가지고 있을 뿐이다'라는 메모를 보면서 원고지에 수필을 써 내려갔다. 제목은 '무소유'라고 붙였다.

'나는 가난한 탁발승이오. 내가 가진 거라고는 물레와 교도소에서 쓰던 밥그릇과 염소젖 한 깡통, 허름한 요포腰布 여섯 장, 수건, 그리고 대단치도 않은 평판 이것뿐이오.'

마하트마 간디가 1931년 9월 런던에서 열리는 제2차 원탁회의에 참석하기 위해 가던 도중 마르세유 세관원에게 소지품을 펼쳐 보이면서 한 말이다. K. 크리팔라니가 엮은 『간디 어록』을 읽다가 이 구절을 보고 나는 몹시 부끄러웠다. 적어도 지금의 내 분수로는.

사실, 이 세상에 처음 태어날 때 나는 아무것도 갖고 오지 않았었다. 살 만큼 살다가 이 지상의 적籍에서 사라져갈 때에도 빈손으로 갈 것이다. 그런데 살다 보니 이것저것 내 몫이 생기게 된 것이다. 물론 일상에 소용되는 물건들이라고 할 수도 있다. 그러나 없어서는 안 될 정도로 꼭 요긴한 것들만일까. 살펴볼수록 없어도 좋을 만한 것들이 적지 않다.

우리들은 필요에 의해서 물건을 갖게 되지만 때로는 그 물건 때문에 적잖이 마음을 쓰게 된다. 그러니까 무엇인가를 갖는다는 것은 다른 한 편 무엇인가에 얽매인다는 뜻이다. 필요에 따라 가졌던 것이 도리어 우리를 부자유하게 얽어맨다고 할 때 주객이 바뀌어 우리는 가짐을 당하게 된다. 그러므로 많이 갖고 있다는 것은 흔히 자랑거리로 되어 있지만, 그만큼 많이 얽혀 있다는 측면도 동시에 지니고 있다.

법정은 난이 치워진 빈자리를 응시하며 글을 써나갔다. 난이 없어 허전한 마음도 들지만 그것에 얽매이지 않으니 홀가분함도 컸다. 만약 지금 홀가분하지 않다면 글을 쓸 마음도 나지 않을 터였다. 법정은 조금도 과장 없이 사실대로 편하게 써나갔다.

나는 지난해 여름까지 이름 있는 난초 두 분盆을 정성스레, 정말 정성을 다해 길렀었다. 2년 전 거처를 지금의 다래헌으로 옮겨왔을 때 아는 스님이 우리 방으로 보내준 것이다. 혼자 사는 거처라 살아 있는 생물이라고는 나하고 그 애들뿐이었다. 그 애들을 위해 관계 서적을 구해다 읽었고, 그 애들의 건강을 위해 하이포넥스라는 비료를 바다 건너가는 친지들에게 부탁하여 구해오기도 했었다. 여름철이면 서늘한 그늘을 찾아 자리를 옮겨주어야 했고, 겨울에는 나는 떨면서도 실내 온도를 높이지 않았다.

이런 정성을 일찍이 부모에게 바쳤더라면 아마 효자 소리를 듣고도 남았을 것이다. 이렇듯 애지중지 가꾼 보람으로 이른 봄이면 은은한 향기와 함께 연둣빛 꽃을 피워 나를 설레게 했고, 잎은 초승달처럼 항시 청청했었다. 우리 다래헌을 찾아온 사람마다 싱싱한 난을 보고 하나같이 좋아라 했다.

지루한 장마가 끝나고 봉선사로 운허스님을 찾아갔던 일이 생생하게 떠올랐다. 역경보살이라 불리는 운허스님은 법정에게 몇 안 되는 마음속의 스승이었던 것이다.

지난해 여름 장마가 갠 어느 날 봉선사로 운허 노사雲虛老師를 뵈러 간 일이 있었다. 한낮이 되자 장마에 갇혔던 햇볕이 눈부시게 쏟아져 내리고 앞 개울물 소리에 어울려 숲속에서는 매미들이 있는 대로 목청을 돋우었다.

아차! 그제야 문득 생각이 난 것이다. 난초를 뜰에 내놓은 채 온 것이다. 모처럼 보인 찬란한 햇볕이 돌연 원망스러워졌다. 뜨거운 햇볕에 늘어져 있을 난초 잎이 눈에 아른거려 더 지체할 수가 없었다. 허둥지둥 그 길로 돌아왔다. 아니나 다를까, 잎은 축 늘어져 있었다. 안타까워 안타까워하며 샘물을 길어다 축여주고 했더니 겨우 고개를 들었다. 하지만 어딘지 생생한 기운이 빠져버린 것 같았다.

나는 이때 온몸으로, 그리고 마음속으로 절절히 느끼게 되었다. 집착이 괴로움인 것을. 그렇다. 나는 난초에게 너무 집착해버린 것이다. 이 집착에서 벗어나야겠다고 결심했다. 난을 가꾸면서는 산철(僧家의 遊行期)에도 나그네 길을 떠나지 못한 채 꼼짝 못하고 말았다. 밖에 볼일이 있어 잠시 방을 비울 때면 환기가 되도록 들창문으로 조금 열어놓아야 했고, 분盆을 내놓은 채 나가다 뒤미처 생각하고는 되돌아와 들여놓고 나간 적도 한두 번이 아니었다. 그것은 정말 지독한 집착이었다.

며칠 후, 난초처럼 말이 없는 친구가 놀러 왔기에 선뜻 그의 품에 분을 안겨주었다. 비로소 나는 얽매임에서 벗어난 것이다. 날듯 홀가분한 해방감. 3년 가까이 함께 지낸 유정 有情을 떠나보냈는데도 서운하고 허전함보다 홀가분한 마음이 앞섰다. 이때부터 나는 하루 한 가지씩 버려야겠다고 스스로 다짐을 했다. 난초를 통해 무소유의 의미 같은 걸 터득하게 됐다고나 할까.

그러고 보니 법정스님은 친구가 가져간 난이 자신에게 무소유의 가르침을 깨우쳐준 선지식이라는 생각이 들었다. 법정은 난을 통해서 인간의 이기적인 역사를 되짚어보고, 앞으로 자신이 어떻게 살 것인지를 사색했다.

인간의 역사는 어떻게 보면 소유사所有史처럼 느껴진다. 보다 많은 자기네 몫을 위해 끊임없이 싸우고 있는 것 같다. 소유욕에는 한정도 없고 휴일도 없다. 그저 하나라도 더 많이 갖고자 하는 일념으로 출렁거리고 있을 뿐이다. 물건만으로는 성에 차질 않아 사람까지 소유하려고 든다. 그 사람이 제 뜻대로 되지 않을 경우에는 끔찍한 비극도 불사하면서. 제정신도 갖지 못한 처지에 남을 가지려 하는 것이다.

소유욕은 이에 정비례한다. 그것은 개인뿐 아니라 국가 간의 관계도 마찬가지다. 어제의 맹방盟邦들이 오늘에는 맞서게 되는가 하면, 서로 으르렁대던 나라끼리 친선 사절을 교환하는 사례를 우리는 얼마든지 보고 있다. 그것은 오로지 소유에 바탕을 둔 이해관계 때문이다. 만약 인간의 역사가 소유사에서 무소유사로 그 틀을 바꾼다면 어떻게 될까. 아마 싸우는 일은 거의 없을 것이다. 주지 못해 싸운다는 말은 듣지 못했으니까.

간디는 또 이런 말도 하고 있었다.

"내게는 소유가 범죄처럼 생각된다."

그가 무엇인가를 갖는다면 같은 물건을 갖고자 하는 사람들이 똑같이 가질 수 있을 때 한한다는 것. 그러나 그것은 거의 불가능한 일이므로 자기 소유에 대해서 범죄처럼 자책하지 않을 수 없다는 것이다.

우리들의 소유관념이 때로는 우리들의 눈을 멀게 한다. 그래서 자기의 분수까지도 돌볼 새 없이 들뜨게 된다. 그러나 우리는 언젠가 한번은 빈손으로 돌아갈 것이다. 내 이 육신마저 버리고 홀연히 떠나갈 것이다. 하고많은 물량일지라도 우리를 어떻게 하지 못할 것이다.

다래헌과 사바세계

크게 버리는 사람만이 크게 얻을 수 있다는 말이 있다. 물건으로 인해 마음을 상하고 있는 사람들에게는 한번쯤 생각해볼 교훈이다. 아무것도 갖지 않을 때 비로소 온 세상을 차지하게 된다는 것은 무소유의 또 다른 의미이다.

법정은 원고를 봉투에 넣고 주소를 적었다. 수취인은 월간 〈현대문학〉 편집부였다. 편지가 빨리 도착하게 하려면 뚝섬 거리의 우체통이 있는 곳까지 나가야 했다. 법정은 깔깔한 장삼으로 갈아입고 다래헌을 나섰다. 그러나 나룻배는 강 건너 뚝섬나루터 말뚝에 매달린 채 꼼짝을 안 했다. 봉은사 나루터로 나룻배가 건너오려면 사람들이 가득 타야 떠날 터였다. 나룻배를 기다리는 사람들이 발을 동동 구르고 있었지만 법정은 '너무 일찍 나왔군' 하고 스스로를 달랬다. 시간을 빼앗긴 데다 마음까지 빼앗긴다면 손해가 너무 클 것 같아서였다.

눈앞에는 햇살에 몸을 푼 한강물이 넉넉하게 흘렀다. 숲에만 봄이 온 것이 아니라 한강물에도 연둣빛이 물감처럼 풀어져 있었다.

월간 문예지 〈현대문학〉에 「무소유」가 발표되고 나자 한 대학생이 법정을 만나기 위해 한강을 건너 다래헌으로 찾아왔다. 당시 다래헌은 나무 울타리가 둘러싸고 있었다. 문이 안에서 잠겨 열리지 않자 대학생은 낮은 울타리를 넘어 들어왔다. 마침, 울타리를 넘어온 대학생을 발견한 법정이 크게 소리쳤다.

"이봐요. 왜 울타리를 넘는 건가!"

"문이 잠겨 그랬습니다."

"도둑과 다르지 않군그래."

"스님! 저더러 도둑이라고 했습니까."

"하는 짓이 도둑과 같지 않은가."

그때 한 스님이 나와 대학생을 나무랐다.

"학생이 잘못했어. 어서 스님께 빌어요."

"법정스님을 뵈러 왔는데 이 스님이 막지 않습니까."

"법정스님을 어떻게 아는데."

"뵌 적은 없지만「무소유」를 읽고 감동해서 왔습니다."

"이 스님이 바로 법정스님이네."

대학생이 놀라 어쩔 줄 모르자 법정이 미소를 지었다.

"나를 만나고 싶은가."

"네, 스님."

"문으로 나갔다가 다시 들어오게. 그럼 만나주지."

법정은 대학생이 문으로 나갔다가 다시 들어오자 방으로 데리고 들어가 대학생으로부터 경쟁이 치열한 취업과 자신의 진로 등 온갖 고민의 얘기를 다 들어주고는 차비를 주어 보냈다. 천지에 새싹 하나가 봄을 몰고 오듯이 번민하던 대학생은 그때 벌써 '무소유' 열풍을 이미 예고한 셈이었다.

몇 년 뒤 불일암으로 내려간 법정은 그동안 각 매체에 발표한 원고를 묶어 책을 펴낼 때 출판사 편집자의 반대를 꺾고, 소유의 감옥에 갇힌 현대인들이 자신의 수필「무소유」를 통하여 소유의 감옥으로부터 벗어나려고 하는 갈망이 있다는 것을 감지하고는 발간될 책 제목을 '무소유'로 정했다.

보통 사람들에게 마음의 양식으로써 아직 '청빈한 무소유'의 가치
가 인식되기 전의 일이었다. 당시는 지성인 누구도 '무소유'를 얘기하
지 않았던 것이다.

유서를 쓰는 세상

구름이 납덩이처럼 무겁게 하늘을 덮고 있었다. 공기는 답답했다. 법원에서 뚝섬으로 돌아오는 버스 안에서 법정은 눈을 감았다. 다래헌으로 들어가는 길도 예전처럼 즐겁지 않았다. 하룻밤 투숙하는 여관처럼 지루할 뿐이었다.

법정은 좀 전에 보았던 법원의 풍경을 다시 떠올리고 싶지 않았다. 그러나 버스기사가 켠 라디오에서는 연합예배 시위사건 재판이 뉴스로 흘러나오고 있었다.

'오늘 부활절 남산 야외음악당 연합예배 시위사건으로 구속 수감된 피고들의 진술이 있었습니다.'

부활절 남산 야외음악당 연합예배 시위사건이란 박형규 목사와 권호경, 김동완 전도사 등이 한국기독학생 총연맹 학생들과 연합예배를 하고 해산하던 중 '주여! 어리석은 왕을 불쌍히 여기소서!' '민주주의

다래헌과 사바세계

부활은 대중의 해방이다'라는 등의 글이 적힌 유인물을 나누어주었던 사건을 말했다. 피고들은 보안사령부에 연행되어 '내란 예비음모' 혐의를 받고 구속 수감 중이었는데, 유신체제를 굳힌 군사정권은 저항운동의 조짐으로 보고 사건을 냉혹하게 다뤘다. 피고를 변호하는 변호사에게도 길게 말하지 말고 '예, 아니오'라고만 대답하도록 압력을 넣었다.

승복을 입은 법정은 함석헌 선생과 방청석 맨 앞줄에 앉아 재판을 지켜보았다. 뒤에는 안병무 선생이 자리를 잡았고, 그 밖의 좌석은 대부분 기독교 인사나 학생들이 차지한 것 같았다. 법정이 함석헌 선생과 재판정에 함께 들어가 앉은 것은 〈씨울의 소리〉 편집위원이 되어 편집 일을 보면서 장준하 선생 전셋집과 김동길 박사 집, 그리고 다래헌으로 옮겨 다니면서 만난 인연 때문이었다.

법정이 함석헌 선생을 처음 만난 것은 해인사 선방 시절로 거슬러 올라갔다. 그리고 두 번째 만난 것은 함석헌 선생이 『뜻으로 본 한국역사』를 다시 손질하기 위해 해인사 한 암자에 와 있을 때였다. 해인사 큰방인 궁현당에서 전 대중이 모여 '한국 종교가 나아갈 길'이란 주제로 함석헌 선생의 강연을 들었던 것이다. 또한 〈씨울의 소리〉 편집위원이 된 계기는 종로에 있던 〈사상계〉사로 사장인 장준하 선생을 만나러 갔다가 한 걸음 늦게 들어오는 함석헌 선생을 만나 잡지를 잘 만들어보자는 권유를 받았던 것이다.

법정이 반독재운동에 간여한 것은 이미 3년 전이었다. '민주수호국민협의회'를 결성했을 때 대표위원은 김재준, 이병린, 천관우 선생 등이었고, 법정은 불교계 대표 자격으로 여러 명의 운영위원 중 한 명으로 참여하였는데, 이때부터 천관우 선생 등과 교분을 쌓으며 이른바 민주 재야인사들과도 자주 만났던 것이다.

재판 중에 가슴을 뭉클케 했던 것은 박형규 목사 어머니의 당당한 태도였다. 한승헌 변호사의 심문이 약간 진행됐을 때였다. 방청석에 앉아 있던 박형규 목사의 어머니가 지팡이를 짚고 일어서서 자식에게 호통을 쳤던 것이다.

"사내자식이 말을 하려면 바른말을 제대로 해라! 했으면 했다 하고 안 했으면 안 했다고 해라. 비굴하게 굴면 안 된다. 비굴하게 굴지 마라!"

법정은 정신이 번쩍 났다. 재판을 받는 피고는 아니지만 자신에게 '비굴하게 굴지 마라'라고 일갈하는 것 같은 느낌이 들어서였다.

버스에서 내린 법정은 뚝섬나루터로 걸어갔다. 기어코 비가 한두 방울 내리기 시작했다. 법정은 우산이 없었으므로 뛰듯 걸었다. 강변에 드리워진 곡마단의 포장도 젖고 있었다. 비가 내린 바람에 허겁지겁 뛰어왔지만 나룻배는 또 한 걸음 앞서 저만큼 떠나고 있었다.

법정은 강변 수양버들 밑으로 들어가 비를 피했지만 나무 밑에서는 더욱 큰 빗방울이 떨어졌다. 심문을 받고 호송 밧줄에 묶여 다시 구치소로 돌아가는 그들이 생각나 법정은 비를 피하지 않았다. 같은 시대에 살고 있는 이웃으로서 비라도 맞아야 할 것 같아서였다.

다음 날 법정은 오한이 들었다. 아궁이에 군불을 지피고 이불을 뒤

다래헌과 사바세계

집어썼지만 몸이 떨렸다. 비를 흠뻑 맞은 탓이었다. 장삼이 마르지 않아 약국에도 갈 수 없었다. 법정은 하루 종일 누운 채 라디오를 켜지 않았다. 뉴스를 듣는 것이 슬퍼서였다. 신문도 보지 않았다. 신문을 보면 눈물이 났다. 누운 채 법정은 중얼거렸다.

'사람이 산다는 것은 무엇일까. 모르겠다. 어제는 알 것 같더니 오늘은 모르겠다. 다만 알 수 있는 것은 즐거움의 양지보다 괴로움의 그늘이 더 짙다는 것이다.'

법정은 겨우 몸을 일으켜 잘 알지 못하는 신도 집에서 보내준 앉은뱅이책상 앞에 앉았다. 자신의 죽음에 대해서 처음으로 생각했다. 자신을 보균자처럼 여기어 다래헌 밖에는 늘 정보기관원이 감시하고 있기 때문에 어느 때 연행돼 갈지 몰랐다. 그러나 자신을 감시하는 그들이 두렵지는 않았다. 자신을 그림자처럼 붙어 다니며 감시하는 정보기관원이 상부에 보고하는 소리를 듣고 전화기를 빼앗아 돌에 박살을 내버린 일도 있었던 것이다.

법정은 서랍을 열었다. 서랍 안에는 단정하게 접혀진 원고지가 하나 있었다. 3년 전에 미리 써둔 유서였다. 그때 유서를 썼던 까닭은 죽음의 유혹이 있어서가 아니었다. '온몸으로 살고, 온몸으로 죽어라'라는 중국 어느 선사의 말처럼 수행자로서 철저하게 잘살고 싶다는 원願, 그것을 다지기 위해서였다. 법정은 미리 쓴 유서를 펼쳐 천천히 읽어 내려갔다. 유서인데도 허허롭지 않을 뿐만 아니라 힘이 나고 머리가 맑아졌다. 자신의 생에 대한 서릿발 같은 통찰이자 맹세이기 때문이었다.

죽게 되면 말없이 죽을 것이지 무슨 구구한 이유가 따를 것인가. 스스로 목숨을 끊어 지레 죽는 사람이라면 의견서라도 첨부되어야겠지만 제 명대로 살 만치 살다가 가는 사람에겐 그 변명이 소용될 것 같지 않다. 그리고 말이란 늘 오해를 동반하게 마련이다.

그런데 죽음은 어느 때 나를 찾아오는지 알 수 없는 일. 그 많은 교통사고와 가스 중독과 그리고 증오의 눈길이 전생의 갚음으로라도 나를 쏠지 알 수 없다. 우리가 살아가고 있다는 것이 죽음 쪽에서 보면 한 걸음 한 걸음 죽어오고 있다는 것임을 상기할 때, 사는 일은 곧 죽는 일이며, 생과 사는 결코 절연絶緣된 것이 아니다. 죽음이 언제 어디서 내 이름을 부를지라도 네, 하고 선뜻 털고 일어설 준비만은 되어 있어야 할 것이다.

사실, 법정은 죽어가는 사람이 남기는 유서는 아니라고 했지만 자신이 암울한 억압시대에 살고 있었으니만큼 죽음의 그림자 같은 것을 전혀 느끼지 않는 것은 아니었다. 자신을 24시간 미행하는 기관원이 쥐도 새도 모르게 연행해 갈 수도 있었다. 그러나 법정은 수행자는 현실이 그렇다 하더라도 장경각 법보전에 걸린 '부처님 계신 곳이 어디인가. 지금 그대가 서 있는 바로 그 자리 圓覺道場何處現今生死卽是'란 주련의 글처럼 현재에 충실할 일이지 망상을 피워서는 안 된다고 다짐했다.

그러므로 나의 유서는 남기는 글이기보다 지금 살고 있는 '생의 백서 白書가 되어야 한다. 그리고 이 육신으로서는 일회적一回的일 수밖에 없는 죽음을 당해서도 실제로는 유서 같은 걸 남길 만한 처지가 못 되기

다래헌과 사바세계

때문에 편집자의 청탁에 산책하는 기분으로 따라나선 것이다.

누구를 부를까. 유서에는 흔히 누구를 부르던데.

아무도 없다. 철저하게 혼자였으니까. 설사 지금껏 귀의해 섬겨온 부처님이라 할지라도 그는 결국 타인. 이 세상에 올 때에도 혼자서 왔고 갈 때에도 나 혼자서 갈 수밖에 없으니까. 내 그림자만을 이끌고 휘적휘적 일상의 지평地平을 걸어왔고 또 그렇게 걸어갈 테니 부를 만한 이웃이 있을 리 없다.

물론 오늘까지도 나는 멀고 가까운 이웃들과 서로 의지해서 살고 있다. 또한 앞으로도 그렇게 살아갈 것이다. 하지만 생명 자체는 어디까지나 개별적인 것이므로 인간은 저마다 혼자일 수밖에 없다. 그것은 보랏빛 노을 같은 감상이 아니라 인간의 당당하고 본질적인 실존이다.

법정은 원고에 선의지善意志를 저버린 것에 대해서 반드시 참회를 하겠다는 글을 썼다. 지나온 과거를 돌이켜볼 때 크고 작은 허물이 너무 많았고, 앞으로도 알게 모르게 허물을 지으며 살 것이었다. 그러니 수행자로서 참회하지 않고 눈을 감는다는 것은 뻔뻔스러운 일일 것 같았다.

고뇌를 뚫고 환희의 세계로 지향한 베토벤도 말한 바 있다. 나는 인간의 선의지, 이것밖에는 인간의 우월성을 인정하고 싶지 않다. 온갖 모순과 갈등과 증오와 살육으로 뒤범벅이 된 이 어두운 인간의 촌락에 오늘도 해가 떠오르는 것은 오로지 그 선의지 때문이 아니겠는가. 그러므로 세상을 하직하기 전에 내가 할 일은 먼저 인간의 선의지를 저버린 일에 대한 참회다. 이웃의 선의지에 대해서 내가 어리석은 탓으로 저지른 허물을 참회하지 않고는 눈을 감을 수 없을 것 같다.

때로는 큰 허물보다 작은 허물이 우리를 괴롭힐 때가 있다. 허물이란 너무 크면 그 무게에 짓눌려 참괴慙愧의 눈이 멀어버리고 작은 때에만 기억에 남는 것인가. 어쩌면 그것은 지독한 위선일는지도 모르겠다. 그러나 나는 평생을 두고 그 한 가지 일로 해서 돌이킬 수 없는 후회와 자책을 느끼고 있다. 그것은 그림자처럼 따라다니면서 문득문득 나를 부끄럽고 괴롭게 채찍질했다.

중학교 1학년 때, 같은 반 동무들과 어울려 집으로 돌아오던 길에서였다. 엿장수가 엿판을 내려놓고 땀을 들이고 있었다. 그 엿장수는 교문 밖에서도 가끔 볼 수 있으리만큼 낯익은 사람인데, 그는 팔 하나와 말을 더듬는 장애자였다. 대여섯 된 우리는 그 엿장수를 둘러싸고 엿가락을 고르는 체하면서 적지 않은 엿을 슬쩍슬쩍 빼돌렸다. 돈은 서너 가락 치밖에 내지 않았었다. 불구인 그는 그런 영문을 전혀 모르고 있었다.

이 일이, 돌이킬 수 없는 이 일이 나를 괴롭히고 있다. 그가 만약 넉살 좋고 건강한 엿장수였더라면 나는 벌써 그런 일을 잊어버리고 말았을 것이다. 그런데 그가 장애인이었다는 사실에 지워지지 않은 채 자책은 더욱 생생하다.

내가 이 세상에 살면서 지은 허물은 헤아릴 수 없이 많다. 그중에는 용서받기 어려운 허물도 적지 않을 것이다. 그런데 무슨 까닭인지 그때 저지른 그 허물이 줄곧 그림자처럼 나를 쫓고 있다. 이다음 세상에서는 다시는 더 이런 후회스러운 일이 되풀이되지 않기를 진심으로 빌며 참회하지 않을 수 없다. 내가 살아생전에 받았던 배신이나 모함도 그때 한 인간의 순박한 선의지를 저버린 과보라 생각하면 능히 견딜 만한 것이다.

"날카로운 면도날은 밟고 가기 어렵나니, 현자가 이르기를 구원을 얻는 길 또한 이같이 어려우니라."

『우파니샤드』의 이 말씀을 충분히 이해할 것 같다.

내가 죽을 때에는 가진 것이 없으므로 무엇을 누구에게 전한다는 번거로운 일도 없을 것이다. 본래 무일물은 우리들 사문의 소유관념이니까. 그래도 혹시 평생에 즐겨 읽던 책이 내 머리맡에 몇 권 남는다면, 아침저녁으로 "신문이오!" 하고 나를 찾아주는 그 꼬마에게 주고 싶다.

문득 신문 배달하는 학생을 떠올린 것은 뉴스를 전해주는 신문이 고마워서가 아니라 법정에게는 늘 고학생에 대한 애틋한 감정이 있었기 때문이었다. 신문 배달을 하면서 받은 급료로 학비를 보태는 고학생을 보면 인쇄소에서 아르바이트를 하던 자신의 학창 시절이 생각나곤 했던 것이다.

장례식이나 제사 같은 것은 아예 소용없는 일. 요즘은 중들이 세상 사람들보다 한술 더 떠 거창한 장례를 치르고 있는데, 그토록 번거롭고 부질없는 검은 의식이 만약 내 이름으로 행해진다면 나를 위로하기는커녕 몹시 화나게 할 것이다. 평소의 식탁처럼 간단명료한 것을 즐기는 성미니까. 내게 무덤이라도 있게 된다면 그 차가운 빗돌 대신 어느 여름날 아

침부터 좋아하게 된 양귀비꽃이나 해바라기를 심어달라 하겠지만, 무덤
도 없을 테니 그런 수고는 끼치지 않을 것이다.

생명의 기능이 나가버린 육신은 보기 흉하고 이웃에게 짐이 될 것이
므로 조금도 지체할 것 없이 없애주었으면 고맙겠다. 그것은 내가 벗어
버린 헌옷이니까. 물론 옮기기 편리하고 이웃에게 방해되지 않는 곳이
라면 아무 데서나 다비 茶毗, 화장해도 무방하다. 사리 舍利 같은 걸 남겨
이웃을 귀찮게 하는 일을 나는 절대로 절대로 하고 싶지 않다.

육신을 버린 후에는 훨훨 날아서 가고 싶은 곳이 꼭 한 군데 있다. '어
린 왕자'가 사는 별나라. 의자의 위치만 옮겨놓으면 하루에도 해 지는
광경을 몇 번이고 볼 수 있다는 아주 조그만 그 별나라. 가장 중요한 것
은 마음으로 보아야 한다는 것을 안 왕자는 지금쯤 장미와 사이좋게 지
내고 있을까. 그 나라에는 귀찮은 입국사증 入國査證 같은 것도 필요 없
을 것이므로 가보고 싶다.

그리고 내생에도 다시 한반도에 태어나고 싶다. 누가 뭐라 한대도 모
국어에 대한 애착 때문에 나는 이 나라를 버릴 수 없다. 다시 출가 사문
이 되어 금생에 못다 한 일들을 하고 싶다.

2년 후 가을.

법정은 마침내 다래헌을 떠나 송광사로 내려가기로 했다. 다래헌으
로 신도 몇 명이 모였다. 법정의 결심을 듣는 자리였다. 법정이 서울
을 떠나기로 한 것은 기관원의 연행이나 감시를 피하기 위해서가 아
니었다. 수행자로서 자신을 되돌아보기로 한 이유가 가장 컸다.

다래헌과 사바세계

법정을 움직이게 만든 결정적인 계기는 이른바 인혁당사건의 충격 때문이었다. 지난봄이었다. 국가보안법 위반 혐의로 23명이 구속됐고, 그중 8명은 대법원에서 사형 확정판결이 내려진 지 20시간 만에 형이 집행됐던 것이다. 함석헌, 장준하 등 반체제운동 인사들이 조작극이라고 몰아붙이자 독재자들은 보란 듯이 재빨리 형을 집행해버렸다. 국제법학자협회는 1975년 4월 9일을 '사법사상 암흑의 날'로 지정했다. 다른 독재국가에서도 일찍이 유래가 없는 만행이었던 것이다.

법정은 큰 충격에서 헤어나지 못했다. 자신이 죽인 거나 다름없다는 양심의 소리를 들었다. 사형을 언도한 독재자들에게 증오심과 적개심을 품었다. 그러나 출가 수행자로서 증오심과 적개심을 품는다는 일 또한 자책이 되었다. 무슨 운동이든지 개인의 인격형성의 길과 이어지지 않으면 별 의미가 없겠다는 생각도 들었다.

'그렇다면 무슨 길로 가야 하는가.'

법정은 원위치로 돌아가지 않으면 길이 없다고 판단했다. 한순간에 내린 결론이 아니었다. 반년 동안 다래헌에서 문득문득 밤을 새우며 고심한 끝에 내린 선택이었다. 어느새 서울을 떠나는 것이 법정에게는 또 한 번의 출가가 됐다.

신도들이 장미꽃을 한 아름 들고 왔다. 무거운 분위기가 화려한 장미꽃의 등장으로 환해졌다. 그러나 한 신도가 울음을 터뜨리는 바람에 분위기가 다시 가라앉아버렸다. 법정이 우는 신도를 위로하며 말했다.

"이웃에 불이 났을 때는 소방관이고 누구고 할 것 없이 모두 나와서 급한 불을 꺼야 한다고 생각해요. 그러나 일단 불이 잡힌 다음에는 각자의 원위치로 돌아가 자신에게 주어진 삶의 몫을 다해야 한다는 것이 내 심경이오."

"스님, 언제 가시는데요."

"내일 아침이오. 다 정리했으니 걸망을 메기만 하면 됩니다."

"스님, 어디로 가십니까."

"송광사로 갑니다. 한동안 중노릇 소홀히 했으니 다시 익히고 길들여야지요."

"다래헌에서도 잘사셨지 않습니까."

"이제 나에게 출가란 다래헌을 떠나는 것이에요. 묵은 집, 집착의 집, 갈등의 집을 버리고 떠나는 것이 출가니까."

방 안 분위기가 어느 순간부터 활기를 띠었다. 누군가가 음료수를 가방에서 꺼냈다. 보리를 약간 발효시킨 음료수였다. 그러나 법정은 전생에 많이 마셨다며 입만 대고 컵을 내려놓았다. 그러면서 한마디를 더했다.

"부처가 지금 이 자리에서 묻는다 할지라도 나는 나답게 살기 위해서, 내 식대로 살기 위해서 다래헌을 떠난다고 말할 것이오."

신도들은 곧 일어났다. 나룻배를 타고 집으로 돌아가기 위해서였다. 절의 어둠이 비로드 천처럼 부드럽게 전해졌다. 불빛이 명멸하는 서울의 야경도 문득 아름답게 보였다. 법정은 신도들을 산문까지 바래다주고 돌아왔다. 밤 11시에 끊어지는 막배까지는 아직 시간이 많이 남아 있었다.

6장

불일암, 텅 빈 충만

법정스님의 숨결이 묻은 불일암 가는 대숲길

산짐승 식구

법정은 불일암 덧문을 두드리는 소리에 앉은뱅이책상에서 일어났다. 새벽 예불을 보고 난 뒤부터 하던 『화엄경』 번역 일을 마저 마치고 아래채로 내려가 아침을 먹으려고 했는데, 누군가가 덧문을 탁탁 때리고 있었다. 두드린다기보다는 간헐적으로 긁고 있었다. 시계 침은 아침 6시 반을 조금 넘게 가리키고 있었다. 아침마다 정확하게 6시쯤 덧문을 열곤 했으니 오늘은 많이 지각한 셈이었다.

덧문을 열고 나가 보니 다람쥐 한 마리가 마당으로 뛰어내려 달렸다. 다람쥐가 덧문을 두드린 것이 분명했다. 눈에 익은 다람쥐였다. 지붕 밑 환기통으로 들어와 밥밑콩을 야금야금 다 먹어치웠던 그 다람쥐가 틀림없었다. 보통 다람쥐는 노란 바탕에 검은 줄이 그어져 있는데 녀석은 검은 바탕에 노란 줄이 그어져 있었다. 돌연변이 다람쥐였다.

'밥값을 하느라고 나를 부른 것인가.'

아침공양이라야 호박죽 한 사발이 전부였다. 법정은 아래채 부엌으로 들어가 어제저녁에 쑤어둔 호박죽을 데웠다. 먹고 설거지하는 데는 단 10분밖에 걸리지 않았다. 공양시간이 짧아야 하루가 여유로웠다.

법정은 먹는 일에 시간과 정력을 쏟고 싶지 않았다. 부엌에서 망설이는 시간을 줄였다. 청소는 드나드는 사람이 없으니 이삼 일에 한 번 비질하면 그만이었다. 시자 현장이 올라와 있을 때는 부엌 탁자에 '먹이는 간단명료하게'라고 써놓고 3가지 이상의 반찬을 만들지 못하도록 했다. 그러나 지금은 그 규칙마저 혼자 있으니 지킬 필요가 없었다. 죽 한 사발에 묵은 김치 하나면 족했다.

장끼가 홰를 치며 울었다. 아침 일찍 누가 올라오는가 싶어 사립문까지 나가보았지만 손님은 보이지 않았다. 장끼가 거친 소리로 울며 솟구칠 때는 대부분 사람들이 올라온다는 신호였다. 장끼는 의심이 많고 사람을 몹시 경계하여 인기척만 나도 홰를 치며 날아올랐다. 반대로 암꿩인 까투리는 법정을 따랐다. 처음에는 콩을 뿌려주고 자리를 비켜주었는데 나중에는 안심하면서 발부리까지 와서 콩을 주워 먹곤 했다.

이제 까투리들은 불일암 식구가 됐다. 법정이 며칠 만에 긴 외출에서 돌아오면 까투리들이 먹이를 달라고 우르르 몰려들었다. 아이들이 과자봉지를 들고 있는 아버지 손을 기다리는 것과 비슷했다.

까투리들이 오랫동안 보이지 않은 적도 있는데, 그때는 법정이 걱정을 했다. 다른 억센 짐승이 해치지 않았나 싶어서였다. 그러나 얼마

후 법정은 대숲에서 병아리만 한 새끼 꿩들을 보고는 안심했다. 까투리들이 그동안 알을 품고 있느라고 나타나지 않았던 것이다.

불일암 둘레에서 사는 산짐승들은 위험이 닥쳤을 때 서로 연대하기도 했다. 매가 새를 낚으려 하자 다람쥐와 새들이 합세했다. 한번은 새들이 다급하게 울고 다람쥐가 쇳소리를 내어 나가보았더니 그런 풍경이 벌어지고 있었다.

법정이 "예끼놈! 썩 안 물러갈래" 하고 크게 고함치자 매가 별 욕심 부리지 않고 싱겁게 날아갔다. 그제야 다람쥐가 나무에서 내려오더니 위급함을 알리는 쇳소리를 멈추었다.

법정은 호박죽을 한 사발 비우고 위채로 올라와 부엌을 바라보았다. 부엌문 위에는 하루가 다르게 말벌집이 커지고 있었다. 며칠 전에는 탁구공만 했는데 지금은 배구공만큼 커져 있었다. 작년에 손가락을 쏘여 퉁퉁 부은 적이 있어 뜯어버리려고 했다가 도회지 산동네의 철거민들이 생각나 차마 그러지 못했다. 대신 법정은 말벌에게 몇 가지 지킬 것을 주문했다.

"얘 벌들아, 나하고 약속하자. 너희들이 나를 쏘지 않고 찾아오는 사람들을 쏘지 않는다면, 집 짓고 사는 것을 묵인하겠다. 그러나 만약 그전처럼 주인이건 나그네이건 한 사람이라도 쏘면 그날로 철거하게 될 것이다. 알아들었는가."

말벌은 일부러 공격하지 않지만 자신을 방어하기 위해서 예민하게 반응했다. 법정이 긴 장대를 들고 있거나, 손님들이 울긋불긋한 옷차림을 하고 있을 때는 방어본능을 발휘했다. 말벌 눈에도 자주 보는 잿빛 승복은 익숙하지만 원색의 옷은 낯설기 때문이었다.

불일암 산짐승 식구 중에는 산토끼도 있었다. 산토끼는 불일암 밭에서 자라는 케일을 좋아했다. 산토끼나 법정이나 채식주의자였다. 그런데 심각한 문제는 조금만 먹으면 되는데 여러 마리 산토끼가 한밤중에 무단 침입해 케일 밭을 망쳐버렸다. 작년에는 큰절에서 소임을 맡은 스님이 알려준 대로 엄청난 비법인 양 등불을 켜고 라디오를 틀어놓았지만 효험이 없었다. 법정은 산짐승에게 선무공작까지 하는 자신이 우스꽝스럽고 민망하여 올해는 우직한 방법을 썼다. 큰절 일꾼이 비 오는 날 가져온 모종을 밭에 심은 뒤 광천장에서 사온 망을 둘러쳤던 것이다.

그러나 망이 느슨하여 며칠 전에 또 산토끼가 들어왔다. 대낮인데도 대담하게 망 밑으로 들어와 포식을 하고 있었다. 법정과 마주친 산토끼는 놀란 채 도망치려고 이리 뛰고 저리 뛰었다.

"예끼놈!"

어찌할 바를 모르던 산토끼가 겨우 망을 들치고 달아났다. 그 뒤로 산토끼는 아직까지 나타나지 않았다. 산짐승도 크게 놀라야 정신이 나는 모양이었다.

법정은 군불을 지피기 위해 부엌문을 조심스럽게 열었다. 지붕에 사는 새가 놀라지 않게 뻑뻑한 부엌문을 열 때마다 조심했다. 나무 돌쩌귀에 초를 발라 예전보다는 부드러워졌지만 그래도 문을 잡아끌 때는 삐걱하고 소리가 났다.

부엌문을 여는 소리를 듣고 할미새와 박새가 지붕 기왓장 사이에서 나와 포르릉 날았다. 기왓장 사이가 산새들의 둥지가 된 것은 사람들의 실수 때문이었다. 기왓골을 받쳐주는 나무를 연함이라 하는데, 그것을 잘못 만들어 틈이 생겼던 것이다. 사람의 입장에서 볼 때는 공사가 잘못된 것이지만 새들에게는 튼튼한 둥지가 마련된 셈이었다.

법정은 혹시나 새들에게 무슨 변고가 생기지는 않았는지 암자를 한 바퀴 돌았다. 한번은 이런 사고가 있었던 것이다. 박새 새끼 한 마리가 추녀 밑 땅바닥에 떨어진 추락 사고였다. 박새 새끼는 오들오들 떨고 있었다. 솜털이 보송보송한 박새 새끼였다. 떨어진 충격으로 보얀 새털이 몇 점 흩어져 있었다. 지붕에서 떨어졌거나 나는 연습을 하다가 처마 끝에 부딪혔는지도 몰랐다. 손을 가까이 내미니 입을 벌려 쨱쨱거리며 어린 날갯죽지를 파닥거렸다. 어느새 어미 새 두 마리가 날아와 법정을 경계했다.

법정은 어미 새에게 새끼 새를 인도하고 부엌으로 돌아와 지켜보았다. 어미 새는 먼저 새끼 새에게 배고픔을 해결해주었다. 날벌레를 물고 와 바로 먹이지 않고 새끼 부리에 몇 차례나 넣었다 뺐다 하면서 주었다. 그러면 새끼 새는 조금씩 날갯짓하면서 부리를 쨱쨱 벌렸다. 새끼가 스스로 날도록 연습을 시키는 셈이었다. 새끼 새는 이틀을 꼬박 어미 새의 도움을 받더니 마침내 날개를 펴고 날았다. 법정도 그제야 어깨를 펴고 숨을 크게 내쉬었다.

장끼가 또 홰를 치며 울었다. 이번에는 틀림없이 사람이 올라오고 있을 것 같았다. 법정은 군불거리를 한 아름 아궁이에 넣어놓고 의자에 앉아 대숲을 바라보았다. 의자는 자신이 참나무가지를 잘라 또닥 또닥 만든 것이었다. 찾아온 손님들이 함부로 앉은 탓에 지금은 의자 다리가 흔들거리지만 그래도 사용하는 데는 불편이 없었다.

오늘 첫 손님은 도예가 거사 가족이었다. 법정은 다실로 불러들여 찻자리를 폈다. 거사는 곤지암에서 보원요寶元窯를 운영하고 있는데, 『서 있는 사람들』을 구해 읽은 뒤 식구들을 데리고 불일암으로 바로 달려왔던 사람이었다. 자신과 나이가 엇비슷하고 어린 시절 가난을 겪고 이겨낸 시골 출신의 사람이었으므로 법정은 만날 때마다 친화력을 느꼈다. 서울의 어느 중학교에서 국어교사를 한다는 그의 부인 역시 책을 좋아하고 자신을 낮추고 다니는 겸손한 여성이었으므로 법정은 친지처럼 맞아들였다. 그들 부부는 늘 진지했다. 법정을 스승으로 생각하고 귀를 기울이고 눈을 반짝였다. 차를 마시면서 법정은 그들 부부의 막내아들에게 물었다.

"너는 이다음에 커서 무엇이 되고 싶을까."

아이는 망설이지 않고 대답했다. 그 아이는 초등학교 6학년이었다.

"경찰관이 될래요."

경찰관이란 단어는 불일암과는 잘 어울리지 않는 말이었다. 꿩이나 다람쥐, 박새가 날아다니는 불일암과는 크게 생뚱맞았다. 법정은 잠시 동안 아이를 쳐다본 뒤에야 껄껄 웃었다. 거사는 아들의 용기가 가상스러운 듯 더 크게 웃었다. 부인은 아이가 실수라도 한 것처럼 어쩔 줄 몰라 하더니 미소만 지었다.

"경찰관도 멋진 직업이지."

"맞아요, 스님."

불일암, 텅 빈 충만

만약 아이가 메이저리그의 야구선수가 되겠다거나 인공위성을 쏘아 올리는 과학자나 별을 단 장군이 되겠다고 했다면 뜻밖이라는 생각이 들지도 않았고, 웃음을 터뜨리지도 않았을 터였다.

"어째서 경찰관이 되고 싶은 것이냐."

도예가 거사가 여전히 웃으며 아들에게 물었다. 그러자 아이는 많이 생각해온 것처럼 짧고 분명하게 이유를 댔다.

"사회질서를 바로 잡고 싶어서요."

"니 얘기를 듣고 보니 그럴 만도 하구나."

선진국 진입이니 뭐니 하는 사회에서 어른들이 싸우고 흉악범들이 날뛰는 것을 보면 아이의 머리에도 사회질서란 말이 깊이 박힐 수밖에 없구나 하는 생각이 들었다. 어른들이 반성할 숙제를 아이가 주고 있는 셈이었다.

법정은 도예가 거사 가족이 암자를 내려간 뒤 밀린 빨래를 했다. 빨래는 해가 떠 있는 동안 신속하게 해치워야 했다. 그래야만 저녁공양을 하기 전까지 풀을 먹이고 다리미질까지 끝낼 수 있었다. 우물가에서 후닥닥 해치우니 팔다리가 뻐근했다. 몸이 노곤하기도 했다. 배고프면 밥 먹고 졸리면 자는 것도 불일암의 정진이었다. 법정은 도침陶枕을 베고 누웠다. 여름철이 되면 목침을 즐겨 사용하다가 어느 날 박물관에서 옛사람의 도침을 보고 부러워했는데, 도예가 거사가 마침 도침을 만들어 보내왔던 것이다.

도침을 베고 누워 있으면 맑은 솔바람 소리가 났다. 그런 까닭인지

도침에서 깨어나면 머리가 씻은 듯이 개운했다. 법정은 도침을 베고 서까래 끝에 열린 하늘을 무심히 바라봤다. 그러다가 모로 누워 산봉우리에 눈을 주었다. 갑자기 산이 달리 보였다. 좀 전에 무심코 보았던 산이 아니었다.

'하, 이것 봐라!'

법정은 벌떡 일어났다. 이번에는 가랑이 사이로 산을 보았다. 좀 전에 보던 산이 형상을 바꾸었다. 마술 같은 변화였다. 하늘은 호수가 되고, 산은 호수에 잠기는 그림자가 되었다. 바로 보면 굴곡이 가파른 산자락이 거꾸로 보니 강물처럼 유장하게 보였다. 숲의 빛깔도 원색이 낱낱이 분해되어 원근이 선명해졌다. 법정은 놀라운 변화를 여러 번이나 즐겼다.

'누가 보고 있다면 필시 미친 중이라고 하겠지.'

법정은 혼자만 즐길 수 없다고 생각했다. 그날 오후 동안 불일암에 오는 모든 사람에게 공개했다. 노스님이건 어린 사미승이건, 신사와 숙녀를 가릴 것 없이 법정은 그들 앞에서 먼저 시범을 보였다. 그런 뒤, 그들도 앞산을 거꾸로 보게 했다. 점잖지 못한 동작이었지만 그들 역시 천진한 아이가 되어 웃음을 터뜨렸다.

법정은 해가 대숲머리에 떨어져 있을 때 빨래에 풀을 먹였다. 꽤 많은 손님들을 치렀는데도 다행히 오늘 하루 동안에 다리미질까지 다 마칠 수 있을 것 같았다. 법정은 손님들이 다 가고 난 뒤에야 종이를 꺼내 메모했다.

불일암, 텅 빈 충만

우리가 일상적으로 사람을 대하거나 사물을 보고 인식하는 것은 틀에 박힌 고정관념에 지나지 않는다. 그렇기 때문에 이미 알아버린 대상에서는 새로운 모습을 찾아내기 어렵다. 아무개 하면, 자신의 인식 속에 들어와 이미 굳어버린 그렇고 그런 존재로밖에 볼 수가 없는 것이다. 이건 얼마나 그릇된 오해인가. 사람이나 사물은 끝없이 형성되고 변모하는 것인데.

그러나 각도를 달리함으로써 그 사람이나 사물이 지닌 새로운 면을, 아름다운 비밀을 찾아낼 수 있다. 우리들이 시들하게 생각하는 그저 그렇고 그런 사이라 할지라도 선입견에서 벗어나 맑고 따뜻한 '열린 눈'으로 바라본다면 시들한 관계의 뜰에 생기가 돌 것이다. 내 눈이 열리면 그 눈으로 보는 세상도 함께 열리는 법이리라.

법정은 메모하고 나서 다로에 찻물을 끓였다. 밖으로 나가 일찍 사립문을 닫았다. 비로소 빈방에 홀로 앉았다. 창호에는 오후 햇살이 비치고 있었다. 오후 햇살을 바라보고 있으면 마음이 가득한 눈물처럼 넉넉해졌다. 아침 햇살은 맑고 투명하고 오후 햇살은 포근하고 부드러웠다. 창 곁에 가리개를 가져와 폈다. 방 안이 한층 고풍스러워졌다. 휴정선사의 『선가귀감』에서 글을 골라주고도 까맣게 잊어버렸는데, 어느 서예가가 글씨를 써서 가리개까지 만들어 보내온 것이었다.

출가하여 중 되는 것이 어찌 작은 일이랴. 편하고 한가함을 구해서가 아니며 따뜻이 입고 배불리 먹으려고 한 것도 아니며 명예와 재물을 구해서도 아니다. 번뇌를 끊어 생사를 면하려는 것이고, 부처님의 지혜를 이어 끝없는 중생을 건지기 위해서이다.

언제 보아도 안이해지는 일상을 되돌아보게 하는 글이었다. 출가정신을 거듭거듭 다지게 하는 글이었다. 글은 온 세상이 잠든 시각에도 수행자는 깨어 있지 않으면 안 된다고 외치는 것 같았다. 법정은 허리를 꼿꼿하게 하고『선가귀감』의 글을 다시 보면서『유마경』의 한 구절을 떠올렸다.

'중생이 앓기 때문에 나도 앓는다.'

차 맛은 오늘 하루를 잘살았는지 못살았는지를 점검해주었다. 차가 떫으면 하루를 잘못 산 것이고, 덤덤하면 그저 그렇게 산 것이고, 맑고 향기로우면 하루를 잘산 것이었다. 법정은 지금 마시고 있는 차는 덤덤하다고 느꼈다.

창호에 일몰이 내리고 있었다. 산새 그림자가 어른거렸다. 빈방이 적막해졌다. 적막한 빛깔이 있다면 바로 창호에 내리는 일몰의 빛깔이었다.

그해 겨울 눈보라치는 밤이었다. 눈보라가 덧문을 뜯어갈 것처럼 거칠게 잡아당겼다. 외풍이 심해서 깊은 잠을 이루지 못하고 있는데, 뒷문께서 부스럭거리는 소리가 들리곤 했다. 무슨 일인가 싶어 문을 열자 잿빛 산토끼 한 마리가 방 안으로 뛰어들었다. 순간 법정은 케일밭을 얼쩡거리던 산토끼임을 금세 알아차렸다. 춥고 배고파 찾아온 산토끼를 법정은 흔연히 맞이했다. 광에서 고구마를 내다가 하룻밤을 재워주었다.

태풍

  늦더위가 물러가고 나자 큰 비바람이 몰아치려고 했다. 태풍이 지나가려고 할 때는 반드시 조짐이 나타났다. 이삼 일 전부터 하늘에는 비질한 흔적 같은 무늬의 흰 구름이 드넓게 퍼졌다. 땅에서는 개미 떼가 도랑가에서 마른 두둑으로 이동했다. 뿐만 아니라 정랑에서는 박쥐가 낮은 서까래에 매달려 있고, 호반새나 어치들은 먹이를 찾아 어지럽게 날았다.

  법정의 예상은 틀림없이 들어맞았다. 정오부터 갑자기 하늘이 어두워지면서 가랑비가 내리더니 금세 빗줄기가 굵어졌다. 바람도 대담하게 거세졌다. 저녁 무렵에는 태풍이 거친 본성을 드러냈다. 강풍이 무성한 태산목 나뭇잎을 훑었다. 손바닥만 한 나뭇잎이 마당까지 올라와 뒹굴었다. 용마루 기왓장도 뜯겨져 내렸다. 무성한 파초 잎이 말갈기처럼 찢어졌다. 마당가의 장명등 꼭지는 어디로 날아갔는지 보이지 않았다. 잠시 후에는 장작더미에 끈으로 매어둔 비닐 우장이 펄럭이다가 비바람을 끝내 못 이기고 날아갔다. 비닐 우장은 뒤꼍 나뭇가지에 걸려 비명 소리를 냈다.

뒷마루에 놓아둔 신문지 상자도 견디지 못하고 굴렀다. 그러자 상자 안의 종이들이 여기저기 난민처럼 흩어졌다. 큰 키를 서로 의지해 자라던 대나무들도 곧 꺾어질 것처럼 휘청거렸다. 법정은 아래채 뜰의 수채가 막혀 물이 넘치는 것을 보고는 뛰어나갔다가 우산만 날려버리고 돌아왔다.

밤이 돼서는 누전이 됐는지 전기가 나갔다. 양초를 찾아 촛불을 켜 암흑 세상은 모면했지만 언제쯤 태풍의 기세가 누그러질지 암담했다. 가부좌를 틀지만 집중이 안 됐다. 마음이 태풍에 흐트러지곤 했다. 법정은 혼자서 투덜투덜 짜증을 냈다. 자연의 거센 위력 앞에 초라한 자신을 실감했다.

다급한 풍경소리가 귀를 계속해서 자극했다. 평소에는 듣기 좋던 풍경소리가 귀를 고문했다. 법정은 밖으로 나가 뒤꼍에 놓아둔 사다리를 들고 처마 밑에 세웠다. 그러고는 태풍에 정신없이 소리 지르는 풍경을 떼어냈다. 순식간에 겉옷이 젖었다. 풍경을 당장 떼어내고 나니 직성이 풀렸다. 죄 없는 풍경에게 화풀이를 한 셈이었다.

잠시 후 법정은 가까스로 생각을 돌이켰다.

'시작이 있으면 끝이 있는 법이다. 태풍도 불 만큼 불다가 잦아질 것이다.'

시선을 내면으로 돌리자 태풍에게 감사해야 할 것도 보였다. 태풍 때문에 오늘 하루 누구의 방해도 받지 않고 순수한 자신으로 존재했던 것도 같았다. 비바람이 몰아친 탓에 단 한 사람도 암자에 올라오지 않아 자신만의 시간을 가졌던 것이다. 몸만 바빴을 뿐 자신에게 주어진 시간은 온전한 하루였던 것이다.

법정은 젖은 겉옷을 벗어버렸다. 찾아와 기웃거릴 사람이 없으니 속옷바람으로 있어도 그만이었다. 승복의 굴레가 결코 단순하지 않다는 생각도 스쳤다. 승복이 알게 모르게 자신을 가두고 있었다는 자각도 들었다. 법정은 자유를 얻은 것처럼 홀가분했다.

'자, 뭘 할까. 그렇다. 소설이나 읽자. 이런 날은 소설이나 읽어야지 엄숙한 일은 격에도 맞지 않고 어울리지도 않는다.'

법정은 다락에 더듬더듬 올라가 손에 잡히는 책을 뽑아 들었다. 니코스 카잔차키스의 『희랍인 조르바』였다.

'창가에 등의자를 놓고 비스듬히 누워서 읽자. 소설을 누가 뻣뻣이 앉아서 읽는단 말인가.'

책장을 펼치자 소설 속에서도 비바람이 불고 있었다. 크레타 섬으로 가는 배를 타려고 항구에 나가 있을 때, 북아프리카에서 남유럽 쪽으로 부는 세찬 비바람이 유리문을 닫았는데도 파도의 포말을 카페 안에 가득히 날리고 있었다.

다음 날.

하늘은 마술사가 눈속임을 하듯 개었다. 잔잔한 호수 같았다. 하늘은 어젯밤 땅에서 벌어진 일들을 짐짓 모른 체하고 있었다. 불일암 둘레는 태풍이 할퀸 생채기가 곳곳에 나 있었다. 무너진 축대는 다시 쌓아야 하고, 꺾어진 나뭇가지들은 스스로 치유가 될 때까지 기다려야 할 터였다. 그러나 찢어진 나뭇가지들의 상처는 마음을 아프게 했다.

태풍이 멀리 지나갔는데도 마당가 후박나무는 얼이 빠진 표정을 짓고 있었다. 법정은 겁에 질린 아이를 안아주듯 후박나무를 안았다.

'자, 이제 태풍은 지나갔다. 봐라, 푸른 하늘이다.'

지난 늦봄에 꽃을 피워 온 뜰에 향기를 퍼뜨렸던 후박나무였다. 꽃은 연꽃처럼 낮에는 문을 열었다가 해가 기울면 문을 닫았다. 암자 오른편 뜰의 매화나무도 밤새 안녕했다. 불일암을 지은 김 목수의 아들이 지게로 져와 심은 매화나무였다. 아버지가 암자를 지었으니 자기는 매화나무라도 심어야겠다고 했던 것이다.

태산목은 비바람에 나뭇잎이 많이 떨어졌는데도 워낙 머리숱이 많아 멀쩡하게 보였다. 법정은 태산목을 볼 때마다 어린 시절을 떠올렸다. 수업시간이 파하기가 무섭게 태산목 아래로 뛰어가 꽃잎을 줍던 풋풋한 추억이 있기 때문이었다. 잎이 크고 여려서 가장 피해가 클 것 같은 오동나무는 뜻밖에도 불일암의 신장처럼 의젓했다.

법정은 휘파람을 불었다. 그러자 오동나무에 구멍을 뚫고 사는 호반새가 나와서 공중제비를 했다. 불일암 멀리 주암댐이 생기면서 날아온 호반새였다.

드디어 첫 손님이 올라왔다. 대숲 사이로 난 가파른 돌계단을 손보고 있는데 말소리가 난 것이다. 이 시골에서 온 촌부 두 명이었다. 그중 넉살 좋게 생긴 사람이 스님을 보더니 말했다.

"어, 텔레비전에서 보았던 스님하고 똑같네. 법정스님이지요."

"그렇습니다. 오시느라 땀을 흘렸으니 우물로 가서 물 한 모금 하시지요."

"우물이 어디 있습니까."

"케일 밭 오른쪽 벚나무 아래에 있습니다."

법정은 서둘러 돌을 박아놓고 그들이 간 곳을 살폈다. 다행히 그들은 우물로 가 물을 마시고는 아래채 툇마루에 앉아 있었다. 방문을 열거나 부엌을 기웃거리지 않는 걸로 봐서 점잖은 편이었다.

법정이 그냥 위채로 지나치려 하자 한 사람이 또 물었다.

"스님, 고향이 어디십니까."

"태어난 곳을 알아 무엇하게요."

"동향인지 궁금해서요."

"내가 정말 태어난 고향은 어디더라. 그거 화두네. 허허허."

법정은 껄껄 웃으며 위채로 올라가버렸다. 그러자 그들도 별 생각 없이 물었다는 표정으로 툇마루에서 땀을 들인 뒤 곧 내려갔다.

이번에는 대학생인 듯한 젊은이가 위채까지 올라와 물었다.

"스님, 수류화개실 水流花開室이 어딥니까."

젊은이가 묻는 수준으로 봐서 불일암을 소재로 한 글을 읽고 온 것이 분명했다. 그래서 법정은 대학생이 오랫동안 생각할 수 있도록 숙제 같은 대답을 했다.

"네가 서 있는 바로 그 자리다!"

대학생은 이해하지 못하고 당황했다. 도리어 숙제 같은 답을 주었

불일암, 텅 빈 충만

으니 그럴 만도 했다. 선가에서는 그것을 선문답이라고 했다. 대학생
은 발품을 팔아 올라왔는데 그냥 내려가기가 허전했던지 한마디라도
들으려 했다.

"스님, 좋은 말씀을 해주시면 고맙겠습니다."

"이봐요, 학생. 좋은 말에서 먼저 해방되는 것이 어떨까."

"스님, 무엇에서 해방되라는 말씀을 하셨습니까."

이쯤이면 대학생의 손에 무언가를 얹어주어야만 했다. 법정은 드디
어 말을 풀었다.

"우리가 지금까지 얻어들은 좋은 말씀이 얼마나 많은가. 그 좋은 말
이 모자라 현재의 삶이 허술하단 말인가. 남의 말에 갇히면 자기 자신의
삶을 잃어버리게 되지. 다 큰 사람들이 자신의 소신과 판단대로 살아
갈 것이지 어째서 남의 말에 팔려 남의 인생을 대신 살려고 하는가."

그제야 대학생이 합장을 했다. 얼굴이 붉게 상기되더니 머리를 긁
적이며 부끄러워했다. 법정은 대학생에게는 그래도 너그러웠다. 만행
이라 하여 이 절 저 절 순례를 다니는 젊은 스님들이 와서 이른바 '한
말씀'을 부탁하면 방에서 알사탕을 내왔다. 알사탕도 탁구공만 하여
입안에 넣으면 뺨이 볼록하게 튀어나왔다. 일단 알사탕이 입안에 들
어가면 구강구조상 말을 하지 못했다.

"자, 알사탕 먹어요. 어서. 알사탕 먹으면서 저 앞산이나 쳐다보고
가요."

법정이 산을 쳐다보라고 한 말은 산을 한 아름 안고 가라는 뜻이었
다. 입안에 알사탕을 넣은 스님들은 자의 반 타의 반 침묵했다. 대숲

을 스쳐오는 바람소리를 듣거나 햇살을 쬐면서 서성거리다 암자를 내려갔다.

물론 모든 스님들에게 그렇게 대접하는 것은 아니었다. 며칠 전 갓계를 받고 인사를 하러 온 사미승들에게는 다실로 불러들여 중노릇에 대한 경책을 했다. 사미승들은 절하기 전에 합장하면서 자신의 법명을 먼저 댔다.

이듬해 여름에 불일암으로 올라와 시자가 된 지묵도 그랬다.

"법명은 지묵이라고 합니다."

"허, 종이와 먹이 평생 떨어지지 않겠군!"

법정은 예닐곱 명의 사미승에게 인사를 받고는 녹차를 한 잔씩 따라주며 '정진 잘하여 조계종풍을 지키는 스님이 되라'며 간단하게 당부했던 것이다.

태풍이 한반도를 완전히 통과해버린 듯 오후에는 가을 햇살이 따갑게 쏟아졌다. 물 먹은 마당이 고슬고슬하게 말랐다. 산색은 한결 청결했다. 비바람에 온몸을 헹군 것 같은 모습이었다. 부러진 나뭇가지들을 산자락에 떨어뜨려놓고 있었다. 불필요한 나뭇가지와 잎들을 놓아버리는 산의 무소유였다. 아직 빗방울이 맺힌 풀잎은 보석처럼 빛났다. 도랑에는 예전처럼 맑은 물이 콸콸 흘렀다. 불일암은 다시 본래의 모습으로 돌아왔다. 이제는 법정이 본래의 자리로 돌아갈 시간이었다. 법정은 이때다 싶어 미루기만 했던 다실 방문의 묵은 창호지를 뜯어냈다. 마음을 모으고 싶을 때는 방 안 일에 몰두하면 효과가 컸다.

불일암, 텅 빈 충만

좌선이 앉아서 참선하는 것이라면 노동은 몸과 마음을 움직이는 행선
行禪이었다.

　법정은 메모지를 펴고 창호지를 바른 소감을 적었다.

　　새로 바른 창에 맑은 햇살이 비치니 방 안이 한결 정갈하게 보인다.
가을날 오후의 한때, 빈방에 홀로 앉아 새로 바른 창호에 비치는 맑고 포
근한 햇살을 보고 있으면 내 마음은 말할 수 없이 아주 넉넉하다. 이런
맑고 투명한 삶의 여백으로 인해 나는 새삼스레 행복해지려고 한다.

　　한지의 아름다움은 창호에서 느낄 수 있다. 양지의 반들반들한 매끄
러움과는 달리 푸근하고 아늑하고 말할 수 없이 부드럽다. 양지가 햇빛
이라면, 우리 한지는 은은한 달빛일 것이다. 달빛의 은은함이 우리 마음
을 편하게 해준다.

　초봄에 산 메모지 한 권이 다 채워지고 있었다. 메모지는 순간순간
사색하고 명상한 단편들을 깨알 같은 글씨로 적은 수첩인데, 법정은
외부에서 원고 청탁이 올 때마다 열어보곤 했다. 수첩의 메모를 보면
지나간 시간의 흔적들조차 생생하게 재생할 수 있었다.

　법정은 태풍이 오기 전에 길어온 맑은 찻물을 다로 위에 놓고 끓였
다. 찻물이 끓는 동안 문득 행자생활을 했던 미래사가 떠올랐다. 그때
녹차를 처음 마셔봤던 것이다. 결제일과 해제일이 되면 조실인 효봉
스님이 법문을 했는데, 스님이 법상에 오르면 원주스님이 찻잔에 차

를 따라 올렸다. 그런데 스님이 법문하다가 찻잔을 입에 대기가 무섭게 '차가 너무 쓰다'라고 하면서 찻잔을 내려놓았다. 법정은 도대체 차의 무슨 맛을 두고 '쓰다'라고 하셨을까 하고 법문 끝에 찻잔을 비우면서 맛을 보았다. 과연 그 차는 '쓰디쓴 물'이었다. 펄펄 끓는 찻물에 차를 너무 많이 넣고 우려낸 차였던 것이다.

법정은 무심코 찻잔을 들었다가 차향에 눈이 번쩍 뜨였다. 어디서 구한 것인지 알 수 없었지만 노곤해지려는 몸과 마음에 활기가 돌았다. 네댓 번을 우려내도 한결같이 산뜻한 맛을 유지했다. 어린애 살결에서 나는 배릿한 젖비린내 같은 향취가 났다. 여러 문헌에서 말하는 다신茶神이고 진향眞香이었다. 차가 궁금하여 우려낸 찻잎을 살펴보니 아직도 연둣빛 엽록소가 살아 있는 작은 찻잎들이었다.

법정은 찻잔 속의 다신을 향해서 합장했다. 자신에게 주어진 오늘 하루가 여간 고마운 게 아니었고 내일도 잘살아야지 하고 발원했다. 욕망이 아닌 순일한 감사였다. 그리고 법정만의 맑고 향기로운 예불이자 입정 入定의 순간이었다.

장날

법정은 시자와 함께 사는 기간에는 부엌살림을 시자에게 다 맡겼다. 자잘한 것은 간여하지 않았다. 끼니도 세 끼로 늘고 먹는 주식도 시자의 입맛을 고려하여 빵이나 호박죽에서 밥으로 바꿨다. 시자는 늘 배가 고프게 마련이었다. 스님 시봉하랴, 암자 살림하랴, 공부하랴 몸과 마음이 늘 고단한 것이 시자생활이었다. 휴일이 되면 손님들까지 불일암으로 올라와 일이 더 번거로워지고 공양 때는 부엌 안이 제법 소란스러워졌다.

법정도 부엌 안이 바빠지면 모른 체하지 않았다. 힘들어하는 시자의 사기진작을 위한 방편이었다. 은근한 응원이기도 했다. 시자가 솥에 쌀을 안치고 난 뒤 잠깐 무료해진 순간을 이용해 한마디 했다.

"무슨 생각으로 밥을 짓는가."

엉뚱한 질문에 시자와 시자를 돕고 있던 손님 보살까지 대답을 못했다. 그러면 법정이 웃으며 말했다.

"밥 짓고 반찬 만들 때 외우는 진언이 있지."

진언이란 다라니와 같은 주문을 뜻했다. 시자는 정랑에서 용변을 볼 때 외우는 진언은 들어보았지만 음식 만들 때 진언을 한다는 얘기는 처음 들어보는 말이었으므로 호기심이 났다. 공양주를 하고 있으니 당연히 알고 싶었다.

"스님, 가르쳐주십시오."

"당연히 가르쳐주어야지. 잘 들어봐."

법정이 장난기를 발동하여 입맛만 다셨다. 그러자 손님 보살이 재촉했다.

"스님, 빨리 말씀하세요. 밥 다 돼가요."

"그럼 따라서 해봐."

이윽고 법정이 진언을 세 번 외웠다.

"옴 맛나 맛나 사바하. 옴 맛나 맛나 사바하. 옴 맛나 맛나 사바하."

법정이 우스개 진언을 하고 나자 시자와 손님 보살이 큰 소리로 웃었다. 물론 음식할 때 외우라는 진언은 법정이 창작해낸 것이었다.

그날 점심공양은 밖으로 나와 평상에 차리지 않고 부엌 안 탁자에서 했다. 간단하게 먹는 시늉만 했다. 잡곡이 필요하여 순천장을 나가기 위해서였다. 순천까지는 120리, 직행버스로 1시간 남짓 걸리는 거리였다. 법정은 시자는 암자에 있게 하고 혼자만 나섰다.

순천에는 위아래 장터가 있었다. 윗장은 5일과 10일, 아랫장은 2일과 7일에 섰다. 윗장에 비해 아랫장에 깔린 물품들이 훨씬 다양하고 걸었다. 불일암에서 가장 가까운 한실장은 오후만 되면 장꾼들이 휑하니 비고, 30리 밖의 광천장은 한실장보다 크기는 하지만 없는 물품이 많았다.

광천장에서는 주로 시자를 보내 낫과 호미, 괭이 같은 연장을 벼려오고 싸리로 짠 바자나 삼태기를 사오곤 했다. 순천장은 법정이 직접한 달에 한 번꼴로 장을 보아오곤 했다. 법정은 주차장으로 내려가 바로 직행버스를 탔다.

빈자리에 앉자마자 광천장의 우시장 정경이 떠올라 슬그머니 웃었다. 생각할 때마다 두고두고 웃음이 나오는 우시장 풍경이었다. 소장수가 송아지 이마 털이 빠진 곳에 엉덩이 털을 뽑아서 밥풀로 붙이고 있었던 것이다.

농사꾼에게 값을 더 받아내기 위해 엉덩이 털을 뽑아 이마에 붙이는 것이겠지만 송아지는 소장수의 의도가 무엇인지도 모르고 순하게 눈만 껌벅거리고 있었다. 그때 법정은 제값을 받기 위해 안간힘을 쓰는 소장수가 우스꽝스럽고 안쓰럽기까지 하여 못 본 체 눈을 돌렸던 것이다.

어느 장이건 물건값은 헐했다. 그래도 장 보는 사람들은 값을 깎자고 흥정했다. 순천장도 마찬가지였다. 법정은 순천 아랫장에 도착하여 천 원에 8개 하는 참외부터 샀다. 촌부가 달라는 대로 셈하여 주었다. 자신이 길러 따온 참외이기 때문에 촌부에게는 올려 받으려는 장돌뱅이의 셈이 없었다.

출가해서 장을 가보기는 해인사 선방 시절 해제 철이 되어 대구로 나가서 필기도구와 노트를 산 것이 처음이었다. 그때는 해인사에서 대구로 나가려면 비포장도로가 많아 완행버스로 꼬박 4시간 반이 걸렸다. 처음 간 곳은 장이라기보다는 '양식 시장'이었다. 시골 장터 같은 재래시장도 아니었다. 법정은 그 시장에서 두 개의 조롱박 모양을 한 형겊이 끈으로 이어져 있어 저것이 무언인가 하고 궁금해했다. 나중에 안 일이지만 그것이 여성의 '브라자'인 줄 알고 누구에게 말도 못하고 혼자 웃은 적도 있었다.

사람들이 몰려 있는 곳에서 북과 바라 소리가 났다. 그쪽으로 가보니 장돌뱅이가 양말 한 컬레에 80원씩이라고 외치고 있었다. '메리야스'는 재고를 정리한다며 크기에 따라 2, 3백 원씩 팔았다.

장터를 어정거리다 보면 깜짝 놀랄 때도 있었다. 갑자기 등 뒤에서 뻥! 하고 옥수수나 보리쌀을 담은 뻥튀기 기계가 터졌다. 가는 새끼줄로 동그랗게 꼰 뫄리는 단돈 백 원이었다. 법정은 다섯 개를 샀지만 도리어 미안했다.

지난 장에 왔을 때는 '이 아무개와 그 일행'이 장터 한쪽에서 포장을 둘러치고 무료 공연하면서 약을 팔았는데, 지금은 다른 장으로 이동했는지 보이지 않았다. 무대 배우들은 관객을 웃고 울리다가 막간을 이용해서 관객 속을 헤집고 다니면서 만병통치약을 팔았다. 화장을 진하게 한 여가수가 만병통치약을 들고 다니면 촌로들은 너도나도 손을 들고 샀다. 약 바구니가 비워지면 공연은 다시 시작됐다.

법정은 팥죽집에 들어가 3백 원을 주고 한 그릇을 시켰다. 사람들이 몰려드는 팥죽집은 음식값을 먼저 계산하는 선불이었다. 밀팥죽이란 찹쌀로 만든 새알 대신 발이 넓은 국수를 넣어 쑨 팥죽이었다. 점심공양을 했는데도 굳이 밀팥죽을 먹으려고 한 것은 쌍계사 탑전 시절이 생각나서였다. 겨울철 이른 아침 구례장날이 되면 쌍계사 아래까지 트럭 한 대가 시골 사람들을 태우기 위해 들어왔다. 법정도 삭발하고 목욕하는 날을 기다렸다가 트럭을 타고 섬진강 강바람을 쐬며 트럭을 타고 구례장을 보러 갈 때가 있었다. 구례장터에 내려 언 뺨을 손으로 비벼도 얼얼하기는 마찬가지였다.

장터를 들어서면 가장 먼저 눈에 띄는 집은 김이 모락모락 나는 팥죽 움막이었다. 하루 한 끼만 먹는 안거 중이었으므로 배 속은 늘 허전하고 시장했다. 강바람에 언 몸도 녹일 겸 팥죽 움막에 들어가지 않을 수 없었다. 팥죽은 보통 두 그릇, 어떤 날은 세 그릇까지 시켜 먹었다. 그러고 나면 언 몸이 풀려 졸음이 왔다.

법정은 순천 아랫장에서 먹는 밀팥죽이 옛날 구례장에서 먹었던 맛이 아님을 알고 겨우 한 그릇을 비웠다. 국수가 적게 들어가 훌렁훌렁하였고, 팥물이 짙어 속이 보깼다. 감미료를 몇 알 넣은 뒤 휘젓고 나서야 단맛으로 먹을 수 있었다.

법정은 대나무 제품을 파는 난장에서는 한동안 자리를 뜨지 못했다. 바구니와 고리, 발과 같은 대나무 제품이 넓게 한 자리를 차지하고 있었다. 특히 납작한 고리는 오랜만에 보는 상자였다. 고향집에도 늘 선반 위에 놓여 있었는데, 대오리로 엮은 그것을 '석짝'이라고 불렀다. 고리는 둥근 것, 정사각형, 반닫이처럼 생긴 직사각형 모양 등이 있었다. 법정은 고리를 살 생각이 없었으므로 만지작거리기만 했다. 플라스틱 제품처럼 하나같이 똑같은 얼굴로 가게 진열대에 무표정하게 쌓인 것과는 달리 정겨웠다. 난장에 널려 있지만 손수 대나무를 깎고 엮어 만든 것들이어서 마음이 푸근해졌다.

늘 보아도 물리지 않은 것들도 있었다. 포목점 마룻바닥에 펼쳐놓은 모시, 무명, 삼베, 명주 같은 천들이었다. 법정은 할머니와 어머니들이 손으로 짜고 물들인 천들이 제값에 팔리기를 마음속으로 기도했다.

장터에서 목이 제일 좋은 곳에는 집채보다 큰 간판을 내건 슈퍼마켓이 들어서 있었다. 슈퍼마켓을 보자, 문구를 사려고 광주의 어느 백화점에 들렀던 기억이 떠올랐다. 그 백화점은 입구부터 혼란스러웠다. 사람들에게 어찌나 밀렸던지 통유리 문에 머리를 부딪힐 뻔했다. 영화에 등장하는 투명인간처럼 그냥 통과하려다가 뒤로 넘어질 뻔했던 것이다. 백화점 공기는 맑지 않고 탁했다. 탁한 공기 탓인지 눈이 따가워 매장 앞에 선 사람 형상들이 마네킹인지 사람인지 분간이 잘 안됐다. 쳐다볼수록 어리둥절했다. 사람들의 시선을 끌기 위한 상술인 것 같기도 했다. 법정이 "허, 그 마네킹 진짜 사람처럼 잘도 만들었네"라고 중얼거리자 때마침 그 마네킹이 재채기를 했고, 법정은 깜짝 놀라 손에 들고 있던 물건을 떨어뜨릴 뻔했던 것이다.

그런데 장을 볼 때는 순서가 있었다. 부피가 작고 가벼운 물건을 먼저 사야지, 눈에 끌리는 대로 덩치가 크고 무거운 물건을 먼저 샀다가는 장꾼 사이를 헤치고 다니는 데 애를 먹는 수가 있었다. 법정은 마지막으로 조와 수수, 보리쌀 등의 잡곡을 각각 한 되씩 팔아 걸망에 넣었다.

송광사로 돌아오는 버스는 평일이어선지 손님이 한두 명뿐이었다. 법정은 걸망 속에서 참외를 꺼냈다. 옆자리에 앉은 낯선 청년과 안내양을 불러 함께 먹었다. 종점인 송광사 주차장에 내려서도 매표소 주인이 합장하기에 또 참외를 한 개 내놓았다.

"이거, 하나 먹어봐요."

"아이구메, 지가 스님께 공양 올려야 허는디 그라지 마시랑깨요."

"꿀참외라고 해서 샀으니 한번 먹어봐요."

"스님, 다음번에는 순천 가는 표 공짜로 끊어불랍니다잉."

"매표소 거사, 잘못하면 황천행이라오. 이 세상에 공짜는 없어요. 하하."

참외를 몇 개 내려놓으니 걸망도 그만큼 가벼웠다. 법정은 버스 주차장에서 불일암 산길을 향해 '싸목싸목' 올라갔다. 시자가 편백나무 숲까지 내려와 기다리고 있다가 스님의 걸망을 받아 멨다.

"암자에 누가 와 있는가."

"보살은 내려가고 처사가 한 사람 와 있습니다."

"그냥 올라온 사람인가."

"스님 책을 보고 왔다고 합니다."

불일암에는 보살이 내려가고 또 다른 손님이 와 있었다. 손님은 아래채 툇마루에 앉아 있다가 법정을 보고는 달려와 합장했다. 그래도 책을 보고 왔다는 사람에게는 대접을 박하게 하지 못했다. 정진하는 시간이 아니라면 대부분 차를 한잔 주고 내려 보냈다. 젊은 손님도 다실로 불러들였다. 그런데 젊은 손님이 방에 앉자마자 『서 있는 사람들』 책을 꺼내면서 떼를 썼다.

"큰스님, 책장에 글씨를 받고 싶습니다."

"글씨는 무슨 글씨. 나는 큰스님이 아니라네."

"큰스님, 한 말씀 받으려고 서울에서 왔습니다. 한 말씀만 써주시면 안 되겠습니까."

젊은 손님이 낙심한 얼굴로 재차 사정했다. 서울에서 내려왔다는 손님의 말에 법정은 마음이 약해졌다. 호주머니에서 붓펜을 꺼내더니 책장을 폈다. 법정은 젊은 손님이 부탁한 그대로 썼다. 그리고 그 아래 날짜와 법명을 적었다.

'한 말씀.'

시자가 웃었다. 그러나 젊은 손님은 '한 말씀'에 황공하여 어쩔 줄 몰랐다. 이윽고 불일암 공양시간이 되자 시자가 말했다. 불일암 저녁 공양 시간은 저잣거리보다 빨랐다. 저녁공양 준비는 늘 해가 막 떨어질 무렵 날빛이 환할 때 했다.

"스님."

법정은 시자의 눈빛만 봐도 무슨 말을 하려는지 간파했다. 지금 시자는 손님 것까지 공양을 지을까요, 하는 눈빛을 보내고 있었다. 법정이 손님에게 말했다.

"큰절 가는 길에 나무뿌리에 걸리지 않도록 조심해요."

시자는 법정의 말을 바로 알아들었다. 손님에게 큰절 가는 길을 애

불일암, 텅 빈 충만

기하는 것은 당신과 시자, 두 사람 분만 준비하라는 말이었다. 손님 공양까지 준비하라고 했다면 시자에게 다음과 같이 말했을 터였다.

"달을 보고 가세요. 앞산에 뜨는 달 볼만해요."

법정은 젊은 손님이 큰절에서 머물 수 있도록 원주스님에게 '손님을 부탁한다'는 내용의 편지를 한 장 써주었다.

"원주스님을 찾아 이 편지를 보여주시오."

젊은 손님이 내려간 뒤에야 시자가 뜰에 멍석을 펴고 저녁공양을 내왔다. 저녁공양은 수제비였다. 불일암에서는 수제비를 잘 만들 줄 알아야만 시자 노릇이 본 궤도에 올랐다고 할 수 있었다. 법정은 시자들 중에서도 수제비를 아주 잘 하는 시자에게는 '새마을수제비대회'에서 금상을 탄 사람이라고 손님에게 소개하곤 했다. 그러면 시자는 공양을 수제비로 준비하라는 말씀이구나 하고 수제비를 만들었다.

시자와 함께 저녁예불을 마치고 앞마루로 나오자 막 보름달이 떠올랐다. 너무 반가워서 법정은 '월광보살' 하고 뇌면서 합장했다. 오랜만에 재회하는 둥근 달이었다. 뒷산 숲에서는 소쩍새가 울었다. 시자가 아래채로 내려간 뒤 법정은 마당을 홀로 거닐었다. 혼자서 충만한 자신을 즐겼다. 자신이 광대무변한 우주로 확산되는 느낌이었다.

장터처럼 여럿 가운데 있으면 자신이 왜소한 부분으로 존재하지만 홀로 있으면 무한한 전체가 됐다. 나무와 새와 산짐승들, 그리고 어디에도 집착함이 없는 맑은 바람과 아래 골짝에서 울려오는 시냇물소리까지 자기와 하나가 됐다.

연필 한 다스

　법정은 망치와 끌, 대못과 줄자를 꺼내왔다. 시자에게는 뒷산으로
올라가 참나무 가지를 베어오게 했다. 불일암을 지을 때 쓰고 남은 판
자토막은 아직도 창고에 있었다. 좌선도 안 되고 책을 읽거나 쓰기도
싫을 때는 연장을 꺼내와 무언가를 만들면 순수하게 몰입되고 무심해
졌다. 시자는 뒷산을 오른 지 30분 만에 참나무 가지를 몇 개 지게에
지고 돌아왔다. 시자가 땀을 흘리며 물었다.

　"스님, 무엇을 만드시려고 합니까."

　"의자."

　"스님께서 앉으시게요."

　"아니."

　시자는 궁금증이 많은 아이처럼 끝까지 묻는 성격이었다. 법정은
탐구심이 많은 시자를 좋아했다. 시자와 마음이 통하는 날은 밤이 이

불일암, 텅 빈 충만

슥해질 때까지 차를 마시며 얘기를 주고받았다.

"그럼 누가 앉는 의잡니까."

"여기까지 올라온 손님들이 의자에 앉아서 조계산 자락이나 쳐다보고 가라고."

"사람들이 없을 때는요."

"그때는 내가 앉지."

"스님도 안 계실 때는요."

"이 산중을 떠도는 고독!"

시자가 더 이상 묻지 못했다. 그제야 법정은 시자에게 참나무 가지를 톱으로 자르게 하고 자신은 끌을 가지고 와 홈을 팠다.

"의자 이름은 지어둔 게 있어. '빠삐용 의자'야. 빠삐용이 절해고도에 갇힌 건 인생을 낭비한 죄였거든. 이 의자에 앉아 나도 인생을 낭비하고 있지는 않은지 생각해보는 거야."

작업에 몰두하면 말은 온데간데없이 사라졌다. 시자와 한마디도 나누지 않았다. 잡담을 나누게 되면 그만큼 만드는 기쁨이 사라졌다. 또한 내 것이라는 생각을 하면 텅 빈 충만이 찾아오지 않았다. 대를 깎아 만드는 찻수저 하나라도 누구에게 줄 것이라고 마음먹으면 정성과 사랑이 더 배었다.

지금 만드는 의자도 마찬가지였다. 손님들이 와 앉을 것이라는 마음으로 만드니 그들과 함께 만들고 있는 셈이었다. 손님과 산중에 떠도는 고독이 함께 사용할 의자인 것이었다. 법정이 잠시 동안의 침묵을 깼다.

"아 참, 의자를 얘기하다 보니 깜빡했네."

"네, 스님."

"누구에게도 해서는 안 되는 얘기야."

"절대로 발설하지 않겠습니다."

"약속할 수 있겠는가."

"네, 스님."

"얘기를 하기 전에 하나 물을 게 있어. 학교 다니는 학생들에게 가장 큰 고통이 뭔지 아는가."

"억지로 공부하는 고통이 아니겠습니까."

"공부를 몹시 하고 싶어 하는 학생이라면."

"스님, 그런 학생도 있습니까. 다 놀고 싶어 하지요."

"그럴까. 난 공부하기를 좋아하는 편이었는데. 그래서 할머니와 어머니가 해남 우수영에서 목포로 유학을 보내주었지."

"스님, 공부하고 싶어도 학비가 없어 못하는 고통을 말씀하시는 것입니까."

"그래, 맞았어. 납부금을 제때에 내지 못하는 고통이 아마도 제일 클 거야."

법정은 자신의 학생 시절을 떠올리며 얘기하고 있었다. 고향집에서 납부기일이 넘었는데도 부쳐주지 않는 납부금 때문에 학업을 중단할 뻔한 적이 한두 번이 아니었던 것이다. 납부금을 제때에 내지 못할 정도의 가난은 감수성이 예민한 어린 중학생에게는 큰 부끄러움이었다. 생계를 책임져야 하는 아버지가 너무 일찍 돌아가셨기 때문이었다. 중학교 때였다. 납부금이 오지 않자 고향집으로 갔다가 작은아버지 밑에서 일하는 집사가 겨우 마련해주어 울면서 배를 탔던 적도 있었다. 또, 고등학교 때는 인쇄소에서 아르바이트를 하여 생활비를 벌어 썼는데 질긴 가난은 대학 시절까지 이어졌던 것이다.

법정은 나뭇가지로 의자 형태를 만든 뒤 비로소 판자조각을 고르게 잘라 앉는 자리에 놓았다. 그런 뒤 판자조각에 대못을 쳤다. 참나무 의자는 생각보다 묵직했다. 비바람을 맞아도 허물어지지 않을 것 같았다. 법정은 의자를 들고 마당 가운데로 옮겼다. 등받이에 등을 기대고 앉아보니 불일암 풍경이 달리 보였다. 멀리 물러나 있던 앞산이 성큼 다가섰다.

"사실은 불일암 짓고 난 뒤부터였지. 공부하고 싶어 하는 대학생들 학비를 대줬어. 책을 내다보니 인세라는 것이 통장에 들어오잖아. 통장 잔고대로 학생들 숫자는 늘었다 줄었다 해. 나도 처음 하는 얘긴데 절대로 비밀이야."

시자는 눈물을 훔쳤다. 사실은 자신도 집안 사정이 여의치 못해 대학진학을 포기하고 출가를 했던 것이다.

"학비를 대주셨군요."

"내가 잠시 갖고 있다가 돌려준 것뿐이지. 나라는 존재도 따지고 보면 없는 무아無我인데, 하물며 내 것이 어디 있겠나."

"스님, 심부름은 무엇입니까."

"그렇지. 도장을 줄게. 순천으로 나가 통장을 만든 은행에서 학생들에게 학비 좀 송금해줘. 이게 학생들 계좌번호야."

"네."

"오늘 얘기는 못 들은 걸로 해야 돼. 발설했다가는 무간지옥에 떨어질 거야."

법정은 시자에게 신신당부를 했다. 법정은 80만 원으로 불일암을 지으면서 빚을 좀 졌는데, 그 빚을 갚고 나서부터 통장을 하나 개설해놓고 가난한 대학생들을 몰래 후원했던 것이다. 학생에게 학비를 보낼 뿐 절대로 찾거나 부르는 법이 없었다. 학생 통장으로 송금하면 그만이었다. 자신뿐만 아니라 학비를 받는 학생들도 세상에 드러나면 안 된다고 생각했다. 통장의 잔고를 잠시 소유하고 있다가 다른 주인에게 돌려보낸다고 생각했던 것이다.

"명심하겠습니다. 지금 이 순간부터 잊어버리겠습니다."

"지금부터라니. 송금하고 난 뒤부터지. 아, 그리고 문구점에 들러 HB연필 한 다스만 사다줘."

법정은 시자가 불일암을 내려간 뒤 끌과 망치를 연장통에 넣지 않고 고방에서 큰 송판을 내왔다. 미완성의 서각 송판이었다.

살어리
살어리랏다
청산에 살어리랏다

뒤에 두 구절인 '머루랑 다래랑 먹고 청산에 살어리랏다'를 칼질하지 못한 채 서너 달이 지났던 것이다. 서각은 칼 맛과 공간 처리가 잘

돼야 했다. 누구에게 보낸다고 마음먹었으면 진즉 해치웠을 터였다. 그러나 법정은 서각 한 송판을 어디에 걸지 아직 정하지 못했다. 그래서 더 늦어졌다.

다실 벽에 걸기에는 송판이 너무 컸다. 암자 바깥벽에 걸어야 하는데 도무지 마땅한 자리가 나타나지 않았다. 아래채 측면은 우물이 가까워 습했고, 위채는 농기구나 사다리 같은 것들이 놓여 있어서 아무리 멋들어지게 서각한 송판을 걸어도 빛을 잃을 것 같았다.

걸 자리가 전혀 없는 것은 아니었다. 부엌문 쪽인 다실 바깥벽에 한 자리가 있기는 했다. 그러나 바로 정하기보다는 더 살펴보기로 했다. 법정은 다시 송판을 고방에 들여놓았다. 걸 자리가 정해지기 전까지는 서각도 미루기로 했다.

법정은 점심을 뭘 해먹을까 망설이다가 아래채로 내려가 양배추에 당근을 넣어 국 끓이고 빵을 구워서 먹었다. 그러고는 위채로 올라와 부엌에 신발을 감추고 덧문을 안에서 잠갔다. 찾아오는 손님들에게 방해받지 않고 좌선하거나 홀로 차를 마시고 싶을 때는 그랬다. 시자는 모든 덧문이 안에서 잠겨 있으면 눈치를 채고 두드리지 않았다.

다른 날은 점심공양을 하면 다리운동 삼아 큰절로 내려갔다가 우편물도 챙기고 돌아오는데 오늘은 그러고 싶지 않았다. 차를 마시면서 홀가분한 기분으로 홀로 있고 싶었다. 홀로 있음으로써 전체와 함께 있고 싶었다.

입정을 하고 차를 한잔 음미하자, 몸 안에서 물이 흐르고 꽃이 피는 듯했다. 다실의 이름이 수류화개 水流花開인 것처럼 차 마시는 동안은 그 말이 화두가 됐다.

'수류화개!'

법정은 누구나 언제 어디서나 어떤 형태로 살든 서 있는 그 자리에 서 감성의 물이 흐르고 개성의 꽃이 피어날 수 있어야 한다고 늘 강조 했다. 물이 흘러야 자신의 삶이 삭막하지 않고 팍팍하지 않고 침체되 지 않을 터였다. 물은 한곳에 고이면 생기를 잃고 부패하기 마련이었 다. 강물처럼 어디에고 갇히지 않고 영원히 흘러야 했다.

그런가 하면, 개성의 꽃은 생명의 신비로서 피어나야 했다. 자신이 지니고 있는 특성과 잠재력이 꽃으로 피어남으로써 그 빛깔과 향기와 모양이 주변을 환하게 비출 것이기 때문이었다. 또한 그 꽃은 자신이 지닌 특성대로 피어나야 했다. 모란이 장미꽃을 닮으려고 하거나 매 화가 벚꽃을 흉내 내려고 한다면, 그것은 모란과 매화의 비극일 뿐 아 니라 주변의 꼴불견이 되고 말 것이었다.

시자가 순천에서 돌아온 뒤에야 법정은 다실에서 부엌문을 열고 나 왔다. 시자가 아래채에서 걸망을 내려놓고 올라와 보고를 했다.

"스님, 통장과 도장 여기 있습니다."

"수고했어."

그런데 훗날, 법정이 대학생들에게 학비를 대준다는 얘기는 저절로 드러나버렸다. 금융실명제를 전격적으로 실시한 정부정책 탓이었다. 통장 잔고가 몇십 원밖에 안 되는 법정에게 엄청난 세금이 부과됐던 것이다.

'맑고 향기롭게' 사무실이 비원 앞에 있을 때였다. 할 수 없이 '맑고 향기롭게' 한 회원이 법정을 대신해서 세무서에 은밀하게 문의했고, 그 순간부터 가까운 지인들에게 탄로가 나버렸던 것이다. 그때 법정은 세무서 직원이 자문한 대로 학비를 타간 학생들에게 영수증을 받아와 세금을 공제받기는 했지만 십몇 년간의 일이 드러나 몹시 아쉽고 허전해했던 것이다.

"순천에서 팥죽이나 먹고 오지 그랬어."

"스님 돈으로 아이스크림하고 초콜릿 하나 사먹었습니다."

"잘했어. 내가 전생에 빚졌던 거 같은 거야. 나도 언젠가 막대에 꽂힌 '바밤바'를 다섯 개나 먹었더니 이가 얼얼하더군. 아이스크림에는 먹어도 자꾸 갈증 나게 하는 무슨 약이 든 거 같아."

"스님, 연필 여기 있습니다. 값이 너무 헐했습니다. 한 다스에 천 원밖에 안 했습니다."

법정은 연필을 보자마자 미소를 지었다. 그러더니 한 다스를 반으로 나누어 심부름한 몫으로 시자에게 주었다.

"스님, 저는 연필 잘 쓰지 않습니다. 볼펜이 있는걸요."

"여섯 자루면 1년을 쓰고도 남을 거야. 불일암에 와서 몇 년 만에 사보는 연필이야."

"스님, 그렇게 좋으십니까."

"행복해. 무소유를 말했지만 이 연필 몇 자루만은 소유하고 싶거든."

"천 원의 행복 같습니다."

"또 있지."

"무엇입니까."

"다기 한 벌. 집착이겠지만 아름다움에 대한 욕심은 아직 정리하지 못했어."

"세상 사람들은 스님 보고 고작 그것이냐고 말할 것 같습니다."

"재산이나 권력이 행복을 가져다주는 것은 아니지. 세상 사람들은 이것저것 가진 것이 너무 많아. 옷을 너무 많이 걸치고 있어. 살생하지 않겠다고 계를 받은 불교신자들이 짐승 가죽옷을 버젓이 입고 다녀. 음식을 가리지 않고 마구 과식을 하고 있어. 많이들 먹어서 소화제 먹는 나라는 우리나라밖에 없을 거야. 분별이 많고 생각이 너무 복잡해. 그래서 본래의 불성 佛性 을 잃고 사는 거야."

법정은 고방에서 배를 한 개 꺼내와 손칼로 깎았다.

"과일을 깎는 것을 보면 여자들의 살림 솜씨를 알 수 있지. 껍질만 얇게 잘 발라내는 여자가 살림 잘하는 여자야."

"스님, 요즘은 무공해 과일이 나와 그냥도 먹습니다."

"좋은 일이지. 그런데 이봐. 어디 배가 양반인 줄 아는가."

시자가 먹는 과일인 배에서 갑자기 배씨 성 이야기가 나오자 어리둥절해했다.

"나주 배씨인데 그중에서도 이마무라파야. 우리는 지금 양반 배씨를 먹으려 하고 있어. 하하하."

법정은 입이 짧은 편이었다. 나주 배도 시자와 먹는 것이 마지막이 되었다. 혼자 있을 때는 배 하나가 너무 컸다. 배는 두 사람이 있어야만 깎았는데 혼자 있는 시간이 많아지니 차츰 멀어졌다. 대신 작은 사과를 가까이하고 싶었다. 사과만 먹으면 목구멍이 간지럽고 메스꺼웠는데 혼자 먹기에 그 크기가 부담스럽지 않아서였다.

다음 날 밤 법정은 일기장에 연필을 산 이야기를 다음과 같이 썼다.

　몇 년 만에 산 연필인가. 문구점에 들어서면 내 마음은 아직도 풋풋한 소년의 가슴. 마냥 부풀어 오른다. 우리들의 유년 시절에는 제2차 세계 대전 중이라 문구류가 얼마나 귀했던가. 바다 건너에서 온 잠자리표 연필 한 자루만 가지고 있어도 반 친구들 사이에 부러워하는 시선을 모을 수 있었다.
　천 원에 HB연필 한 다스. 너무 헐하다. 연필을 깎을 때 은은히 풍기는 그 향나무 냄새며, 사각사각 부드럽게 깎이는 나뭇결에서 까맣게 잊어 버린 먼 날의 기억이 되살아난다. 단돈 천 원을 주고 사온 연둣빛 투명한 내 유년 시절의 속뜰.
　어제 나는 참으로 행복하였네.

시자의 말대로 연필 한 다스가 준 천 원의 행복이었다. 그 행복마저 법정은 시자와 반으로 나누어 가졌다.

초록빛 토끼

까칠한 바람이 불었다. 초록빛 혼이 나가버린 가랑잎들이 바람에 이리저리 뒹굴었다. 뒷산 굴참나무 껍질을 시나브로 똑똑똑 쪼던 딱따구리 소리도 바람소리에 묻혔다. 햇살이 힘없이 손을 떨어뜨리는 차가운 겨울이었다. 옅은 눈구름은 싸락눈이라도 흩뿌릴 기세로 산자락을 넘어오고 있었다.

법정은 다실 창으로 스며드는 겨울 햇살을 응시했다. 햇살은 애써 작은 창을 투과하고 있었다. 창 아래 놓인 하얀 수반에는 이끼 돋은 토끼 모양의 돌이 놓여 있었다. 법정과 3년째 겨울에만 동거하고 있는 이끼 긴 돌이었다. '초록빛 토끼'는 수행자로 치자면 동안거를 세 번이나 불일암 다실에서 보낸 셈이었다. 법정과 침묵의 대화를 나누는 유일한 도반이었다. 구름을 헤친 햇살이 방 안을 비추면 초록빛 토끼는 더 새파랗게 빛을 발했다.

불일암, 텅 빈 충만

초록빛 토끼는 다실에서 우물물이 담긴 하얀 수반에 사는 유일한 생명이었다. 법정은 초록빛 토끼를 위해 우물에 물을 뜨러 오갈 때마다 동요를 나직한 소리로 불렀다. 어린 시절 2층 교실에서 바다를 바라보면서 배운 동요였다.

깊은 산속 옹달샘
누가 와서 먹나요
새벽에 토끼가
눈 비비고 일어나
물만 먹고 가지요

법정은 산책할 때마다 산길을 타고 개울가로 내려가 징검다리를 자주 건넜다. 어디로 가기 위해 징검다리를 건너는 것이 아니라 그냥 무심코 징검다리를 오갔다. 징검다리 사이로 흐르는 계곡물을 보면 가는 세월이 더욱 절절하게 느껴졌다. 물에는 과거도 없고 미래도 없었다. 오직 흐르는 현재만 있을 뿐이었다.

사람만 과거의 기억을 들추어내 거기에 갇히곤 했다. 법정은 징검다리에 어머니의 그림자가 어려 있기라도 한 것처럼 그곳으로 산책하곤 했던 것이다. 어머니가 불일암에 찾아왔다가 돌아갈 때 어머니를 업고 건넜던 징검다리였다. 징검다리에 서면 골짜기 바람이 옆구리를 스치고 지나갔다. 바람은 법정의 옆구리를 허허롭게 했다.

법정은 출가한 연후에 어머니를 모두 세 번 만났다. 한번은 모교인

전남대에 강연이 있어 내려간 길에 어머니를 찾았다. 어머니가 광주에 계시는데 뵙지 않으면 도리가 아닐 것 같아서였다. 전남대 교수인 친구 부인이 새로 이사간 집으로 법정을 안내했다. 어머니는 꿈을 꾸는 것처럼 몹시 반가워했다. 법정의 손을 만지작거리며 놓아주지 않았다. 그러고는 부엌으로 나가 점심을 준비했다. 친구 부인이 밖으로 나가 채식식당에서 대접하고 싶다고 했지만 어머니는 당신 손으로 상을 차리겠다고 우겼다.

"스님, 잘되라고 절에 갈 때마담 늘 빈당께요."

"어머니, 스님이 된 것만으로도 잘됐으니 이제부터는 남을 위해 기도하세요."

점심을 먹고 나오는데 어머니가 눈물을 흘렸다. 골목 어귀까지 따라 나오면서 법정의 손에 꼬깃꼬깃 접힌 돈을 쥐여주었다. 불일암에 돌아온 뒤 법정은 어머니가 준 돈을 차마 쓰지 못하고 있다가 절의 불사에 어머니 이름으로 시주를 했다.

두 번째는 어머니가 아무 예고 없이 불일암으로 불쑥 찾아왔다. 어머니는 광주에 사는 사촌동생이 모시고 있었는데, 고모네 딸을 앞세우고 불일암까지 걸어 올라왔다. 어머니가 불일암을 찾은 것은 그때가 처음이었다.

법정은 직접 쌀밥을 짓고 미역국을 끓여 점심상을 차렸다. 텃밭에서 상추도 뽑고 풋고추도 따다가 반찬으로 올렸다.

"워메, 누굴 닮어서 음식 솜씨가 좋당가."

"어머니 자식이지 누구 자식입니까."

불일암, 텅 빈 충만

"스님, 그런 소리 마쇼잉. 스님은 이제 부처님 큰자식잉께."

그러자 고모네 딸이 말했다.

"외숙모님 닮았나 봐요. 외숙모님은 음식이든 뭐든 깔끔한 분이세요."

"어만 소리 마라. 다 젊었을 때 야그여. 밭맬 때 치마꽁지에 흙 한 번 묻히지 않았다고 동네 사람덜이 나 듣기 좋으라고 해쌌다만."

"어머니, 정란이는 잘삽니까."

"묵고살 만헝께 걱정허지 않아도 되그만이라요."

법정은 속가 소식은 여동생 말고는 더 묻지 않았다. 점심상을 물리고 어머니는 곧 내려갔다. 전날 비가 온 뒤끝이어서 개울물은 불어 있었다. 징검다리를 넘쳐흐르고 있었다. 법정은 바짓가랑이를 걷어 올리고 어머니를 등에 업었다. 노인이 징검다리를 건너기에는 위험했던 것이다. 어머니는 생각보다 가벼웠다. 마른 솔잎 무더기 같았다. 법정은 어머니의 가벼운 무게 때문에 마음이 아팠다. 세월은 모자간에 업히는 자리를 바꿔놓고 있었다. 어머니를 가볍게 하고 자식은 무겁게 했다.

세 번째는 어머니가 편찮으시다는 소식을 인편에 전해 듣고 서울로 가는 길에 대전에서 내려 만났다. 어머니를 유난히 따르던 사촌동생은 광주에서 대전으로 이사를 가 살고 있었다. 사촌동생이 직장을 대전으로 옮겼기 때문이었다. 어머니는 몰라볼 만큼 쇠약해져 있었다. 법정을 보더니 내내 눈물을 지었다. 이승에서 모자간의 마지막 상봉이라는 것을 알고 있는 듯했다.

이후 어느 해 겨울이었다. 법정은 어머니가 돌아가셨다는 소식을 들었다. 그러나 동안거 중이었으므로 가지 못했다. 소식을 듣는 순간, 법정은 자신의 생명 뿌리가 꺾이었구나 하는 생각이 문득 들었다. 법정은 서울의 약수암 스님에게 부탁하여 대신 장례에 참석하도록 했다. 동안거가 해제되자 서울과 목포에 있는 아는 절에서 올린 49재에는 모두 참석할 수 있었다.

법정은 영단에 올려진 어머니 사진을 보고서 눈물을 흘렸다. 눈물이 한동안 주체할 수 없이 흘러내렸다. 법정은 「아마티경」을 외며 어머니의 극락왕생을 빌었다. 법정의 염불소리에 49재에 온 친지들이 눈시울을 붉혔다.

재가 끝나고 난 뒤 속가의 일가친척들이 바로 흩어지지 않고 자리를 만들어 앉았다. 법정은 조카 손자들까지 일일이 손을 잡아주고는 한두 마디씩 물었다. 얘기를 하는 동안 절에 다니다가 지금은 절과 멀어진 친척도 있고, 기독교를 믿는 친척도 있었다. 기독교를 믿는 친척들에게는 따로 진지하게 당부했다.

"상대방이 믿는 종교를 비방하지 말라. 서로 존중할 줄 알아야 한다."

절을 다니다가 절에서 멀어진 친척에게는 농담 반 진담 반으로 얘기했다.

"내가 보통 중도 아니고 이름 있는 중인데, 삼촌 체면을 봐서라도 다시 절에 다니도록 해라."

잠시 후 법정은 웃음을 터뜨렸다.

"아니, 내가 내 입으로 이름 있는 중이라고 말했네. 하하하."

법정은 친척들과 헤어진 뒤, 한 젊은 스님만 데리고 목포의 여기저기를 돌아다녔다. 중고등학교 교정도 가보고, 삼학도가 가깝게 보이는 선창도 걸어보고, 골목길을 따라 유달산도 올라갔다. 젊은 스님에게 말했다.

"죽은 혼이 되어 고향에 돌아온 기분이네. 여기서 살았던 학창 시절이 전생의 일같이 아득하다니까."

'초록빛 토끼'를 처음 만난 곳은 개울을 건너가는 징검다리 부근이었다. 3년 전 징검다리 부근을 그날도 산책 나와 서성거리다 초록빛 토끼를 만났던 것이다. 초록빛 토끼는 반쯤 물에 잠겨 온몸에 융단 같은 파란 이끼를 쓰고 다소곳이 있었다. 보는 순간 법정은 이 녀석과 다실에서 함께 겨울을 나기로 마음먹었다. 다실에서 함께 살아보니 누구보다 듬직했다. 초록빛 토끼는 우물물을 갈아주면 고맙다는 듯 표정이 밝아졌다. 법정이 자신을 바라보며 사색을 하면 파란 몸을 더욱 파랗게 빛을 냈다.

'진실로 삶은 놀라움이요, 신비다. 인생만이 삶이 아니라 새와 꽃들, 나무와 강물, 별과 바람, 흙과 돌, 이 모두가 삶이다. 우주 전체의 조화가 곧 삶이요, 생명의 신비다. 삶은 참으로 기막히게 아름다운 것, 누가 이런 삶을 가로막을 수 있겠는가. 그 어떤 제도가 이 생명의 신비를 억압할 수 있단 말인가.'

초록빛 토끼는 침묵하면서 법정의 사색을 잠잠히 지켜보았다. 초록빛 토끼의 말은 침묵뿐이었지만 법정은 귓속의 귀로 받아들였다. 서로의 눈길을 주고받으며 날마다 처음 만났을 때처럼 지냈다. 동안거 동안 내내 그와 같이 보냈다. 해제가 되면 서로 다시 만날 날을 약속하며 헤어질 준비를 했다.

그때쯤이면 계곡에는 얼음이 풀리고 시냇물 소리는 여물어졌다. 새벽에는 봄을 알리는 휘파람새가 휘파람을 불었다. 산개구리들도 겨울잠에서 깨어나 겨우내 참았던 소리를 개골개골 하고 맑게 터뜨렸다. 산수유나무 꽃도 노랗게 물감을 풀어냈다. 초봄은 초록빛 토끼와 작별하는 계절이었다.

법정은 미련없이 초록빛 토끼 고향인 징검다리가 있는 개울로 내려보내곤 했다. 그러고는 잊어버렸다. 미련을 갖지 않는 것이 수행자의 살림살이였다. 다만 그해 봄 큰절에서 일을 보고 올라오는 길에 문득 생각나 가보니 석창포가 서너 줄기 돋아 있었다. 토끼 귀처럼 솟은 석창포였다.

그리고 또 겨울을 함께 각자 일을 하면서 보낸 뒤, 다음해 여름 계곡에 빗물이 넘쳤을 때 혹시나 토사에 묻히지나 않았을까 걱정하면서 그곳을 두리번거렸더니 초록빛 토끼는 여전히 거기 있었고, 석창포는 1년 사이에 세 포기로 갈라져 열여섯 줄기나 무성하게 자라 있었다. 정말 삶은 놀라운 신비로 가득했다.

기어코 싸락눈이 흩뿌렸다. 탄탄한 태산목 나뭇잎에 떨어지는 소리가 요란했다. 대숲머리의 두 그루 감나무에는 아직도 빨간 감이 매달려 있었다. 강추위가 오기 전까지는 그대로 달려 있을 것이었다. 더러는 직박구리와 까치들이 쪼아 반쯤 파먹힌 것도 있지만 감들은 아직 탐스러웠다. 법정은 눈으로만 감을 먹었다. 부리로 먹는 것은 새들이었다. 실제로 법정은 감나무의 감을 따본 적이 없었다. 새들의 겨울먹이로 눈으로만 감상할 뿐 그대로 두었다.

법정은 초록빛 토끼를 토방으로 내와 바람을 쐬주었다. 폭설이 내리거나 강추위가 몰려오면 아마도 한동안은 방 안에 갇힐 터였다. 그러니 미리 맑은 산 공기를 마음껏 들이쉬게 해야 했다. 시자가 달려와 말했다.

"스님, 석창포가 얼어 죽습니다."

"원래는 개울가에서 사철을 보낸 녀석이야. 우리보다 강해."

섬에서 온 시자는 암자생활이 맞지 않는 듯 두 달째부터는 무슨 일을 해도 건성이었다. 법정은 스님이 되고 싶은 행자나 갓 계를 받은 사미승들이 시자생활을 자청하여 올라오면 대부분 거절했다. 물론 시자를 받아들일 때도 있었다. 그러나 그들과 한 달만 같이 살아보면, 수행자로서 초지일관할지 중도하차할 것인지를 대충은 알 수 있었다. 사철을 보내고도 첫 마음을 잃지 않으면 수행자로서 선방이든 강원이든 어느 자리에 가든 잘 살 수 있는 사람이었다.

그런데 지금 불일암에 올라온 시자는 머잖아 마음을 바꿀 것만 같았다. 법정의 예측은 정확했다. 시자는 겨울이 끝나가는 해동머리에 법복을 벗어놓고 절을 떠났다. 법정은 시자를 붙잡지 않고 내려보냈다. 절은 그가 살 번지수가 아니기 때문이었다.

다음 날 밤에 법정은 시자에서 아이로 돌아간 그를 생각하며 일기를 썼다.

오랜만에 홀로 있는 내 자리를 되찾았다. 이 고요와 한적을 무엇에 비기리.

섬에서 온 아이 어제 보내고 나니 내 뜰이 다시 소생한다. 두 달 남짓 부엌일 거들어주어 고맙긴 했지만, 생활습관과 질서가 달라 잔소리를 하지 않을 수 없었다. 나는 육체적으로 고단한 것은 얼마든지 이겨낼 수 있지만 정신적인 부담은 감내하기가 어렵다.

홀로 있는 것은 온전한 내가 존재하는 것. 발가벗은 내가 내 식대로 살고 있는 순간들이다. 아무에게도, 잠시라도 기대려 하지 말 것.

부엌과 고방에 쌓인 너절한 것들 모조리 치워 없앴다.

절대로 간소하게 살 것.

날마다 버릴 것.

법정은 초록빛 토끼도 제 고향인 개울가로 보내주었다. 산책할 때 다시는 징검다리 쪽으로 내려가지 않았다. 큰절에 갈 때도 징검다리가 있는 산길을 피해서 감로암 가는 샛길을 이용했다.

서 있는 사람들

　법정은 해마다 오르곤 했던 조계산 산행을 나섰다. 산길 구비마다 가랑잎이 수북했다. 낙엽을 밟는 정취가 있지만 그것에 취하면 헛발을 내딛기 일쑤였다. 마른 낙엽은 미끄러웠다. 더구나 가파른 정상으로 오르는 길은 미끄럼틀처럼 반질반질했다. 법정은 산길을 오르면서 엉덩방아도 찧고 청미래덩굴에 이마를 긁혀 상처를 입기도 했다. 낯익은 정상을 가는데도 미끄러지고 상처를 입는데 저잣거리 사람들의 삶은 어쩌랴 싶었다.

　멀리서 쳐다볼 때는 정상에 무엇이 있을 것처럼 보이지만 막상 올라가보면 신기한 그 무엇도 없고 편안하게 앉을 자리도 변변찮았다. 바람만 거칠게 불었다. 정상을 알리는 깃발이 찢어질 듯 나부꼈다. 힘들게 산행했으니 좀 오래 머물고 싶지만 정상을 밟는 감격은 잠시뿐이었다. 법정은 서둘러 산 아래로 발걸음을 돌렸다.

'정상에 오른다는 것이 허망한 일인지도 모른다. 정상에 오른 사람일수록 바람을 더 거세게 맞아야 하니까. 천신만고 끝에 오른 사람이라면 그 허망함이 더할 것이다.'

법정은 문득 며칠 전에 찾아온, 학생을 떠올렸다. 저녁을 먹으려고 부엌에 들어가 호박죽을 데우는데 마당에서 인기척이 들렸다. 헌 냄비에 담긴 호박죽을 내려놓고 나가보니 앳된 학생이 마당에 다짜고짜 꿇어앉아 있었다. 법정은 예고 없이 나타난 학생의 사연이 무엇인지 궁금했다.

"무슨 일로 왔는가."

학생은 대답 대신 호주머니에서 종이 한 장을 꺼내더니 새끼손가락을 물어뜯었다. 순식간의 일이었으므로 말릴 새도 없었다. 학생이 피가 나는 손가락으로 종이에 글씨를 썼다.

'원개과願改過.'

법정은 글씨를 더 쓰지 못하게 했다. 뒤에 무슨 글자를 쓸지 알 만했다.

"천선遷善은 안 써도 알겠으니 그만 쓰거라."

법정의 제지를 받은 학생이 눈물을 흘렸다. 법정은 개과천선이란 말처럼 허물을 고쳐 다시 태어나고 싶어 하는 학생을 툇마루에 앉게 했다. 그러고는 혹시나 학생이 성적을 비관하여 혈서를 썼는지 궁금하여 물었다.

"학력고사는 잘 치렀느냐."

"예, 잘 보았습니다."

"그렇다면 무엇 때문에 개과천선하려고 그러느냐."

학생은 성적을 비관하고 있지 않았다. 오히려 반 1등과 전교수석을 해온 학생이었다. 학생이 가출한 이유는 다른 데 있었다. 학생의 얘기인즉 학생은 반 1등과 수석에 대한 강박관념으로 쫓기고 있었다. 중학 1학년 때부터 고3인 지금까지 한 번도 자기 반 1등과 전교수석을 놓쳐본 적이 없는데, 이제는 거기에서 제발 놓여나고 싶어 했다. 반 1등과 전교수석이 학생에게는 납덩이처럼 짓눌러대는 멍에였다. 학생은 점수를 가지고 등수를 매기는 교육제도의 피해자인 셈이었다. 법정은 학생을 따뜻하게 타일렀다.

"1등을 위해 공부하지 마라. 공부를 즐겨라. 인생도 마찬가지다. 무엇이 되려고 살기보다는 어떻게 잘 사느냐가 더 중요하단다."

등수에서 놓여나고 싶어 했던 학생처럼 어느새 불일암은 세상 사람들이 저마다 자신의 고통을 호소하는 암자로 바뀌어갔다. 법정은 그들을 편히 안주하지 못하고 방황하는 '서 있는 사람들'이라고 불렀다. 마치 그들은 열차나 버스에 자리에 앉지 못한 입석자立席者 같은 사람들이었다.

한번은 소설을 쓴다는 30대 후반의 젊은 작가가 찾아왔다. 작가 역시 법정 앞에서 자신의 속엣말을 털어놓기 위해 온 것이었다. 법정은 작가를 큰절로 보내지 않고 암자 아래채에서 하룻밤 머물고 가도록 했다. 몇 년 전부터 친분이 있었기 때문이었다. 다실에서 법정과 마주 앉은 작가가 말했다.

"스님, 직장을 그만두고 싶습니다."

"이유가 무엇이오."

"글만 쓰고 싶습니다."

"가족이 어떻게 됐던가요."

"아내와 딸 둘입니다."

작가가 차를 두 잔 마셨을 때 법정은 찻잔을 만지작거리면서 문제를 냈다.

"직장을 그만두고 싶은 마음과 더 다니고 싶은 마음이 어떤가요. 한번 퍼센트로 얘기해봐요."

"그만두고 싶은 마음이 49프로쯤 되고, 더 다니고 싶은 마음이 51프로쯤 됩니다."

"그러면 더 다녀요. 그만두고 싶은 마음이 1프로라도 더 들 때에 그만두시오. 직장을 그만두고 나가 무슨 일을 실패하더라도 그 1프로가 극복할 수 있는 에너지가 되니까요. 하지만 내 말을 전적으로 의지하지는 말아요. 자기 인생은 자기 식대로 헤쳐나가는 거니까."

작가뿐만 아니라 40대로 접어들게 되면 누구나 직장 문제로 고민하기 마련인데 법정은 그만두고 나가서 실패했을 때를 대비하여 힘든 상황을 극복할 수 있는 극복의지를 강조했다.

다음 날 아침 작가는 법정을 따라서 산길을 산책했다. 불일암과 광원암이 갈라지는 오솔길 옆 산자락에는 숲을 이룬 억새가 흰 꽃을 피우고 있었다. 법정이 억새를 가리키면서 말했다.

"저 억새 가족을 보면 참 기특하다는 생각이 들어요."

불일암, 텅 빈 충만

"저 갈대같이 생긴 거 말입니까."

"갈대는 물가에 있어요. 산에서 자라는 저것은 억새지요. 무슨 유행가에서 으악새라고 하는 풀이지요. 저 마른 어미억새를 좀 봐요. 새끼억새가 다 자랄 때까지 버팀목이 되어주다가 쓰러져요. 꼿꼿하게 서서 꽃을 피우고 있는 억새가 새끼억새이고 쓰러져 있는 것이 어미억새지요."

그때 작가는 마음속으로 직장을 더 다니겠다고 결심했다. 법정은 어미억새의 모정을 얘기하고 있었지만 작가는 부모로서 의무를 생각했던 것이다.

뒤늦게 불자가 된 한 여인도 끊임없이 불일암을 찾아왔다. 그녀는 사진작가가 아닌데도 불일암의 사계절을 카메라에 담았다. 법정은 그녀에게 불일암 풍경과 자신이 사는 모습을 찍도록 허락했다. 나중에는 그녀의 과거 얘기를 찬찬히 들어주고 나서 지은 허물을 씻고 참회하는 방법까지 일러주었다.

"스님, 과거 때문에 살아가는 것이 너무 힘듭니다. 시간이 멈춰버린 것 같습니다. 맺힌 한 속에서 나올 수가 없어요."

"암자를 친정이라 생각하고 내려와 정랑을 청소해봐요. 청소란 티끌만 쓰는 것이 아니라 마음의 응어리까지 씻어줄 때가 있으니까요."

그래서 그녀는 사진 찍기를 그만두고 매달 한 번씩 불일암 정랑을 청소하기 시작했다. 관절염을 앓기에 여러 번을 내려오지는 못하지만 매달 한 번씩 불일암에 내려와서는 빗자루를 들고 정랑으로 들어갔다. 마음의 응어리를 풀기 위해서였다.

그녀는 빨치산의 전력이 있는 여자였다. 6·25전쟁 중 남부군 제81사단 문화지도위원으로 지리산에서 전투를 했던 것이다. 활달하고 격정적인 20대의 여자로서 평양에서는 오페라 〈카르멘〉의 카르멘 배역을 맡았던 오페라 가수이자 공훈배우였는데, 빨치산들의 사기진작을 위해 문화지도위원이 된 것이었다. 그러나 그녀는 빨치산 토벌작전 때 문화대원 15명 중 11명을 잃고 생포된 뒤 빨치산에게 자수를 권유하는 삐라에 활용됐는데, 삐라는 그녀에게 한 맺힌 덫이 돼버렸다. 죽은 동지들을 잊지 못하게 했다. 그래서 그녀는 해마다 9월 9일이 되면 지리산으로 올라가 위령제를 지냈다.

"스님, 딱 두 번 못 갔습니다. 관절염이 심해져서."

젊어서는 혼자 걸어 올라갔지만 나이 들고 관절염이 도진 뒤로는 젊은 사내가 그녀를 업고 갔다. 어린 학생 때 그녀에게 피아노를 배웠던 검사였다. 산을 오르기가 힘들어진 그녀는 젊은 검사 등에 업혀 노고단 정상이나 중산리 법계사를 거쳐 천왕봉으로 갔다.

위령제는 대피소에서 하룻밤을 묵은 뒤 이른 새벽에 정상까지 올라가서 지냈다. 하루가 시작되는 여명에 통곡을 했다. 어느 해부터는 자신이 작사 작곡한 〈지리산 곡哭〉을 불렀다.

"철쭉이 피고 지던 반야봉 기슭엔 오늘도 안개만이 서렸구나. 피아골 바람 속에 연하천 가슴속에 아직도 맺힌 한을 풀 길 없어 헤맸나. 아아, 그 옛날 꿈을 안고 희망 안고 한마디 말도 없이 쓰러져간 푸른 님아. 오늘도 반야봉엔 궂은비만 내린다."

불일암, 텅 빈 충만

노래를 다 부르고 난 그녀는 혼이 나간 사람처럼 온 산에 대고 절을 했다. 그러고 나서는 술 대신 보온병에 담아온 뜨거운 커피를 뿌렸다. 차가운 눈밭에 쓰러져 죽어가는 인텔리 빨치산들이 커피 한잔 마시면 소원이 없겠다고 말한 것이 늘 잊히지 않아서였다.

"스님, 북한에 두고 온 아들이 하나 있습니다. 아들에게 전해질까 해서 제가 작사 작곡한 〈지리산 곡〉을 녹음한 테이프를 '배고픈 북한 주민 돕기' 일로 북을 자주 왕래하는 스님에게 전달해주었지만 아직도 소식이 없네요."

"6·25전쟁처럼 큰 비극은 다시 없을 겁니다. 크든 작든 누구나 다 상처를 입고 홍역을 치렀으니까요."

"스님, 늙는 것도 팔자가 좋아야 하는가 봐요. 한이 맺힌 사람은 늙고 싶어도 늙지 못해요."

"보살님, 내가 출가를 한 이유 중에 하나도 6·25전쟁이었어요. 소설 『광장』에 나오는 이명준처럼 남도 북도 아닌 중립국을 선택해서 가다가 그 중립에서조차 바다로 뛰어내린 그런 심정이었으니까요."

이미 법정을 전폭적으로 믿고 의지하는 여인은 간절해진 심정으로 다시 물었다.

"스님, 남은 제 인생을 어떻게 살아야 잘 사는 것일까요."

"내가 『광장』의 이명준과 차이가 있다면 인생을 포기하지 않았던 것이겠지요. 보살님도 마찬가지예요. 위령제가 보살님의 인생의 목적이 돼서는 안 돼요. 보살님은 보살님의 인생이 있는 겁니다. 이제는 보살님을 위해서 사세요."

법정의 책을 읽고 불교로 개종하기 위해 불일암으로 찾아오는 젊은 이들도 있었다. 그런 젊은이들에게 법정은 오히려 개종을 말렸다.

　"이봐요, 젊은이. 사람들이 청국장을 좋아하기도 하고 김치찌개를 좋아하기도 하는 것은 자연스러운 일이에요. 천주님의 사랑이나 부처님의 자비는 풀어보면 한 보따리 안에 있으니 그대로 영세를 받은 종교를 열심히 믿어요. 종교를 갖지 않는 사람보다 더 잘 살아야 해요. 못하면 믿지 않는 것만 못하니까."

　그러면서 사람을 갈라놓는 종교는 좋은 종교가 아니며, 그것은 인간의 종교가 아니라고 말했다.

　외국에서도 사람들이 찾아왔다. 지난여름에는 재불 화가로 유명한 방혜자 씨가 가족들과 불일암에 올라왔는데, 그때 함께 온 일행 중에 스위스에 사는 철학자 한 사람도 동행하고 있었다. 법정은 후박나무 아래서 철학자와 많은 얘기를 나누었다. 철학자가 주로 묻고 법정이 답했다.

　"스님, 혼자서 이런 산중에 사는 것이 사회적으로 어떤 의미가 있습니까."

　헌신이나 봉사 등 피부로 느껴지고 손에 잡히는 가치를 중요하게 여겨온 서양인으로서는 당연한 물음이었다. 그는 홀로 수행하고 있는 것을 사회를 떠난 은둔으로 보았기 때문이었다. 법정은 미소를 지었다.

　"나는 내가 산중에서 사는 일이 사회적으로 어떤 의미를 지니는지 생각해본 적이 없습니다."

불일암, 텅 빈 충만

법정은 그가 이해할 수 있도록 천천히 말했다.

"나는 어떤 틀에도 갇힘이 없이 그저 내 식대로 홀가분하게 살고 있을 뿐입니다. 그런데 이따금 지나가는 사람들이 내가 사는 모습을 보고 좋아하는 걸 보면 이렇게 살아도 괜찮은 모양이구나 하는 생각을 합니다."

철학자도 미소를 지었다. 어떤 틀에도 갇힘 없이 자기 식대로 산다는 것은 자유를 뜻했다. 법정은 그것을 홀가분함이라고 말했고, 자유란 말은 쟁취해서 얻는다는 느낌이 들어서 가급적 쓰지 않았다. 홀가분함이란 자기를 다스려 얻는 '텅 빈 충만' 같은 것이었고, 맑은 고독으로 돌아가게 하는 징검다리 같은 것이었다.

법정은 맑은 고독을 좋아했다. 맑은 고독은 누구나 지니고 있는 본래마음, 그것의 보이지 않는 유전자 같은 것이었다. 맑은 고독으로 충만할 때만이 비로소 내면에서 물이 흐르고 꽃이 피었다. 법정은 맑은 고독으로 돌아가게 하는 수행이 바로 자신의 선禪이라고 생각했다. 법정은 더없이 맑은 고독과 하나 되는 것을 자신의 깨달음이라고 보았다. '나'가 없어지고 부분이 전체가 되는, 그런 '텅 빈 충만'이야말로 진공묘유眞空妙有의 실체라고 깨달았다.

하룻밤을 보낸 뒤에야 철학자는 법정을 이해했다. 법정이 텃밭으로 나가 김을 매는데 고개를 갸웃거렸다.

"스님, 동양에는 불교처럼 훌륭한 종교가 있는데 왜 한국에는 기독교 인구가 불어나는지 이해가 안 됩니다."

"한국 사람들은 비빔밥을 좋아합니다. 하하하."

법정은 밀짚모자를 벗어 바람을 일으키며 껄껄 웃었다. 철학자는 곧 불일암을 떠나 다른 절로 떠났다. 조용한 한국불교의 매력에 빠졌기 때문이었다.

법정도 마음속으로 불일암을 떠나리라고 생각했다. 불일암 17년을 어떻게 살았는지 객관적인 시각에서 되돌아보고, 자기 존재의 무게를 헤아려보고 싶었다. 더없이 맑은 고독으로 돌아가고 싶은 욕구가 강렬하게 솟구쳤다.

법정은 이미 환속하여 강원도 정선에 살고 있는 사람에게 화전민이 비우고 간 오두막을 부탁한 적도 있었다. 오두막 한 채만 구해지면 바로 버리고 떠나기를 결행할 참이었다. 법정은 또 한 번의 출가를 꿈꾸었다.

7장

강원도 오두막

화전민이 비우고 간 수류산방 오두막

수류산방

법정은 자신의 삶도 오두막처럼 간소해지기를 바랐다. 날마다 버리고 또 버릴 것을 기도했다. 오두막처럼 맑은 가난 속에 살 것을 발원했다. '쓰데기골'에 들어올 때 법정은 걸망에 두 가지를 잊지 않고 챙겼다. 해바라기 씨와 30여 년 된 걸레 한 장이었다. 불일암 초기에 어느 보살이 닳은 헝겊을 모아 바느질하여 걸레 다섯 장을 만들어 왔는데, 세 장은 닳아 없어지고 두 장이 남아 한 장을 걸망에 넣었던 것이다.

전기와 수도시설이 없어 오막살이 처음 한 주일 동안은 좀 답답했지만 이내 불편하다는 생각은 곧 사라졌다. 맑은 가난은 자신이 선택한 업이고, 궁핍한 가난은 자신이 지어서 받는 업이었다. 오두막은 화전민이 버리고 간 빈집이었고, 쓰데기골 주변은 사람의 손을 타지 않은 태고의 모습 그대로를 간직하고 있었다.

개울이 몇 발짝 밖에 있어 시냇물 소리가 뼛속까지 스며들었다. 골짜기에서 부는 바람도 아침저녁으로 청량하여 살갗에 소름이 돋게 했다. 아궁이에 군불을 지피지 않으면 한밤에는 방 안에 차가운 공기가 감돌았다. 땔감은 한 달 전에 30리 밖의 장에서 사온 톱과 도끼로 한 아름씩 마련했다.

일하다 목이 마르면 시냇가에 나가 흘러가는 물을 마셨다. 산 위에 사는 사람이 아무도 없으니 흐르는 시냇물이라도 안심하고 마실 수 있었다.

처음에는 살 만한 집인지 살펴볼 요량으로 하루 이틀만 쉬려고 했지만 하룻밤 자고 일어나니 머릿속이 개운했다. 풍수지리를 모르더라도 자고 난 뒤 머리가 맑아진다는 것은 좋은 터라는 방증이었다. 온몸으로 느끼는 개운함은 하루의 삶을 받쳐주는 원천이 됐다. 법정은 떠날 생각을 접고 그대로 오두막에 눌러앉았다.

오늘 잠을 깨워준 산중 식구는 휘파람새와 머슴새 소리였다. 새들이 뒤꼍에 날아와 잠을 깨워주었다. 뜰에 자라는 진달래 꽃망울도 터뜨려주었다. 법정이 이곳으로 왔을 때 소쩍새 소리가 밤낮으로 들렸고, 때마침 오두막 주변의 진달래꽃이 뭉게뭉게 피어났던 것이다. 꾀꼬리 소리가 나면 차나무 새순이 오를 것이고, 초여름이 되어 뻐꾸기 소리가 나면 찔레꽃이 피게 될 터였다.

법정은 이곳 수류산방에서는 노래를 부르기도 하고, 흥에 겨우면 목청을 돋워 오두막이 들썩거리도록 창을 부르기도 했다. 영화 〈서편제〉를 본 이후 입버릇처럼 '이 산 저 산 꽃이 피니 분명코 봄이로구나. 봄은 찾아왔건마는 세상사 쓸쓸하더라. 나도 어제는 청춘일러니

강원도 오두막

오늘 백발 한심하구나'로 시작되는 〈사철가〉을 불렀다. 부르고 나면 문득 슬퍼져서 목소리가 촉촉이 젖었다.

개울물 소리와 바람소리를 친구 삼아 듣고 있으면 문득 고마움이 치솟았다. 사람의 소리 대신에 자연의 소리를 들을 수 있다는 것이 더없이 다행스럽고 고마웠다. 사람들에게 시달리지 않는 것만도 오두막이 주는 선물이었다. 법정은 개울물에 웃옷을 걸어붙이고 빨래를 마치고는 개울가 바위에 앉아 상념에 잠기곤 했다.

'나는 근래에 와서 사람을 그리워해본 적이 전혀 없다. 우리가 진정으로 만나야 할 사람은 그리운 사람이다. 그리움의 물결이 출렁거리는 사람과는 때때로 만나야 한다. 그리워하면서도 만나지 못하면 삶에 그늘이 진다. 그리움이 따르지 않는 만남은 마주침이거나 스치고 지나감이다. 그것에는 영혼의 메아리가 없다. 영혼의 메아리가 없으면 만나도 만난 것이 아니다.'

땀을 들인 뒤 법정은 어제 톱으로 썬 통나무를 가져와 군불용 장작을 여남은 개 팼다. 그런 뒤, 상추를 뜯고 고추를 땄다. 감자를 심은 밭까지 뻗어온 칡덩굴은 다른 데로 돌려주었다. 칡덩굴은 하룻밤 사이에 한 뼘씩 다가와 밭을 점령하려 했다.

"이놈아, 길이 아니면 가지 말라고 했다."

무엇이든 1인분이니 욕심을 부려 힘을 뺄 필요는 없었다. 한 줌만 뜯고 따도 한 끼의 부식이 충분했다. '중노릇'이 특별한 것은 아니었다. 24시간 자신이 해왔던 일을 계속하는 것이 '중노릇'이었다. 일에서 이치를 익히고 그 이치로써 자신의 삶을 이끌어가는 것이 수행이고 정진이었다. 고지식하게 방에 앉아 좌선만 한다거나 목숨 걸고 화두를 드는 것만이 수행은 아니었다. 그러니 수행의 형태는 모든 사람들이 다를 수 있었다. 남과 같지 않은 상황이 곧 그의 몫이고 짊어지고 가야 할 짐이었다.

산중의 해는 짧았다. 일에 몰두하다 보면 어느새 산그늘이 접혔다. 머슴새 소리가 '쏙독쏙독' 들려왔다. 어둠이 내리면 가장 먼저 들려오는 머슴새 소리였다. 저녁공양은 1인분으로 쌀은 흐르는 개울물에 씻어 냄비에 앉혀 끓이면 그만이었다. 간소하지만 더없이 고마운 양식이었다.

법정은 오두막에 와 하루하루를 보내면서 자신을 만나고 되찾게 된 인연을 감사하게 여겼다. 저녁공양을 하기에 앞서 지금까지 습관적으로 외워왔던 「오관게」가 새삼 절절하게 다가왔다. 법정은 「오관게」를 자기 식으로 바꾸어 외웠다.

이 음식이 어디서 왔는고
내 덕행으로 받기가 부끄럽네
마음에 온갖 욕심 버리고
육신을 지탱하는 약으로 알아
도업을 위해 이 공양을 받습니다

법정이 저녁을 먹고 있는 동안 박새가 또 창구멍을 뚫고 있었다. 방으로 들어가려는 노린재를 쪼느라고 그랬다.

강원도 오두막

"네가 그러면 내 일이 하나 늘어난다. 앞으로는 그러지 마라. 겨울이라면 몰라도 숲에 먹이가 많잖니."

처마 밑에 집을 짓고 사는 박새 어미였다. 새끼 먹이를 위해 그랬으리라고 짐작만 할 뿐 말귀를 알아듣지 못하는 박새 어미였다.

어둠이 내리자, 영롱한 별들이 오두막으로 쏟아질 듯했다. 뒤꼍으로 날아온 머슴새가 또다시 쏙독쏙독 소리를 내 골짜기를 울렸다. 법정은 찻물을 길어왔다. 멀리서 구해온 햇차를 마시고 별을 다시 보기 위해서였다.

별을 쳐다보고 있으면 광대무변한 우주와 그 신비 앞에서 숙연해졌다.

'밤하늘에 별과 달이 없다면 얼마나 삭막하고 황량할까.'

법정은 문득 출가 전에 만났던 여자 관상쟁이가 떠올랐다. 친구 집에 놀러 갔다가 친구 어머니가 용한 관상쟁이이니 한번 보라고 권했는데, 법정은 별 관심이 없어 시큰둥하게 한쪽에 앉아 있었던 것이다. 그런데 여자 관상쟁이가 법정을 보자마자 말했다.

"학생은 밤하늘에 북두칠성을 바라보며 고고하게 살 관상이오."

관상쟁이의 말이 맞고 틀리고를 떠나 기분이 나쁘지는 않았다. 관상쟁이의 말이 시적이었고, 그때나 지금이나 별을 좋아했기 때문이었다. 법정은 오두막으로 거처를 옮긴 뒤에도 밤에 소변을 보러 갈 때는 으레 고개를 들어 북두칠성을 보곤 했다.

불일암의 도반이 달과 산이었다면, 오두막에 와서 가장 먼저 친해진 도반은 개울물과 별이었다. 그런데 별을 오랫동안 서서 보게 되면 고개가 아팠다. 젊은 시절에는 아무렇지 않았는데 나이가 드니 조금만 쳐다봐도 목이 뻐근해졌다. 별을 제대로 보려면 아무리 간소하게 산다 하더라도 대평상이 하나 있어야 했다. 별은 서서 보는 것보다 앉거나 누워서 보아야 편하고 아늑했다.

법정은 방으로 들어와 촛불을 켰다. 개울물 소리가 방 안까지 따라왔다. 머슴새도 편지를 쓰는 데 거들었다. 법정은 오로지 밤하늘의 별을 누워서 바라보기 위해 담양의 지인에게 대나무 평상을 부탁했다.

며칠 후.

법정은 호미를 들고 어린 해바라기가 자라는 주변을 파고 썩은 낙엽을 묻었다.

'이 녀석이 꽤나 튼실하게 자랐네.'

해바라기의 고향은 암스테르담의 고흐 미술관. 해바라기를 즐겨 그린 태양의 화가 반 고흐의 그림을 보고 나오다가 매점에서 파는 씨앗을 샀던 것이다. 오두막에 오면서 가져온 씨앗인데, 떡잎 때부터 쑥쑥 잘 자랐다. 썩은 낙엽을 묻어주었으니 머잖아 꽃을 크게 피울 터였다.

법정은 뜰에 무성한 잡초를 바라보면서 중얼거렸다.

'나이를 먹어가는 탓인가. 게을러진 탓인가.'

불일암 같았으면 손에 호미를 쥐었으니 눈앞에 보이는 잡초를 가만두지 않았을 것이었다. 그러나 법정은 멀쑥하게 키가 큰 잡초만 뽑고 나머지는 그대로 두었다. 앞으로도 뽑지 않을 생각이었다. 문득 옛사람의 말이 떠올랐다. '풀이 걸음을 방해하거든 깎고 나무가 관冠을

강원도 오두막

방해하거든 잘라내라. 그 밖의 일은 자연에 맡겨두라. 하늘과 땅 사이에 서로 함께 사는 것이야말로 만물로 하여금 제각기 그 삶을 완수하도록 하는 것이니라.'

자신에게 아무런 도움을 주지 않는다고 함부로 호미질을 하며 잡초를 파낸다는 것이 이제는 내키지 않았다. 인정머리 없고 무자비한 노릇이었다. 모든 존재는 저마다 그 존재 이유를 지니고 있는 법이었다. 논밭에 자라난 잡초는 곡식을 위해 어쩔 수 없이 뽑아내지만, 잡초 그 자체는 결코 '잡초'가 아니라 그 나름의 존재 이유를 지니고 있기 때문이었다. 잡초도 커다란 생명의 잔치에 동참하고 있는 작은 생명인 것이었다.

법정은 그런 생각을 하면서 뜰에 자라는 잡초를 뽑지 않고 그냥 내버려두었다. 토방 바로 밑에서 자라는 잡초에게도 얼른 손이 가지 않았다. 손을 대면 잡초가 뽑히지 않으려고 법정에게 발버둥치는 것 같아 눈물이 나려고 했다.

법정은 부엌에서 활개치는 파리도 잡지 못했다. 뭘 잘못했다고 앉아서 두 다리를 싹싹 비비는 파리를 보고 있으면 연민의 정이 들었다. 가만히 돌이켜보면 파리 때문에 병이 들어 아픈 적이 단 한 번도 없었는데 공연히 파리를 미워하여 쫓아내곤 했던 것이다. 그래서인지 이제는 파리를 볼 때마다 왠지 미안한 생각이 들었다.

"미안하구나. 넌 나에게 잘못한 것이 없다. 그만 빌어라."

불일암에서는 두꺼비에게 정을 주지 않았는데 오두막에서는 친구가 되었다. 두꺼비는 야행성인지 해 질 녘이면 어디선가 엉금엉금 기어 나와 오두막을 한 바퀴 돌았다. 빈 오두막에 새 주인이 나타난 것이 두꺼비눈에는 신기한 모양이었다. 겨우 한 바퀴 돌고 나서 숨이 가쁜 두꺼비는 오두막 섬돌에서 쉬었다. 법정이 반갑게 아는 체해도 가만히 있기만 했다.

"오, 네가 또 왔구나."

그제야 두꺼비가 말을 알아들었는지 등을 씰룩거렸다. 두꺼비의 반응에 법정은 또 물었다.

"너는 무슨 재미로 이 산중에서 혼자 사느냐."

멀뚱히 쳐다보는 두꺼비눈은 이렇게 되묻는 것 같았다.

"스님은 사람이 그립지 않으세요."

"글쎄다. 모르긴 해도 한동안 그런 일은 없을 것 같다."

두꺼비는 이해가 안 되는지 눈을 끔벅끔벅했다.

날마다 해 질 녘에 나타나 문지기를 자청한 것을 보면 두꺼비는 외로운 듯했다. 사람이라고는 이른 봄에 약초를 캐러 가는 약초꾼 대여섯 명을 본 이후 아직 사람의 그림자를 보지 못했던 것이다.

"두껍아, 더우면 목욕시켜줄까."

목욕시키는 방법은 주전자에 개울물을 담아와 두꺼비 등에 부으면 될 것 같았다. 며칠 동안 햇볕만 쨍쨍 났으니 몸에 물기가 말랐을 것 같고, 토방을 올라오다 한번 뒹굴었는지 몸에는 마른 흙이 묻어 있었다. 그러나 두꺼비는 목욕하기가 싫은 듯했다. 섬돌에 앉아 꿈쩍을 안 하더니 갑자기 고개를 돌렸다.

"그래, 좋을 대로 해라. 나는 밭에 가서 고추를 따고 감자 좀 캐올

강원도 오두막

테니 너는 오두막이나 지키고 있어라."

법정은 아기를 달래듯 중얼거리고는 밭으로 가 밭일을 했다. 햇살이 따가울 때는 해 질 녘이 잔일하기에 안성맞춤이었다. 밭 둘레는 들꽃이 만발해 있었다. 부엌 창문 가까운 곳에는 망초꽃과 나리꽃이 피어 있고, 개울가에는 노란 미타리가 골바람에 늘씬한 몸을 내맡기고 있었다.

"아, 이곳이 바로 화장세계華藏世界로구나!"

산토끼가 다래넝쿨 밑에서 부스럭부스럭 어른거렸다. 어둠이 내리면 뜰에 나와 어정거리는 녀석이었다. 놀라지 말고 친해지자고 달래도 아직은 쑥스러워했다. 그러면서도 빵부스러기나 과일 껍데기를 놓아두면 깨끗이 먹고 갔다.

"사람을 본 지 오래된 너하고는 한 5년쯤 지나야 친구가 되겠구나."

친화력이 좋은 다람쥐는 한 달 만에 친해졌다. 헌식대에 먹이를 놓아주면 법정이 곁에 있어도 피하지 않고 와서 먹었다. 마당을 빙빙 돌면서 귀여움까지 떨었다. 법정이 외출하고 돌아오면 반갑다고 찍찍거렸다.

"옳거니. 이 산중에 살아 있는 우리라도 끼리끼리 어울려야지. 유유상종이란 말이 있잖니. 다람쥐야."

큰 집을 가졌다고 해서 부자라고는 할 수 없었다. 불필요한 물건들을 갖지 않고 마음이 그것들에 얽매이지 않아 홀가분하게 사는 사람이야말로 진정한 부자라고 할 수 있었다. 오두막은 안방과 봉당, 그리고 건넌방이 전부였지만 법정에게는 결코 초라한 집이 아니었다. 창으로 별빛이 들어오고, 개울물 소리가 베개가 되는 우주 속의 작은 오두막이었다.

강원도 오두막

흙방

법정은 오두막에서도 수행 청규에 따라 스스로 결제하고 해제했다.
해제를 하면 반드시 불일암을 다녀왔다. 제자들이 한철을 잘 살았는지
점검할 겸 섬진강이나 다산초당 같은 데를 들렀다가 왔다. 법정이 갈 때
마다 불일암은 조금씩 달라졌다. 가는 초입이 예전에는 오동나무가 선
곳으로 직진하는 가파른 산길이었는데, 지금은 대숲 언저리를 돌아 올
라가게 돼 있었다. 낮은 사립문도 달고 부엌에는 입식 싱크대가 들어가
있는 등 살림살이 도구가 제법 늘어나 있었다. 법정이 손수 만들었던 원
래의 '빠삐용 의자'는 부서져 제자들이 비슷하게 만든 빠삐용 의자 2세
가 불일암 토방에 놓여 있었다. 아래채 왼편 산자락 끝의 축대는 여전
히 돌멩이들이 비스듬히 누워 올라간 하멜식 돌쌓기 그대로였다.

불일암은 상좌만 와서 철을 나는 곳은 아니었다. 문중이 다른 수행
자도 불일암 수칙을 지킨다고 서약하면 얼마든지 살 수 있었다. 조계

종이 아닌 태고종의 수행자도 허락을 받아 살고 갔다. 법정은 상좌를 늦게 둔 편이었다. 부처님이 아난존자를 받아들였던 것과 같이 세상 나이 55세가 되어서야 제자를 허락했다. 첫 번째로 맞아들인 상좌가 덕조德祖, 그리고 인仁, 문門, 현賢, 운耘, 진眞, 일日 등의 순서로 일곱 명만 두었다. 돌림자를 덕 자로 한 것은 덕을 닦는 것을 수행하는 데 으뜸으로 치라는 뜻이었다.

이번에 법정이 불일암에 내려갈 때 가지고 간 선물은 수선 다섯 뿌리였다. 재작년 가을에 추사 유배지를 들른 뒤 〈세한도〉가 있다는 대정 향교로 찾아가서 돌담 아래 수선 구근이 뒹구는 것을 보고 몇 개 주워왔던 것이다. 다음해 봄이 되면 불일암에 갖다주려고 챙겨왔던 것이다. 그런데 잎을 자른 구근을 화분에 넣어두고 깜박 잊었다가 한 해를 또 보내고 나서야 광을 정리하다 발견했는데 놀랍게도 싹이 뾰족하게 나 있었던 것이다.

'1년 가까이 깜깜한 화분 속에 갇혀 있으면서도 죽지 않는 생명력이란 도대체 무엇일까.'

그때 법정은 수선에게 미안하여 어쩔 줄 몰랐다. 그러면서도 헤아릴 수 없는 생명의 신비를 느꼈다. 무엇으로도 바꿀 수 없는 절대 신성이요, 불성이라고 생각했다.

법정은 대나무 평상에서 일어나 방으로 들어와 앉았다. 불일암에서 가져온 햇차 봉지를 뜯었다. 햇차는 연둣빛 세작이었다. 법정은 차를 우리면서도 자꾸 창밖으로 고개가 돌려졌다. 골짜기를 훑는 바람 때문이었다. 쓰데기골의 봄바람은 거칠었다. 산모퉁이를 언뜻언뜻 돌

강원도 오두막

아오는 남도의 부드러운 바람과 달랐다. 오두막의 봄바람은 산골짜기에 내리꽂히며 회오리를 일으켰다. 처음에는 실감을 못했지만 몇 년 살아보니 쓰데기골 봄바람의 손길은 무지막지했다. 애를 써봐도 정이 들지 않았다. 그래서 법정은 매년 봄이 되어 회오리바람이 불 때면 오두막을 비우고 남도의 봄바람을 만나러 가곤 했던 것이다.

법정은 햇차를 홀로 마시며 학생이 선생에게 외워 바치는 것처럼 당나라 노동의 「칠완다가七椀茶歌」를 빠르게 중얼거렸다. 법정이 불일암 시절에 원문을 크게 의역한 「칠완다가」였다.

차 한 잔을 마시니 목과 입을 축여주고

두 잔을 마시니 외롭지 않고

석 잔째엔 가슴이 열리고

네 잔은 가벼운 땀이 나 기분이 상쾌해지며

다섯 잔은 정신이 맑아지고

여섯 잔은 신선과 통하며

일곱 잔엔 옆 겨드랑에서 맑은 바람이 나는구나

그때 바깥에서 인기척이 났다. 흙방을 만들기로 하고 20리 밖에서 소형트럭을 몰고 온 젊은 일꾼이었다. 젊은 일꾼은 나이 든 일꾼 한 사람을 더 데리고 와 마당에서 서성거리고 있었다. 오두막에 온 다음 해부터 가끔씩 올라와 일을 도와주는 30대의 일꾼이었다. 처음부터 그는 법정을 알아보고는 놀란 기색을 감추지 않았던 젊은이였다.

"법정스님 아니십니까. 책에서 본 얼굴하고 똑같습니다."

"맞아요. 혼자만 알지 아무한테도 발설하지 말아요."

"걱정하지 마십시오."

젊은 일꾼은 지금까지도 변함없이 그때 한 약속을 지켰다. 흙방 공사로 한 달째 다른 일꾼들을 데리고 오기도 했지만 아무도 법정을 알아보지 못했다. 그래서 법정은 그를 더 신뢰했다. 이미 어제 흙벽돌 벽채 위에 지붕을 올렸으니 오늘은 찰흙을 두텁게 바른 방바닥에서 연기만 새지 않으면 흙방 공사는 끝이었다. 구들장 위에 흙을 1자 정도 깔고 찰흙 반죽을 만들어 틈이 나지 않도록 꼼꼼하게 발랐으니 연기가 많이 새지는 않을 터였다. 그러나 군불을 지펴보고 난 뒤, 실올 같은 연기마저 잡아야만 안심하고 벽지를 바를 수 있었다. 연기와 물은 틈이 있으면 반드시 새어 나오기 때문이었다.

이제는 마지막으로 아궁이에 불을 지필 차례였다. 법정은 은근히 불안했다. 젊은 일꾼에게 아궁이와 굴뚝의 위치를 자신이 정해주었으므로 기대 반 불안 반이었다. 젊은 일꾼도 마찬가지였다. 구들장 밑에서 굴뚝으로 난 연도는 자신이 주도하여 부챗살 모양으로 놨기에 가슴을 졸였다. 예상대로 처음에는 연기가 굴뚝으로 시원찮게 나왔다. 그러나 아궁이가 달궈지고 골짜기 바람을 타기 시작하자 불길이 활활 소리를 내며 연도 속으로 빨려 들어갔다. 젊은 일꾼과 법정은 흙방 개소식을 하는 것처럼 손뼉을 쳤다.

"스님, 저에게 구들장 놓는 '쯩' 하나 써주십시오."

"종이쪽지가 뭐가 중요한가. 솜씨를 알아주는 사람이 있으면 됐지."

강원도 오두막

"지금 방바닥에서 새는 연기는 어쩔 수 없습니다."

벽과 방바닥 사이에서 연기가 실올처럼 가늘게 비치고 있었다.

"나머지 일은 내가 할 테니 내려가시오. 수고했어요."

"혼자서 천장 벽지를 바르실 수 있겠습니까."

"걱정 말아요. 장판지와 벽지를 다 구해다놨으니까."

며칠 뒤 법정은 방바닥의 흙이 고슬고슬하게 다 마르자, 연기가 비치는 데는 닥종이를 오려 두세 겹씩 바른 뒤 초배를 했다. 벽과 천장은 티가 섞인 한지로 바르고 종이장판은 아홉 장을 깔았다. 한 평 반쯤 되는 흙방이었다. 즉시 안방에서 방석을 가져와 깔고 앉으니 새로 출가한 기분이 들었다. 효봉스님을 찾아 뵙고 선학원에서 처음 삭발했던 날처럼 산뜻하고 홀가분했다.

자신이 방 도배를 하는 동안 젊은 일꾼과 다른 일꾼들 서너 명은 오두막을 수리하게 했다. 비가 새는 지붕부터 덧댔다. 봉당에 깐 마루판자도 삭아서 다시 깔고 바깥마루는 구들을 놓았다. 뿐만 아니라 낡은 주방을 뜯어내고 새것으로 갈았으며 개울물이 집안으로 들어오도록 수도를 설치했다. 무쇠난로도 불을 지필 때마다 연기가 나 연통이 큰 난로로 바꾸었다. 다른 일꾼들이 다 가고 난 뒤에도 젊은 일꾼은 남아 뒷청소를 했다. 갑자기 그가 헌 오두막에 자꾸 돈을 들이는 게 이해가 안 되는지 물었다.

"스님, 오두막에서 천년만년 살 것도 아닌데 왜 돈을 들입니까. 그 돈이면 읍내에 있는 아파트 한 채 전세로 얻겠습니다."

"오래 살다보니 무료해지려고 해서 그래요. 한두 철 지내려니 했던 것이 내 인생 60대가 꿈결같이 흘러가고 있어요. 여기저기 기웃거려보았지만 올봄에 생각을 돌이켰지요. 이곳에서 눈을 감을 생각이지요."

"스님, 더 손볼 데가 또 있습니까."

"안방 구들장을 한번 뜯어야 해요. 아궁이에 불이 잘 안 들이고 연기가 너무 나오거든. 그동안 연기를 너무 많이 마셨어요. 천식에 안 좋아요. 기침이 더 자주 나오니까. 아궁이와 굴뚝의 위치를 바꾸면 불이 잘 들일 거요."

"안방 구들장은 언제 바꾸시겠습니까. 부르시면 바로 올라오겠습니다."

"가슴이 자꾸 결려서 그래요. 장작을 패고 나면 더 그런 것 같으니까 안방 구들장은 좀 쉬었다가 바꿔야겠소."

"병원에 가시든지 쉬시든지 해야죠. 잔일을 계속하시니 무리가 온 것 같습니다."

"오늘 살다가 내일 떠나는 일이 있더라도 오늘 내 마음이 내켜서 하는 일이라면 그렇게 하는 것이 내 가풍이오."

젊은 일꾼이 법정의 말을 귀담아듣는 태도는 어느새 사제지간을 연상케 했다. 법정도 젊은 일꾼이 책을 좋아하고 가을에는 외로움을 많이 탄다는 얘기를 들은 후부터 더욱 친근감을 느꼈다.

"수행자는 말이오, 살다가 비운 자리를 누가 와서 살더라도 덜 불편하도록 하는 것이 도리고 수행자끼리 약속이라오. 그런 약속을 잘 지키는 수행자가 요즘은 보기 드물어졌지만."

젊은 일꾼이 일어나자 대나무 평상이 삐걱거렸다. 법정이 대나무를

강원도 오두막

구해와 나뭇가지를 잘라 만든 1인용 대나무 평상이었다. 여름에는 안방으로 들여놓고 침상으로도 사용했다.

"벌써 내려가려는 건가요."

"아닙니다. 냄비에 햇감자 삶아났습니다."

"그래, 이리 가져와요."

뜨거운 물에서 막 건져낸 햇감자는 껍질이 잘 벗겨졌다. 맛도 찐 밤처럼 구수했다. 그러나 식어버리면 딱딱하고 맛이 싱거워져버렸다.

"스님, 올해는 봄나들이를 안 나가십니까."

"예전에 꽃구경했던 걸로 만족하려고 해요."

"안 가시겠다는 말씀 같습니다."

"예년 같으면 꽃구경하러 내려갔겠지요. 사람들이 살기가 힘들다고 아우성인데 같은 땅에서 차마 나 홀로 한가하게 꽃구경을 할 수가 있어야지. 앞으로는 꽃구경 가기가 어려울 것 같소."

감자 껍질을 평상 옆 섬돌에 놓자마자 다람쥐가 달려왔다. 그런데 산토끼도 눈치를 보지 않고 발밑으로 와 감자 껍질을 기다렸다. 앞발을 들고 귀를 쫑긋거렸다. 껍질만 감질나게 주지 말고 감자째 달라는 몸짓같이 보였다.

"늘 눈치만 보던 놈인데 이제 나하고 친구하자고 그런 것 같소. 7년 만이오."

일꾼이 가고 난 뒤 법정은 개울가로 가 맑은 물에 손발을 씻었다. 어린 용담 한 그루가 여전히 그 자리에 있었다. 법정은 혼자 있을 때는 늘 중얼거렸다.

"잘 있었는가."

개울가 저편만 해도 용담이 무리지어 있는데, 법정이 안부를 묻곤 하는 용담은 외따로 여리게 올라와 있었다. 꽃이나 나무도 서로 어울려야 건강하게 잘 크는 법이었다. 외톨이는 사람도 마찬가지지만 그늘이 지게 마련이었다. 그러나 법정이 말을 거는 개울가 용담은 예외였다.

"아직 네 방을 구경하지 못했는데 문 좀 열어보면 어떨까."

어린 용담은 가을이 되어서야 조용하게 대답했다. 법정이 물을 길러 개울가로 갔을 때 마침내 문을 열어 법정에게 보여주었다.

"스님, 보셔요. 꽃문을 열고 제 방 안을 보여드리겠어요."

보라색 꽃잎에는 이슬이 맺혀 있었고, 그 안에는 희고 가려린 꽃술이 드러나 있었다.

덩굴식물 싱고늄도 법정의 사랑을 받고 회생했다. 지난여름 오두막을 공사할 때 일꾼들이 마당 한쪽에 버렸는데, 법정이 주워다가 화분에 심었던 것이다. 그때는 덩굴에 이파리가 두 개만 달렸다가 한 개는 말라 죽고 말았는데, 지금은 쑥쑥 뻗은 덩굴에 이파리들이 무성했다. 날마다 목이 마를까 봐 물을 주고 차 찌꺼기를 삭힌 것을 거름 삼아 주었기 때문이었다.

그날 밤, 법정은 흙방을 들어가 등잔불을 켜놓고 방석에 앉았다. 죽비를 치기 전에 찰흙의 맨살 때문에 우둘투둘한 방바닥을 쓰다듬었다. 질박한 방바닥의 감촉으로 마음이 느긋해졌다. 창밖의 거친 바람

강원도 오두막

소리도 한결 부드럽게 들렸다. 법정식의 입정이었다. 법정은 오랜만에 내면의 긴 여행을 떠났다. 맑고 고요한 좌선이었다. 법정은 한밤중이 되어 목에서 기침이 터져 나올 때까지 황홀한 시간여행을 했다.

연꽃 없는 연못

법정은 오두막 이름을 수류산방水流山房이라고 지었다. 오두막 옆으로 개울물이 흐르고 있으니 깊이 생각할 필요가 없었다. 수류산방이라는 당호가 오두막에는 딱 어울렸다. 작년 봄철부터 틈틈이 자잘한 공사를 계속해와 이제는 누구라도 살 만한 오두막이 된 것 같아 이름표를 하나 붙여주고 싶었던 것이다.

그런데 수류산방이란 편액을 건 날이었다. 안방에 들어가던 중 낮은 문설주에 정수리를 찧었다. 하마터면 뒤로 넘어질 뻔도 했다. 그러고 보니 이번이 두 번째였다. 몇 년 전에도 고개를 숙이지 않고 들어가다가 부딪혀 정수리를 다쳤던 것이다. 오두막 방문은 허리를 구부려야만 될 정도로 문설주가 낮았다. 법정은 안방 구들장을 뜯는 공사 때 문짝을 바꿀 것을 하고 후회했다. 며칠 전에 안방 구들장을 뜯고 아궁이와 굴뚝 위치를 바꾸는 대공사를 끝냈던 것이다. 이제는 오두

강원도 오두막

막의 모든 공사가 끝났다고 한시름 놓았는데 또 하나의 일거리가 나타난 셈이었다.

그러나 문짝 공사가 시급한 것은 아니었다. 자신이 고개만 숙이고 들어가면 되기 때문이었다. 정신만 차리고 다니면 절대로 다칠 수가 없었다. 방심하고 드나들다가 문설주와 부딪힐 뿐이었다.

결국 법정은 문설주는 뜯지 않고 자신이 적응하기로 했다. 고개를 숙이고 다니기로 했다.

'허허, 나도 변해가네. 예전 같으면 당장 뜯어버렸을 텐데. 나도 이제 고개를 숙일 줄 아네. 철이 들었네.'

정수리에 난 상처는 곧 아물었다. 몸에 난 상처가 아물면 저절로 그 순간도 잊어버리게 돼 있었다. 과거에 붙들려 있으면 현재를 살고 있지 않는 것이나 다름없었다. 아직 다가오지 않은 미래에 매달리는 것도 마찬가지였다. 자신이 지금 어느 자리에 서 있느냐가 중요했다. 법정은 늘 장경각 법보전의 주련을 잊지 못했다.

부처님 계신 곳이 어디인가　　圓覺道場何處
지금 그대가 서 있는 그 자리!　現今生死卽是

지금도 그 주련이 생각나면 몸에 전율이 흘렀다. 부처님도 한 경전에 다음과 같이 설하고 있는 것이다.

'과거를 따르지 말라. 미래를 바라지 말라. 한 번 지나가버린 것은 이미 버려진 것. 그리고 미래는 아직 도달되지 않았다. 다만 오늘 해야

할 일에 부지런히 힘쓰라. 그 누가 내일 죽음이 닥칠 것을 알겠는가.'

법정은 밭으로 나갔다. 밭에는 보랏빛 감자꽃이 한창이었다. 감자꽃에서도 은은한 향기가 났다. 법정은 감자꽃에서도 향기가 난다는 것을 오두막에 살면서 알았다. 감자는 꽃향기를 더 맡고 난 뒤에 캐기로 했다. 고랭지 감자는 남도보다 수확이 늦었다. 하지가 넘어 감자잎이 노릇노릇할 때 캐야 감자가 굵고 맛이 났다.

법정은 하안거 해제를 기다렸다. 이번에는 불일암을 거쳐 연꽃을 보고 올 생각이었다. 전주 덕진공원 연못과 독립기념관 백련못, 경복궁과 창덕궁의 비원으로 연꽃철을 즐겨보기로 했다. 경복궁 큰 연못은 다래헌에 살 때 여러 번 가보았는데, 연못에는 향원정이란 정자가 있었다. 송나라 때 한 학자가 연꽃을 노래한 「애련설」에서 따온 이름으로 연꽃 향기가 멀리서 은은하게 풍겨온다는 데서 유래한 이름이었다. 창덕궁 비원의 부용지도 연못인데 부용은 연꽃의 다른 이름이었다. 부용지에는 연못으로 난간을 뻗은 부용정이란 오래된 정자가 있었다.

이윽고 법정은 해제 전날 불일암으로 바로 떠났다. 불일암에서는 사흘 밤만 자고 전주 덕진공원으로 향했다. 그곳에 가서야 연꽃철의 낭만을 흠뻑 누렸다. 비가 부슬부슬 내린 바람에 구경꾼들이 한두 사람뿐이었다. 홀로 호젓하게 향기도 맡고 연잎에 구르는 빗방울도 바라보았다. 연잎에서 떨어진 빗방울은 좁쌀만큼 작았다. 빗방울들이 연잎에 모여져 큰 물방울로 변하면 이리저리 일렁이다가 다른 연잎으로 떨어졌다. 연잎은 모든 빗방울을 머금지 않았다. 자신이 감당할 만큼만 담고 있다가 넘치게 되면 다른 연잎으로 떨어트렸다.

'아, 욕심대로 받아들인다면 연잎은 찢어지거나 줄기가 꺾이고 말겠구나.'

법정은 연잎에 떨어지는 빗방울을 보면서 그런 상념에 잠겼다. 비가 오는 날은 향기가 발목께로 깔린다는 것도 알았다. 그러니 비 오는 날은 연못가에 앉아야만 연꽃 향기를 좀 더 누릴 수 있었다.

그런데 법정에게 연꽃철의 행복은 그뿐이었다. 독립기념관 백련못에는 아예 연꽃이 없었다. 잉어 떼가 비린내만 풍기고 있었다. 작년에 한 원로 화가에게 들은 이야기가 사실이었다. 그 원로 화가는 관계자가 자문을 구해왔을 때 독립기념관 연못에 백의민족을 상징하는 백련을 심자고 자신이 제의하고 또한 지방에서 백련을 어렵게 구해 심어주고 나서는 어느 날 백련이 잘 크고 있는지 가보았는데 모두 사라지고 없더라는 것이었다. 새로 바뀐 관리 책임자가 왜 이런 곳에 불교의 꽃을 심어놓았느냐고 화를 내면서 당장 치워버리라고 해서 그랬다는 것이었다.

법정은 그래도 반신반의하면서 독립기념관 백련못을 찾았는데 적잖은 충격을 받았다. 비까지 내려 먼 길을 찾아온 자신의 신세가 처량하기도 했다. 군부에서 대통령이 나오던 시대를 끝낸 것까지는 좋았지만 개신교 장로 출신의 문민 대통령이 나오더니만 죄 없는 연꽃마저 불교의 꽃이라고 수난을 당하는가 싶어 처음에는 화가 났지만 독립기념관을 빠져나올 때는 슬퍼지기까지 했다.

사정은 경복궁 연못도 마찬가지였다. 모처럼 창덕궁 비원의 부용지를 찾아가던 날 오래 전 직장생활을 그만두고 글만 쓰는 삶을 살고 싶다며 자신의 진로를 자문하기 위해 불일암에 찾아왔던 작가를 불렀다. 작가는 여전히 직장을 잘 다니고 있었다. 직장에 전화를 하니 밝은 목소리로 받았던 것이다.

"스님 잠시만 기다리십시오. 곧 가겠습니다."

비원은 하루 종일 개방하지 않고 매시간 두 번씩만 관람료를 받고 문을 열었다. 비원을 함께 거닐며 설명하게 될 관리자가 개인관람보다는 단체관람을 권유했다. 비가 오는데도 구경꾼들은 삼삼오오 모여 문이 열리기를 기다리고 있었다. 마침 작가가 왔다. 법정은 작가를 보자마자 자신이 받은 충격을 털어났다.

"참 어처구니가 없는 일이 벌어지고 있소."

원래 어처구니라는 말은 맷돌 손잡이를 뜻했다. 맷돌 손잡이가 없다고 상상해보면 어처구니없다라는 표현이 왜 기막힌 표현인지 알 수 있었다. 문이 열리자 법정과 작가는 관리자에게 양해를 구하고 표지판이 가리키는 대로 먼저 부용지로 갔다. 법정이 차분하게 말했다.

"경복궁 연못에 연꽃이 없어요. 장로가 대통령이 되더니 그 밑에서 아부하는 무리들이 한 짓 같소. 불교를 말할 수 없이 박해한 조선왕조 때 심은 연꽃을 불교의 꽃이라고 해서 다 뽑아버렸소."

연꽃의 수난만 놓고 본다면 자유민주주의라고 하는 지금이 봉건왕조시대인 조선왕조 때보다 더 용렬하고 편협한 시대인 셈이었다.

"꽃이 무슨 종교에 소속된 예속물인가요. 경전에서 연꽃을 비유로

강원도 오두막

드는 것은 어지럽고 흐린 세상에 살면서도 거기 물들지 말라는 뜻이지요."

그러고 보니 불자들은 불단에 연꽃보다도 백합이나 장미꽃, 국화꽃을 더 많이 올리고 있는 실정이었다. 부용지도 역시 연이 한 포기도 보이지 않았다. 연꽃의 정자라고 이름 붙인 부용정이 무색했다. 마침 청소하는 청소부를 만나 물어보니 그의 대답은 실망스럽기 그지없었다.

"고기들이 연뿌리를 물어뜯어 다 죽었나 봅니다."

법정은 작가와 헤어지면서 탄식했다.

"우리는 지금 연못에서 연꽃을 볼 수 없는 시대에 살고 있는 것 같소."

법정은 낙심하여 오두막으로 차를 몰면서 몇 번이나 쉬었다. 평소에 들르지 않는 휴게소에서 차를 멈추고 '연꽃 없는 연못'의 세상을 생각했다. 그것은 맑고 향기롭지 못한 세상이었다.

'아, 어느 때나 맑고 향기로운 세상에서 우리가 살 수 있단 말인가.'

오두막으로 돌아온 법정은 아궁에 군불을 지펴놓고 '맑고 향기로운 세상'을 화두 삼아 사색에 잠겼다. 창이 조금씩 찢겨 있었지만 내버려두었다. 청설모가 방 안을 엿보려고 긁어놓은 것이 분명했다. 어느 때부터인가 성질이 고약한 청설모가 나타나 자기보다 힘없는 다람쥐를 몰아내고 오두막 주변을 군림하려 하고 있었다.

법정은 문을 열고 비가 내리는 밖을 한동안 응시했다. 비에 젖어 고개를 숙이고 있는 해바라기 꽃들이 우울하게 다가왔다. 한쪽 귀에 붕대를 싸매고 무언가 갈구하고 있는 듯한 눈빛을 보내는 고흐의 자화

상처럼 외롭게 보였다. 해바라기는 그 이름대로 구름 걷힌 하늘 아래서만 노란빛을 더 발산하는 꽃이었다.

'올 가을에는 친지들에게 해바라기 꽃씨를 나눠주어야지. 해바라기를 보고 자기 삶을 되돌아보게 해야지.'

법정은 경상을 끌어당기고는 수첩에 메모를 했다.

풀과 나무는 다들 자기 나름의 꽃을 피우고 있다. 이웃을 닮으려 하지 않고 패랭이는 패랭이답게, 싸리는 싸리답게 그 자신의 삶을 꽃피우고 있다. 생명이 깃들어 있는 것은 어떤 형태로건 저마다의 삶의 가장 내밀한 속뜻을, 꽃을 피워 보이고 있다. 그래야 그 꽃자리에 이다음 생으로 이어질 열매를 맺는다.

우리들이 살아가는 고달프고 팍팍한 나날에 만약 꽃이 없다면 우리들의 삶은 얼마나 무미건조할 것인가. 꽃은 단순한 눈요기가 아니라 함께 살아가는 곱고 향기로운 우리 이웃이다. 생명의 신비와 아름다움의 조화를, 거칠고 메말라가는 우리 인간에게 끝없이 열어 보이면서 깨우쳐 주는 고마운 존재다.

사람은 단순한 동물이 아니기 때문에 밥주머니를 채우는 먹이만으로 살아갈 수 없다. 보다 나은 삶을 위해서 때로는 고기 한 근보다 꽃 한 송이가 더 귀하게 여겨질 수도 있다. 위장을 채우는 일과 마음에 위로를 받는 일은 어느 것도 소홀히 할 수 없는 우리들 삶의 중요한 몫이다.

강원도 오두막

마침내 법정은 서울로 나와 '맑고 향기롭게'라는 단체를 만들기로 하고 자신의 뜻에 동조하는 사람들을 만났다. 거창한 구호를 내걸지 않았다. 꽃이 없는 세상을 꽃이 있는 세상으로 일구어 '맑고 향기롭게' 하자는 것이 소박한 바람이었다. 법정은 수류산방과 비원이 보이는 자리에 전세로 얻은 조그만 사무실을 오갔다. 사람들이 모이면서 북적대자 법정은 수류산방으로 돌아와 자신의 생각을 가다듬었다.

수류산방으로 돌아오는 길에는 밭에 버려진 배추가 많았다. 값이 폭락하면 농부들은 배추를 거둬들이지 않고 방치했다. 법정은 된서리에 시들어 오갈 데 없는 배추 이삭을 주워와 국을 끓여 먹었다. 봄부터 내내 인분 구린내와 역한 농약 냄새를 맡고 지나쳐 다닌 대가라고 생각하니 그냥 주워와도 덜 미안했다.

재작년에는 겨울이 되어 바닷가로 피난 갔지만 그대로 수류산방에 주저앉았다. 도끼로 얼음을 깨서 식수를 만들어 먹는 일이 가슴을 결리게 했지만 자신만을 위하는 일이 아니라는 생각이 들자 그것도 견딜 만했다. 얼음을 깨는 일은 개울에서 사는 고기들에게 숨구멍을 만들어주는 일이었던 것이다.

이윽고 다음해 법정은 '맑고 향기롭게'를 창설하고 어느 신문사가 있는 아트홀에서 대중강연을 했다. 아트홀 복도까지 사람들이 가득 찼다. 사람들은 진지하게 법정의 한마디 한마디에 귀를 기울였다. 법정은 그 자리에서 '맑고 향기롭게'를 창설하는 취지를 말했다.

'흔히들 마음을 맑히라고, 비우라고 말을 합니다. 그러나 이것이 바로 마음을 맑히는 법이라고 얘기하는 이는 없습니다. 또 실제로 마음을 비우고 사는 이처럼 여겨지는 사람 만나기도 쉽지 않습니다. 마음이란 결코 말로써, 관념으로써 맑혀지는 것이 아닙니다. 실질적인 선행을 했을 때 마음은 맑아집니다.

선행이란 다름 아닌 나누는 행위를 말합니다. 내가 많이 가진 것을 그저 퍼주는 게 아니라 내가 잠시 맡아 있던 것들을 그에게 되돌려주는 행위일 뿐입니다.

마음을 맑히기 위해서는 또 작은 것, 적은 것에 만족할 줄 알아야 합니다. 살아가는 데 꼭 필요한 것만 지닐 줄 아는 것이 바로 작은 것에 만족하는 마음입니다. 하찮은 것 하나라도 소중히 여기고, 그것을 소유할 수 있음에 감사하노라면 절로 맑은 기쁨이 샘솟습니다. 그것이 행복입니다.

인간이 적은 것에, 작은 것에 만족할 줄 알았다면 오늘날과 같은 자연의 오염, 환경의 파괴는 일어나지 않았을 것입니다. 맑은 공기, 시원한 바람, 천연의 생수 등등 자연이 인간에게 무한정 베푸는 것에 비하면 인간들은 자신들의 편리함, 편안함만을 추구해왔습니다. 그 결과 오늘날 지구는 중병을 앓고 있습니다.

인간들의 이기적 욕심이, 만족할 줄 모르는 마음이 이제는 자신들의 생명마저 위협할 지경이 되었습니다. 이제 우리들 인간들은 지혜의 선택을 해야 합니다. 물질의 노예가 아닌 나눌 줄 알고, 자제할 줄 알며, 만족할 줄 알고, 서로 손을 잡을 줄 아는 심성을 회복해야만 합니다. 이것이 참다운 삶을 사는 길이며, 삶을 풍요롭게 가꿔가는 길입니다.

강원도 오두막

깨달음에 이르려면 두 가지 일을 스스로 실행해야 합니다. 하나는 자신을 속속들이 지켜보는 것입니다. 스스로 자신을 관리, 감시하며 행여라도 욕심냄이 없도록 삿된 길로 빠지지 않도록 경계해야 합니다. 또 하나는 사랑을 실천하는 것입니다. 콩 반쪽이라도 나눠 갖는 실천행이 생활 속에, 자연스럽게 배어 있어야 합니다.

저는 이 두 길을 함께하고자 여러분께 '맑고 향기롭게 살아가기 운동'을 제안하는 바입니다.'

강연을 마치자 사람들은 자리에서 일어나 기립박수를 보냈다. 청중은 다양했다. 신부, 목사, 수녀, 직장인, 주부, 시골 농부 등등 모습은 달랐으나 미소를 짓는 얼굴 표정은 하나가 돼 있었다. 사람들은 자리를 떠날 줄 모르고 법정의 강연 내용에 우레와 같은 박수로 화답했다.

8장

회향, 그리고 입적

'맑고 향기롭게' 근본도량인 길상사 극락전

염주 한 벌

　길상사를 개원하는 날이었다. 초겨울 햇살이 경내를 따사롭게 비
췄다. 나뭇가지를 흔들어대던 바람이 멎었고, 골짜기를 흐르는 물소
리는 청아했다. 아침 일찍부터 성북동 산기슭으로 사람들이 몰려들었
다. 길상사로 올라가는 길은 차량과 사람들로 북적거렸다. 극락전 안
팎에는 먼저 온 사람들이 자리를 잡고 앉아 있었다. 마당에 마련된 의
자는 먼저 온 사람들이 이미 차지했기 때문에 마당에 빈 의자는 남아
있지 않았다. 개원법회를 축하하듯 나목이 된 느티나무 가지들이 햇
살에 반들거렸다. 조계종의 여러 고승들과 천주교 장익 주교, 법정,
길상사 터와 건물들을 시주한 김영한 보살도 불단 앞에 앉아 있었다.
　법정은 고승들의 법문이 진행되는 동안 손에 든 인쇄물 중에서 자
신이 지은 창건 발원문의 첫 부분을 다시 보았다.

우러러 부처님께 절하옵니다.

향 사르어 올리오니 길상의 땅에 나투소서.

무릎 꿇어 절하오니 자비의 손길 드리우소서.

부처님 말씀 따라 우리의 삶 가꾸고저

보살의 길 따라 이 땅을 빛내고저

마음 맑게 뜻 곱게 길상의 터 일구오니

두터운 길 인연의 길

갸륵히 여기소서, 쓰다듬어주옵소서.

자비로 이끄소서, 지혜광명 내리소서.

개원법회 도중 김수환 천주교 추기경이 법당으로 들어왔다. 명동 성당에서 주일미사를 보고 오느라고 늦었다. 법정은 자리에서 일어나 추기경을 맞은 뒤 서로 합장으로 예를 표시했다. 추기경이 조계종 고승들에 이어 축사 차례가 되자 불단 앞으로 조심스럽게 나가 말했다.

"목감기 들어 목소리가 좀 그렇습니다. 양해를 구합니다. 평소 존경해마지않던 법정스님에게서 초대를 받고 이 뜻깊은 자리에 참석하게 돼 진심으로 기쁩니다. 이처럼 아름다운 사찰이 도심 한가운데에 들어선 것을 진심으로 축하드립니다.

길상사가 맑음과 평안의 향기가 솟아나는 샘터로서 모든 이에게 영혼의 쉼터와 같은 도량이 되기를 기원합니다."

이윽고 법정이 개원법회 인사말을 시작했다. 먼저 종단의 고승대덕과 김수환 추기경, 장익 주교에게 감사의 말을 했다. 그런 뒤 가난하면서도 맑고 향기로운 도량이 되기를 바란다는 내용의 원고를 읽었다.

"시절인연을 만나 오늘 이곳이 길상스러운 절로서 그 면모가 바뀌게 됐습니다. 이곳이 절이 되기까지는 시주인 김영한 님의 한결같은 소원과 몇몇 불자들의 지극한 발원이 어우러져 그 열매를 맺게 된 것입니다. 이 밑에는 자신의 소유물을 조건 없이 기꺼이 내놓은 시주의 마음이나 무심히 받아들인 저희들의 마음이나 묵묵히 따라준 이 터와 집들이 함께 그 어디에도 집착하거나 매인 데 없어, 이름 그대로 세 가지三輪가 청정하고 공적空寂한 보시와 공양이 되었습니다. 새삼스럽지만 오늘 이 자리를 빌려 시주의 착하고 장한 뜻에 진심으로 감사드립니다."

김영한 보살이 자신을 격려하는 대목에 이르자 몸 둘 바를 몰라 했다. 신도들의 박수가 쏟아졌다. 그제야 김영한 보살이 자리에서 일어나 사람들을 향해 두 손을 모으고 고개를 숙였다. 법정은 잠시 박수가 멈출 때까지 기다렸다가 다시 인사말을 이어갔다.

"저는 이 길상사가 가난한 절이 되었으면 좋겠다고 생각합니다. 요즘은 어떤 절이나 교회를 물을 것 없이, 신앙인의 분수를 망각한 채 호사스럽게 치장하고 흥청거리는 것이 이 시대의 유행처럼 되고 있는 현실입니다. 절은 더 말할 것도 없이 안으로 수행하고 밖으로 교화하는 청정한 도량입니다. 진정한 수행과 교화는 호사스러움과 흥청거림에서는 결코 이루어질 수 없습니다. 어떤 종교단체를 막론하고 시대와 후세에 모범이 된 신앙인들은 하나같이 가난과 어려움 속에서 신앙의 꽃을 피우고 열매를 맺었습니다.

주어진 가난은 우리가 이겨내야 할 과제이지만, 선택된 맑은 가난 즉 청빈은 삶의 미덕입니다. 풍요 속에서는 사람이 병들기 쉽지만 맑은 가난은 우리에게 마음의 평화를 이루게 하고 올바른 정신을 지니게 합니다. 오늘과 같은 경제난국은 물질적인 풍요에만 눈멀었던 우리들에게 우리 분수를 헤아리게 하고 맑은 가난의 의미를 되돌아보게 하는 그런 계기이기도 합니다.

이 길상사는 가난한 절이면서도 맑고 향기로운 도량이 되었으면 합니다. 불자들만이 아니라 누구나 부담 없이 드나들면서 마음의 평안과 삶의 지혜를 나눌 수 있었으면 합니다.

이 길상사가 맑고 향기로운 도량이 되려면 이 절에 몸담아 사는 스님들이나 신자들뿐 아니라, 오늘 이 자리에 오셔서 길상스러운 인연을 맺으신 여러분들의 아낌없는 격려와 꾸짖음이 뒤따라주어야 할 것입니다. 끊임없는 관심을 가지시고 지켜보고 일깨워주면서 함께 맑고 향기로운 도량을 만들어나가도록 하십시다. 감사합니다."

김영한 보살이 일어서 불단 앞으로 나왔다. 키가 작고 가녀린 보살이었지만 결코 작게 보이지 않았다. 불단 앞에 서자 법당의 무게감이 더해졌다.

"저는 배운 것이 많지 않고 죄가 많아 아무 드릴 말씀이 없습니다. 불교에 대해서는 더더구나 아무것도 모릅니다. 하지만 말년에 귀한 인연으로 제가 일군 이 터에 절이 들어서고 마음속에 부처를 모시게 돼서 한없이 기쁩니다. 제 소망은 여인들이 옷을 갈아입었던 저 팔각정에 범종을 달아 힘껏 쳐보는 것입니다."

회향, 그리고 입적

보살이 자신이 품고 있던 비원을 말하자 법당 안팎이 숙연해졌다. '관세음보살' 하고 합장하는 사람들이 많았다. 순간 법정의 머릿속에 보살과의 좋은 인연이 스쳤다. 김영한 보살이 『무소유』를 읽고 감명을 받아 법정을 만난 것은 1987년 법정이 미국 LA 송광사포교당 고려사에서였다. 그때 김영한 보살이 1천억 원대의 부동산을 기증할 뜻을 비쳤지만 법정은 회주나 주지 자리에 관심이 없어 그 자리에서 바로 거절했던 것이다. 그러나 이후 네 차례나 보살의 거듭된 요청으로 마침내 그녀의 부동산 일체를 시주받아 개원법회에 이르게 된 것이었다.

　그녀는 자신의 모든 것을 버린 여장부와 같았다. 옆자리에 앉은 귀빈 한 사람이 축하의 말을 건네자 아무렇지 않게 대답했다.

　"있는 재산을 내놓은 것일 뿐입니다. 그러니 어려운 일이 아닙니다. 많은 재산을 내놓았다고 하지만 그 사람, 백석의 시詩 한 줄만도 못합니다."

　그녀는 일제강점기 때 천재시인 백석을 사랑한 애인이기도 했던 것이다. 김영한 보살이 짧게 인사말을 하고 나자, 법정이 다시 불단 앞으로 나가 그녀를 불렀다. 사람들이 일제히 주시했다.

　법정은 그녀에게 염주 한 벌과 길상화라는 법명을 주었다. 염주가 유난히 반짝였다. 보리수 열매를 다듬은 염주였다. 염주 한 벌과 그녀의 전 재산이 바꿔지는 순간이었다. 진흙 속에서 연꽃이 피어나는 것과 같았다. 그녀의 목에 염주가 걸리는 순간 또다시 모든 사람들이 박수를 쳤다. 염주를 목에 건다는 것은 부처님을 마음속으로 모시고 살겠다는 발원인 셈이었다. 김영한에서 길상화로 바뀐 그녀의 얼굴은 약간 상기돼 있었다.

개원법회가 끝나고 초대 주지가 된 청학이 종단의 고승들과 김수환 추기경, 그리고 김영한 보살을 길상사내 선원으로 먼저 안내했다. 경 내를 걸으면서 김수환 추기경이 부러운 듯 말했다.

"산중에서 무소유의 마음으로 살고 계신 스님의 삶을 평소 동경해 왔지요. 하지만 나는 그런 식으로는 살 수 없을 것 같습니다. 스님께 서는 책에서 무소유하라고 얘기하시지만 나는 『무소유』책만큼은 소 유하고 싶은 생각입니다."

김영한 보살은 한 발 뒤에 따라오면서 법정이 말을 건네자 상기된 표정으로 말했다.

"팔십 평생 죄만 짓고 살았는데 이처럼 대원각에 절이 들어서는 것 을 보니 더할 나위 없이 기쁩니다."

개원법회가 원만하게 끝났다. 법정은 한시라도 길상사를 벗어나고 싶었다. 주지실에서 차를 마시며 사람들이 빨리 길상사를 떠나기만을 기다렸다. 오랫동안 법정을 시봉해왔던 주지 청학이 쉴 방을 따로 마 련하겠다고 건의했다.

"스님, 강원도에서 오시면 편히 쉬실 방이 필요할 것 같습니다. 방 을 하나 마련하겠습니다."

"주지스님, 그런 소리 말아요. 이곳을 무상으로 받았지만 개인의 절 이라고 절대로 생각하지 않을 거요. 앞으로 내 방을 갖지 않을뿐더러 나는 죽을 때까지 이곳에서 단 하룻밤도 묵지 않을 것이오. 사실 회주 會主란 직함도 무슨 회사의 회장 같은 느낌이 들어서 부담스러워요."

회향, 그리고 입적

법정은 사람들이 썰물처럼 빠져나가고 나자 주지실에서 일어났다. 강원도로 가려면 부지런히 달려야 했다. 산중의 겨울 해는 더 짧았다. 법정은 문득 쌍계사 탑전에서 효봉스님에게서 야운 비구의 「자경문自警文」을 배우던 때가 그리웠다. 신도가 시주한 시물을 두려워하라는 가르침을 그때 배웠던 것이다.

좋은 옷과 맛있는 음식을 받아 쓰지 말라.

갈고 뿌리는 일에서 먹고 입기까지 사람과 소의 수고는 더 말할 것도 없지만, 벌레들이 죽고 상한 것도 그 수가 한량이 없을 것이다. 내 몸을 위해 남들을 수고롭게 하는 것도 옳지 못한데, 하물며 남의 목숨을 죽여 가면서 나만 살려는 것은 어찌된 일인가.

농사짓는 사람들에게도 늘 헐벗고 굶주리는 고통이 따르고, 길쌈하는 아낙네들도 몸 가릴 옷이 모자라는데, 나는 항상 두 손을 놀려두면서 어찌 춥고 배고픔을 싫어하는가. 좋은 옷과 맛있는 음식은 사실 빚만 더하는 것이지 도에는 손해가 된다. 해진 옷과 나물밥은 은혜를 줄이고 음덕을 쌓는다. 금생에 마음을 밝히지 못하면 한 방울의 물도 소화하기 어려울 것이다.

법정은 고속도로를 달리면서 해인사 시절이 생각나 들르지 않던 휴게소로 가 잠시 쉬었다. 어느 때건 그 생각만 하면 정신이 번쩍 들었다. 해인사 강원 시절에 겪은 일이었다. 해인사에 전기가 들어오지 않았으므로 방마다 등잔을 켜던 때였다. 석양 무렵이 되면 학인들은 램

프에 묻은 그을음을 닦고 석유를 채우는 것이 일이었다. 절에서도 명절을 쉈다. 설에는 사흘 정도 자유시간이 주어졌다. 낮에는 가야산을 등산하고, 밤에는 네댓 명씩 모여 윷을 놓거나 성불도 놀이를 했다. 법정이 거처하는 관음전 골방에도 학인들이 와서 웃다가 갔다.

그 무렵 해인사 주지는 청담스님이었는데, 스님은 종단에서 중책을 맡고 있어서 거의 해인사에 없었다. 말하자면 부재 주지였고, 실제로는 옥천사 주지를 하다가 청담스님의 간청으로 불려온 총무 문성스님이 절 살림을 도맡았다. 그런데 하루는 문성스님이 아침공양 후에 법정을 불렀다.

"스님까지 그럴 줄 몰랐소. 시주가 이 산중에 기름을 올려 보낼 때는 그 등불 아래서 부지런히 정진해서 중생을 교화해달라는 간절한 소원에서일 것이오. 그런데 그 시주의 등불 아래서 윷판을 벌이다니 말이 됩니까. 나는 이런 절에서 살기 싫으니 총무 소임을 내놓고 가겠소."

법정은 즉시 참회했다. 절을 하면서 용서해달라고 빌었다. 한동안 잊고 있었는데, 다시 떠오른 것은 아마도 길상사를 시주받은 일 때문일 터였다. 수행자는 시물을 무섭고 두려워해야 했다. 법정은 승용차의 시동을 걸었다.

수류산방이 가까워지자 눈이 내리기 시작했다. 하늘에는 기러기들이 남쪽으로 날아가고 있었다. 산골짜기가 이상하게 포근한 것을 보면 계속해서 내릴 것도 같았다. 법정은 산방에 도착하자마자 털모자를 쓰고 폭설에 대비했다. 오두막살이야말로 유비무환이었다. 불쏘시개와 길이가 짧은 장작을 네댓 아름 난로 옆에 미리 들이고 개울물을 물통마다 가득가득 채웠다. 얼음을 깰 도끼와 눈가래와 싸리비도 토방에 대기시켰다. 그것들은 수류산방의 제설기구들이었다.

법정은 난로에 불을 지피고 벌써 어둑해진 방에 촛불을 켰다. 1997년 12월 14일 밤이었다. 산중은 적막한데 창밖에서는 산토끼 발걸음 같은 눈 내리는 소리가 사분사분 들렸다.

일월암

법정은 수류산방으로부터 6킬로미터쯤 떨어진 계곡 아래에서 옹달샘을 하나 발견했다. 옹달샘이 있다는 것은 집터로서 좋은 조건이었다. 법정은 망설이지 않고 옹달샘이 있는 땅을 구했다. 수류산방에서는 매년 개울물이 얼면 도끼로 얼음을 쪼개 식수를 조달해왔는데 이제는 그럴 자신이 없었다. 가슴뼈에 금이 가 고생한 적도 있었으므로 도끼질이 조심스럽기만 했다.

옹달샘은 마을사람들이 얘기해줘서 발견한 묵은 샘이었다. 예전에는 산 밑에 살던 다섯 집이 물을 길어다 먹던 샘이라고 했다. 흙더미에 묻힌 샘을 다시 파보니 바닥의 이끼 긴 바위틈에서 물이 솟았다. 다섯 집이 길어 먹던 샘이라고 하니 수량도 풍부할 터였다. 물맛은 단맛이 돌아 찻물로도 더없이 좋았다.

마침 산 아래 마을에 측간목수가 살고 있어 제재소에서 구해온 통나무를 자르고 흙을 채워 두 달 만에 귀틀집도 한 채 지었다. 좌우로 창이 높고, 앞으로는 들창이 난 귀틀집이었다. 아름드리 소나무들이 집을 에워싸고 있어 비록 마을이 가깝기는 하지만 은거하기에 안성맞춤이었다.

헌 판자에 암자 이름을 썼다. 일월은 해와 달의 상형문자를 빌리고 암은 집 모양을 그렸다. 법정은 개울물에 얼음이 어는 기간에는 일월암에서 보냈다. 수류산방과는 또 다른 삶의 기쁨을 주었다.

무엇보다 홰를 치며 새벽을 알리는 수탉 우는 소리가 우렁찼다. 법정은 새벽에 수탉 우는 소리에 눈을 뜨면 가장 먼저 옹달샘으로 물을 길으러 갔다. 찻물은 길어놓은 것보다 새 물이 더 차맛을 내기 때문이었다. 수류산방에서 개울물을 뜨러 가는 것하고는 기분이 달랐다. 흐르는 개울물에는 사람의 숨결이 없었다. 그러나 옹달샘에는 산마을 사람들의 정이 묻어 있었다. 법정은 옹달샘에 이름을 붙여주었다.

급월정汲月井.

달을 긷는 샘이란 뜻이었다. 고려시대 이규보의 시를 연상하며 지은 이름이었다. 차를 좋아한 이규보는 달밤에 찻물을 길으러 샘을 다녀온 스님을 보고 시「영정중월詠井中月(우물 속의 달을 읊다)」을 남겼던 것이다.

산중에 사는 스님

달이 너무 좋아

물병 속에 함께

길어 담았네
방에 들어와
뒤미처 생각하고
병을 기울이니
달은 어디로
사라져버렸네

개울물이 몸을 풀자, 법정은 다시 수류산방으로 올라갔다. 씨 뿌릴 밭도 갈고 찰흙으로 벽에 난 들쥐구멍도 막았다. 지난가을에 밤송이를 주워 임시로 쥐구멍을 막아놓았는데 밤송이들이 보이지 않았다. 강추위에 들쥐들이 먹을 것을 찾아 필사적으로 밤송이를 치웠음이 분명했다.

법정은 해제철이 되면 '맑고 향기롭게' 지방 모임을 찾아가 강연을 했다. 어느새 '맑고 향기롭게' 시민모임이 부산, 대구 등에 지부가 생겼던 것이다. 법정은 대구 모임에 내려가 강연을 했다. 경북대학교 대강당에서 한 강연 주제는 자연의 순리를 깨닫고 실천하여 문명의 독을 씻어내자는 '생태윤리生態倫理'였는데, 법정은 수행자로서 나의 철학과 사상이 있다면 바로 이런 것이라는 생각으로 얘기했다.

"안녕하십니까. 먼저 이런 시절인연에 감사드립니다. 어떤 도시의 이미지는 경험에 의한 축적의 산물인데 1959년 후반 해인사 풋중 시절 대구에 와본 일이 생각납니다. 당시 해인사에서 대구까지 비포장 도로로 4시간에서 4시간 반이 걸렸습니다."

회향, 그리고 입적

젊은 학인 시절에 대구 사람들이 양키시장이라고 부르는 '양식 시장'에서 여성의 '브라자'를 처음 보고 머리에 쓰는 두건인 줄 알았다고 해서 사람들을 크게 웃겼다. 웃다 보면 사람 간에 화기和氣가 도는 법이었다. 강당 안이 큰 웃음으로 하나가 되었다.

"대구 역전에 '하이마트 음악 감상실'이 있었습니다. 거기서 라흐마니노프 피아노협주곡 2번을 들었습니다. 그리고 최근에는 제가 천식喘息이 있는데 대구에 사시는 신도 한 분이 한약을 지어 보낸 일이 있어 여러모로 대구에 대한 이미지가 좋습니다. 〈녹색평론〉이라는 격월간지가 있는데 이 책이 대구에서 발행되는 걸로 알고 있습니다. 생태환경운동 순수지純粹紙인데 저는 창간호부터 가지고 있습니다. 1년 구독료가 3만 원인데 거기서 얻은 지식과 정보는 돈으로 따질 수가 없습니다. 이 책의 구독자가 많으면 세상이 밝아질 것입니다. 행정 관료와 건축가들이 이 책을 읽는다면 아주 좋을 것입니다."

강당 안에는 2천여 명의 사람들이 몰려와 좌석은 통로를 가득 채우고 있었다. 심지어는 단상 위까지 꽉 차 법정의 강연에 빠져들었다. 법정은 대구와의 인연을 먼저 말한 다음 강연 주제인 '생태윤리'를 풀어나갔다.

"오늘 제 강연의 주제는 '생태윤리'입니다. 요즘 물난리가 심하고 태풍 매미의 영향으로 많은 사람들이 고생합니다만 사람들의 생활 행태가 기상이변을 불러왔다고 생각합니다. 추석 다음 날 태풍 매미가 와서 저는 한숨도 못 잤습니다. 시끄러운 개울물 소리, 개울 밑으로 큰 돌 굴러가는 소리, 함석지붕에서 비 떨어지는 소리 등을 들으며 밤을 샜습니다. 휴가철이 지나면 계곡에 사람들이 가져가지 않은 온갖 쓰레기들이 가득 차는데 한편으로는 태풍이 이것들을 정화시켜주었습니다. 계곡마다 난무한 쓰레기에서 우리들의 얼굴과 한국의 현주소를 봅니다. 기상이변은 우리들이 불러들인 재앙입니다. 배기가스에 의해 햇빛을 제대로 받지 못한 대지, 해수면의 비정상적인 반응, 그리고 구름신의 부조화로 어떤 지역은 홍수, 어떤 지역은 극심한 가뭄을 불러일으킵니다."

법정의 쉬운 강의는 군더더기가 없었다. 카랑카랑한 목소리로 차분하게 툭툭 화두를 던지듯 말했다. "미래를 예측하는 어떤 보고서를 보니 시계로 볼 때 금년은 9시 15분이라고 합니다. 그렇게 보면 앞으로의 환경은 2시간 45분이 남은 셈입니다. 휴가철에 우리나라 고속도로는 주차장을 방불케 하는 등 몸살을 앓습니다. 자동차에서 내뿜는 이산화탄소가 환경파괴의 주범인데, 미국은 전 세계 이산화탄소 방출의 28퍼센트를 차지하는 나라입니다. 세계의 이산화탄소 4분의 1 이상이 미국에서 나오고 있는 셈인데, 이산화탄소를 의무적으로 줄이자는 국제협약인 '교토의정서'를 미국은 자국의 산업을 위한다는 명목으로 얼마 전에 탈퇴하였습니다. 현재 유럽의 많은 나라들은 재앙의 원인을 미국으로 돌리고 있습니다. 우리나라의 산이나 도로는 성한 곳이 없습니다. 과거에 일본인들이 쇠말뚝을 박았습니다만, 자연은 무기물이 아니라 커다란 생명체임을 알아야 합니다. 공기와 물의 순환이 제대로 이루어지지 않아 일어나는 일이기 때문에 자연재해가 아니라 사실은 자업자득입니다. 대지大地는 누구도 소유할 수 없습니다.

회향, 그리고 입적

대지는 어머니요, 생명의 뿌리인데 이 어머니를 버릇없는 자식들이 혹사시킵니다. 대지도 육신처럼 고달프고 병듭니다. 지구에 상처를 입힌 것은 우리들 자신에게 상처를 입힌 것과 같습니다. 전국의 병원에서 2, 3분 진료를 받으려고 두세 시간을 기다려야 하는데 우리들 자신이 어머니인 대지를 병들게 한 과보입니다. 모체母體인 대지가 병들었는데 우리가 어찌 건강할 수 있겠습니까 병원에 가보면 약을 지어주면서 2주일 만에 먹으라고 하는데 다녀보면 개인병원 종합병원 다 다릅니다. 그 덫에 걸리면 헤어나지 못하므로 진단은 받되 치료는 스스로 해야 합니다. 생각과 생활습관이 달라져야 하고 병원 문턱을 넘어서면 안 됩니다."

법정은 간간이 돋보기 검은 안경테를 만지작거리면서 강연했다. 사람들을 응시하는 법정의 표정은 심각했고 눈빛은 간절했다. 이기적으로 변해가는 사람들의 세태에 대해서는 따끔하게 일침을 놓았다. 그러면서 법정 나름대로의 처방을 내놓았다. "현대인들의 삶을 보면 남을 희생시켜가면서까지 자기 이익을 취하려고 하는데 남을 해치지 않아야 합니다. 모든 존재는 남의 방해를 받지 않고 자신의 존재를 유지하며 살 권리가 있습니다. 자연은 자정능력을 가지고 있는데 문명은 자정능력을 파괴시킵니다. 문명은 독약이며 농약개발이 생태계를 교란시켰습니다. 기술자는 전체를 보지 않고 한 부분만 내다봅니다. 현대사회의 문제점은 환경오염과 생태계의 파괴로부터 시작하였습니다. 저는 컴맹입니다만 기술화, 정보화사회가 전통사회를 파괴하고 폐해도 있음을 알아야 합니다. 사람들이 점점 참을성이 없어졌습니다. 돈, 권력, 물질 향락, 경제적 부를 더 추구하게 되었습니다. 저는 일기예보만 듣고 신문방송의 뉴스를 잘 안 봅니다. 맑은 심성이 더 럽혀질까 싶어서입니다. 기계에 의존하는 사람은 기계에 종속됩니다. 컴퓨터가 고장 나면 아무것도 할 수 없듯이 기계는 만능이 아니고 사람이 만들어놓은 것임을 알아야 합니다. 기계는 고장 나면 아무것도 할 수 없는 허점이 있습니다. 얼마 전 뉴욕에서 정전이 되어 큰 소란이 일어났는데 정전이 되면 화장실의 물도 내려가지 않아 볼일도 못 보는 비극이 생깁니다."

법정은 강연하는 동안 기침이 나오려고 하자 찻잔에 담긴 차를 마셨다. 그러자 터져 나오려던 기침이 사라졌다. 사람들이 뿜어내는 열기와 탁한 공기 탓이었다. "『장자莊子』에 보니 이런 이야기가 있습니다. 어떤 노인이 양수기를 사용하지 않아 그 이유를 물으니 '기계의 편리함을 알고는 있지만 한번 사용하면 거기에서 헤어나지 못하기 때문에 사용하지 않는다'는 내용이 있습니다. '기계의 일이 있으면 차디찬 기계의 마음이 있소. 나중에는 사람의 도리를 잃고 순박함마저 잃게 되오.' 『베다』의 경전을 외우는 인도 성자를 생각합니다. 손자의 생일까지 다 기억하는 시골 노인들에 비하면 우리들은 수첩만 없어도 아무것도 못합니다. 간디는 '자신의 손을 사용하지 않는 것이 가장 큰 비극'이라고 하였습니다. '생명의 손, 신이 주고 자연이 준 선물을 우리는 어디에 쓰고 있는가.' 머리와 기계에 의존하는 현대인의 삶을 경고한 말이라고 하겠습니다. 우리 자신은 흙과 동물과 함께 살아가는 자연입니다. 모체인 대지가 병들면 지체인 사람도 병이 듭니다. 한 사

회향, 그리고 입적

람 한 사람이 깨닫고 각자 실천하는 것이 '생태계의 윤리'라고 생각합니다. 현재의 재산, 물건, 자연은 조상들이 물려준 유산입니다. 그러한 유산을 이다음 세대에 온전히 물려주어야 합니다. 싹쓸이를 한다면 내일은 없습니다. 하나가 필요하면 하나만 가져야 합니다. 그렇지 않으면 나중에는 하나마저 잃게 됩니다. 지구로부터 받은 물자를 소중히 다루는 것은 지구환경을 위하는 것입니다. 색다른 물건을 보고 충동구매를 하면 항상 후회합니다. 여자들이 좋은 옷을 보면 남편을 졸라 충동구매를 하는 경향이 있는데 즉각 사지 말기 바랍니다. 조금 기다렸다가 사고, 나중에 그 옷이 없어져 구입하지 못할 때도 후회하지 말고 '내 것이 아니구나' 하는 생각을 가져야 합니다. 충동구매하여 사둔 짐들이 우리 집안에 한두 가지가 아닌데 나중에는 반드시 후회합니다. 대형 할인마트도 조심해야 합니다. 한두 개가 필요한데 여기서는 세트로 다섯 개를 사라고 합니다. 싸다고 무조건 사지 말고 싼 것이 비지떡임을 알아야 합니다. 값비싼 자동차를 보고 부富를 생각하지 맙시다. 환경문제를 생각한다면 배기량이 적은 소형차를 사야 합니다. 유럽은 소형차가 많습니다. 무엇이든 환경문제와 관련하여 '지구에 유익한가'를 생각해야 합니다. 광고에 속지 말아야 합니다. 소비를 부추기는 광고는 생태계를 파괴합니다. 환경에 해로운 광고는 소비주의, 상업주의의 용병이니 광고에 빨려들지 맙시다. 광고는 들여다보지 말고 내려다보아야 합니다. 내려다보면 빨려들지 않습니다. 캐나다는 펄프산업이 발달되었는데 미국에 제지를 수출하기 위하여 벌목을 하는 바람에 환경이 파괴되었습니다. 신문도 하나만 보아야 합니다. 이것이 생태윤리입니다. 영상매체도 나중에는 빨려들게 되어 있습니다. 시간과 전력, 체력이 소모되고 나중에는 사고력까지 박탈당합니다. 예뻐지기 위해 성형수술을 합니다만 성형수술은 엄마 아빠가 합심하여 한 반죽을 뜯어고치는 것입니다. 반죽을 뜯어고친다고 하루아침에 팔자가 고쳐집니까. 얼굴은 '업의 꼴'이고 '얼의 꼴'입니다. 어떤 부인은 성형수술로 피부를 하도 잡아당겨 나중에는 눈 주위의 피부까지 당겨져 잘 때도 눈을 뜨고 잔다고 합니다. 아름다움은 자연스러움에 있습니다. 남과 비교하면 안 됩니다. 꼭 필요한 것만 갖고 불필요한 것은 갖지 말아야 하는데 그것이 아름다움입니다."

법정이 성형수술을 과도하게 해서 눈을 뜨고 자는 사람 이야기를 할 때 사람들이 폭소를 터뜨렸다. 법정은 사람들의 웃음이 가라앉기를 기다렸다가 간곡히 부탁했다. '맑고 향기롭게' 시민모임 10주년이 되어 전국을 돌아다니는데, 자신이 마치 약장수가 된 것 같다며 이번의 순회강연이 마지막 강연이 될 것이라고 말했다. 강연을 마무리하면서는 사람들에게 간절하게 당부하는 말로 끝을 맺었다. "영적인 차원에서 보면 세상 모든 것은 이어져 있습니다. 한마음이 청정하면 온 법계法界가 청정합니다. 미친 마음이 세상에 주는 폐해가 얼마나 큰지를 생각합시다. 대표적인 예가 얼마 전에 대구에서 일어난 지하철 방화사건입니다. 달마스님은 이렇게 말했습니다. '마음, 마음이여 너그러울 때는 온 우주를 다 포용해도 옹졸할 때는 바늘 하나 꽂을 데가 없구나.' 남을 해코지하는 마음은 닫힌 마음입니다. 모두 마음의 주인이 되어야 합니다. '나는 무슨 생각을 하는가' 하고 스스로 마음의 움직임을 잘 살펴야 합니다. 우리가 건드리지 않는 것이 많으면 많을수록 우리 스스로가 건강해집니다. 자연보호는 있는 그대로 놔두는 것입니다. 모체인 자연이 건강하지 못하면 지체인 우리가 건강하지 못합니다. 흙을 멀리할수록 건강과 멀어지고 병원과 가까워집니다. 문명에서 오는 질병은 문명으로 치료되지 않습니다. 자연으로 치료해야합니다. 흙, 나무, 풀, 꽃, 동물을 가까이하고 우리 속에 있는 자연의마음을 일깨워 자연과 함께 합시다. 이것이 곧 생태윤리입니다. 감사합니다."

법정은 '맑고 향기롭게' 시민모임의 전국 순회강연뿐만 아니라 봄가을이 되면 길상사에 나와 정기법회에서 법문을 했다. 정기법회는동안거 해제법문과 결제법문 형식이었다. 기침이 한번 나오면 멈출수 없을 정도로 천식이 심해지고 있는데도 대중을 만났다. 어느새 길상사 주지도 초대 청학에서 2000년 2월부터는 4대 주지 덕조가 취임해 있었다.

특히 2007년도 동안거 해제법문 때는 봄비가 내리고 있었음에도불구하고 많은 사람들이 자리를 뜨지 않고 신록이 푸르러지는 극락전안팎에서 법문을 들었다. 법정은 법상에 앉아 "흔히 기도가 잘되는 곳은 따로 있다는 착각 때문에 장소에 집착하기 쉽지만 그렇지 않다"고강조하며 말머리를 풀어나갔다.

"진정한 도량은 특정 장소가 아닙니다. 도량은 곧은 마음, 직심直心이고 늘 깨어 있는 마음입니다. 좌청룡, 우백호를 갖춘 명당에 있어도직심이 없으면 진정한 도량이 아닙니다. 지금 우리가 서 있는 이 자리가 곧 집안, 가정, 학교, 직장이 도량이 돼야 합니다."

찻잔에 담긴 차로 목을 축인 다음 법정은 20년 전쯤 인도를 여행할 때의 일화를 소개했다. 인도 부처님 성지를 순례하면서 밤기차를 타게 됐는데, 표는 샀지만 자리는커녕 통로에까지 사람들이 빈틈없이 눕고 앉아 있었다. 겨우 한 자리 발견한 곳이 바로 변소 앞이었다.

"밤이 되니 사람들이 쉬지 않고 화장실을 다녔고, 그때마다 냄새와 용변 보는 소리 때문에 견디기 힘들었습니다. 시간이 지나면서 '내가 왜 이 고생을 해야 되나' 하는 회의도 들고 화도 치밀었습니다."

그러나 법정은 자정 무렵에 생각을 바꾸었다고 했다.

나는 단순한 관광객이 아니지 않은가. 나는 순례자가 아닌가. 그 옛날 구법승들은 이런 기차도 없이 오로지 두 발로 험악한 열사熱沙를 건너오지 않았는가. 다른 사람들은 아무렇지도 않은데 똑같은 인간이, 더구나 수행자가 저들과 같이 상황을 받아들여야 하지 않겠는가.'

법정은 스스로 참회했다. 그러자 노기와 불만이 사라졌고 여행 중 어느 성지에서도 느낄 수 없는 선열禪悅을 누렸다.

"그때는 변소 앞이 내 도량이었습니다."

경내에 선 사람들은 우산을 쓴 채 아무도 자리를 뜨지 않고 법정의 법문에 귀를 기울였다. 법정은 그 모습에 감동하여 법어를 하나 더 보탰다.

"제 이야기는 여기서 마칠 테니, 미처 다 하지 못한 이야기는 저 찬란히 피어나는 꽃과 나뭇잎에게 들으십시오."

그날도 법정은 길상사에서 머무르지 않고 밤에 일월암으로 돌아왔

회향, 그리고 입적

다. 겨우살이를 했던 일월암 단칸방을 한번 둘러보고는 다시 수류산
방으로 올라갔다. 일찍 누웠지만 잠자리는 예전과 달리 편치는 못했
다. 간단없이 꿈이 나타났다. 한숨 눈을 붙였는가 싶었는데 습관처럼
기침이 콜록콜록 났다. 기침이 나면 굳이 드러눕지 않았다. 촛불을 켜
놓고 방 안의 흐트러진 것들을 주섬주섬 정리했다. 기침이 잠을 쫓아
주니 고맙기도 했다. 법정은 벽에 기대고 앉아 개울물 소리에 귀를 맡
기면서 중얼거렸다.

'아, 투명한 이 자리가 바로 정토요, 별천지가 아닌가. 이 밖에 무엇
을 더 바라겠는가.'

법정은 병고를 양약으로 삼으라는 부처님의 가르침에 고개를 끄덕
였다. 부처님 말씀은 언제나 '옳거니!' 하고 가슴을 따뜻하게 적셨다.

불 속의 연꽃

산짐승끼리는 서로 위험을 알리는 신호체계가 있는 것 같았다. 밀렵꾼이 쓰데기골을 오르내리자 산짐승들이 하나둘씩 보이지 않게 되었다. 맨 먼저 노루가 어디론가 가버렸고, 최근에는 저녁 어스름을 타고 들려오던 머슴새 소리도 뚝 끊어졌다. 수류산방 마당까지 들어와 어정거리던 산토끼도 자취를 끊었다. 다람쥐는 힘센 청설모에게 쫓겨간 것 같고, 이따금 들쥐만 보일 뿐이었다.

들쥐도 새끼는 귀여웠다. 엄지손가락만 하게 생긴 새끼의 몸은 투명했다. 새끼의 길이는 2센티미터가 될까 말까 했다. 사람의 입장에서 볼 때는 들쥐가 먹이를 훔치는 것이지만 들쥐 입장에서는 살기 위해 먹는 것일 터였다. 그러니 쥐약이나 덫을 놓는 등 너무 야박하게 굴 일은 못 됐다. 요즘에는 뒤꼍의 헌식대 음식을 주로 들쥐가 먹었다. 그런 들쥐에게 '내생에는 좋은 몸으로 해탈하라'고 빌 생각은 없었다. 결과

적으로 죽게 하는 허물이 될 수도 있었다. 불일암 시절에 헌식대 음식을 먹는 쥐를 보고 '좋은 몸으로 해탈하라'고 했다가 정말로 그다음 날 쥐가 죽어 있었던 것이다. 법정은 문득 유마거사의 말을 떠올렸다.

'이웃이 앓기 때문에 나도 앓는다.'

병고를 치르면서 새삼 다가오는 유마거사의 말이었다. 자신에게는 병원이 먼 줄만 알았는데, 병원 출입이 잦았던 것이다. 친지들의 권유를 뿌리치지 못하고 미국의 한 병원을 다녀오기도 했다. 지난겨울에는 한철을 병원에서 신세지기도 했다. 그러나 병원에서 깨닫는 것도 작지 않았다.

'아, 육신이 내 몸인 줄 알고 지내지만 병이 나면 내 뜻대로 할 수 없으니 말이다. 내가 앓는데 수많은 사람들의 걱정과 염려가 따르니 이 또한 내 몸이 아니잖은가.'

법정은 자신에게 다가온 병을 고맙게 여겼다. 속가 부친은 어린 법정이 4살 때 자신과 비슷한 질환으로 젊은 나이에 돌아가셨지만 자신은 과분하게도 부처님이 열반에 드신 80세에 근접하고 있는 것이었다. 법정은 마음속으로 염원했다. 너그럽고, 따뜻하고, 친절하고, 이해심이 많고, 자비로운 사람이 되겠다고 병원 문을 나설 때마다 기도했다.

길상사 정기법회 법문도 '봄 법문'을 끝으로 더 이어가지 못했다. 천식에서 시작된 폐질환 때문이었다. 봄 법문 때 법정은 아픈 몸을 이끌고 강원도에서 나와 의미심장한 말을 던졌다.

"눈부신 봄날입니다. 다시 만나 다행입니다. 언젠가 내가 이 자리를 비우게 될 것입니다."

신도들에게는 능동적인 삶을 주문했다.

"길상사에 연등이 너무 많이 걸려 있어 꽃과 잎을 볼 수 없습니다. 저마다 독특한 기량을 뽐내는 꽃이 피기 때문에 비로소 봄인 것이지 봄이라서 꽃이 피는 것은 아닙니다."

법정은 신도들 앞에서 승가의 생명력은 청정성과 진실성에 있다고 강조했다. 그러면서 법정은 진담 반 농담 반으로 '중은 믿을 게 못 된다. 집 버리고 떠나온 사람을 어떻게 믿느냐'며 부처님 말씀만 따르라고 설했다.

"부처님은 자신에게 의지하고 법에 의지하라고 했습니다. 자귀의 법귀의 自歸依法歸依입니다. 나머지는 다 허상입니다. 이것이 불교의 참 면목입니다."

마지막에는 자신의 긴 생애를 돌아보는 것처럼 허허로운 말로 법문을 마쳤다.

"봄날은 갑니다. 덧없이 갑니다. 거룩한 침묵을 통해서 듣기 바랍니다."

봄이 어떻게 오는지 각자 봄소식을 들어보라는 화두를 던지며 법상을 내려왔다. 이후 법정은 길상사 정기법회에 나가지 못했다. 건강이 악화될 것을 우려한 상좌들의 만류가 있었기 때문이었다.

법정은 다시 수류산방에 은거했다. 상좌들도 법정이 원치 않기 때문에 수류산방까지는 가지 못했다. 약을 심부름한다거나 길상사로 온 우편물을 전해줄 때는 너와집 일월암까지만 갔다. 그것도 면회가 허락된 시간만 가능했다.

길상사의 모든 법문과 '맑고 향기롭게'의 강연활동을 일체 중단한 법정은 다시 산승으로 돌아갔다. 일꾼을 불러 묵정밭에 전나무, 자작나무, 가문비나무, 복숭아를 심었다. 뜰에는 모란을 키웠다.

비가 그치면 장화를 신고 대지팡이를 끌며 숲길을 거닐었다. 꽃잎이 가늘고 여린 하늘말나리를 한 그루 파 부엌 들창문에서 보이는 자리에 옮겼다. 녀석은 잠이 들었던지 파는 동안에 얌전했다. 잠든 녀석을 가만히 업고 오는 느낌이었다.

이제 가을이 되어도 해바라기 씨는 거두지 않을 셈이었다. 다람쥐가 대신해서 가을걷이하는 것도 좋은 일 같았다. 옥수수도 마찬가지였다. 고구마는 여남은 개만 캐먹고 나머지는 초겨울에 멧돼지가 파먹도록 인정을 베풀었다.

밤이 되어 천지가 고요해지면 법정은 죽음을 명상했다. 오랫동안 병상에 누워 있어보니 잘사는 것보다 잘 죽는 것이 훨씬 어렵게 느껴졌다. 한때는 죽음을 맞이해서 자신의 성정대로 장작을 쌓아놓고 스스로 자화장自火葬하려고 했지만 머잖아 포기하고 말았다. 주변 사람들에게 공연히 안타까움을 주는 일이라는 생각이 들어서였다. 제주도를 오가는 배에서 밤바다에 빠져 죽는 것도 여의치 않았다. 친지들에게 미련을 갖게 하는 실종일 뿐 적나라한 사망이 아니기 때문이었다.

결론은 정든 암자 같은 데서 친지들이 지켜보는 가운데 편안하게 죽음을 맞아들이는 것이 분수에 맞는 선택일 것 같았다. 이미 다 된 목숨인데 주사로 약물을 주입하거나 산소호흡기를 이용하여 연명하는 짓은 자연적으로 생을 마치는 생명에게 고통이 될 것 같았다. 육신이 지칠 대로 지쳐 영원히 쉬고 싶은데 흔들어 깨워 이물질을 주입하면서까지 쉬지 못하게 한다면 바른 간병이 아닐 터였다. 법정은 대나무 침상에 누워 중얼거렸다.

'살아 있는 모든 것은 때가 되면 생을 마감한다. 이것은 누구도 어길 수 없는 생명의 질서이며 삶의 신비이다. 만약 삶에 죽음이 없다면 삶은 그 의미를 잃게 될 것이다. 죽음이 삶을 받쳐주기 때문에 그 삶이 빛날 수 있는 것이다.'

법정은 개울물을 길어다 찻물을 끓였다. 차 한잔이 그리웠다. 차는 혼자 마실 때가 가장 향기로웠다. 텅 빈 충만을 실감하게 했다.

문득 법정은 제주도 대정향교에서 가져와 불일암 축대 밑에 심은 수선화가 잘 크는지 궁금했다. 〈세한도〉를 보려고 추사 유배지를 갔다가 대정향교에 들러 우연히 수선화 다섯 뿌리를 구했던 것이다.

법정은 더 이상 망설이지 않았다. 며칠 전부터 미루기만 했는데 걸망을 챙겼다. 올 겨울만은 수류산방이나 일월암에서 살 자신이 없었다. 제주도 돌담 밑에 피는 수선화를 만나고 싶었다. 늘 떠날 준비가 되어 있는 걸망에는 세면도구와 지갑이 들어 있었다. 지갑을 열어보니 속에 든 것들이 그대로였다. 자동차 운전면허증, 고속도로 카드, 종이쪽에 적힌 전화번호 그리고 제주도 가는 경비 정도의 지폐가 들어 있었다. 또, 하나가 더 있다면 행동지침을 적은 초록빛 스티커였다.

첫째, 과속문화에서 탈피.

둘째, 아낌없이 나누기.

셋째, 보다 따뜻하고 친절하기.

법정은 셋째에서 한 가지를 더 추가했다. 가져가면 군더더기가 되지만 놓아두면 요긴하게 쓸 사람이 생기게 마련이었다. 필요도 없는데 꾸역꾸역 챙기는 것은 욕심일 뿐이었다.

넷째, 놓아두고 가기.

법정은 바로 제주도로 떠났다. 이번에도 시봉할 상좌는 데리고 가지 않기로 했다. 수류산방에서처럼 혼자 살고 싶었다. 거처할 방은 서귀포의 신도 집으로 정했다. 알려지면 또 사람 떼가 몰려올 것이므로 극비에 부쳤다. 길상사의 일은 새 주지를 맡은 상좌 덕현에게 일임했다. 당부할 일이 생기면 제주도에서 전화로 알리기로 했다.

강원도보다 온화한 제주도 기후는 기력을 회복하는 데 많은 도움이 됐다. 법정은 어느새 대지팡이를 짚지 않고도 바닷가를 걷곤 했다. 입맛도 다시 돌아와 물미역을 초고추장에 찍어 먹고, 뭍의 묵은 김치를 찾기도 했다. 어느 날인가는 한 시인이 시봉을 자청해 말벗이 되어 추사 유배지를 다녀왔다. 기어코 〈세한도〉와 노란 수선화 꽃도 만났다. 법정은 수선화 꽃과 〈세한도〉를 눈으로만 소유했다. 굳이 뭔가를 가지려고 하는 것은 과시이고 욕심이었다. 눈으로만 즐겨도 며칠간 행복했다. 법정은 밝은 목소리로 상좌들에게 제주도의 소식을 전했다.

그래도 상좌들은 스승의 병이 또 재발하는 것은 아닌지 조마조마했다. 건강이 회복됐다고는 하지만 종합병원에서 검진을 한번 받아야 한다고 주장했다. 상좌들의 뜻을 받아들인 법정은 제주도를 떠나 서울의 한 종합병원에 입원했다. 정밀 검사를 받기 위해서였다.

그런데 며칠 뒤에 나온 검사결과는 절망적이었다. 병이 깊어 예전의 건강으로 되돌아가기가 어렵다는 진단이 떨어졌다. 퇴원하기보다는 병실에서 절대안정을 취하는 것이 좋겠다는 폐암전문의사의 소견서가 나왔다. 기약이 없는 막막한 입원이었다. 상좌들 모두가 병원으로 달려와 밤낮으로 간병에 들어갔다.

법정은 이미 자신의 운명을 알고 있었기 때문에 당황하지 않았다. 입원 날짜가 길어지자 의사들이 연명을 위한 치료를 권유했다. 그러나 법정은 분명하고 단호하게 거부했다. 의식이 명료해질 때마다 상좌들을 불러 당부했다.

"관을 짜지 말라. 승복이면 족하니 수의를 입히지 말라. 장례의식을 치르지 말고 간소하게 다비하라."

'맑고 향기롭게' 중앙모임 본부장 거사가 문병을 갔을 때는 법정이 거사의 손에 힘을 주며 귓속말로 말했다.

"빨리 가고 싶다."

"좀 더 회복하시면 불일암으로 가셔야죠."

법정이 다시 말했다.

"빨리 죽고 싶다고. 사람구실 못하니."

병세는 날이 갈수록 오락가락했다. 의식이 명료해졌다가도 혼미해지곤 했다. 그래도 얼굴만은 깊어진 병을 견디는 사람답지 않게 해맑았다. 어떤 날은 회진하러 온 의사에게 농담을 했다.

"어디 불편하신 데는 없으십니까."

"불편하니까 여기 누워 있는 거 아닙니까."

회향, 그리고 입적

간병하던 보살들과 젊은 거사가 웃었다. 의사가 병실을 나가자마자 간병하던 보살이 법정에게 물었다.

"스님, 방금 다녀가신 분이 누구신지 아시겠습니까."

"염라대왕."

송광사 주지와 영선 등 선승들이 문병을 오자 '선방을 지켜줘 고맙다'고 말했고, 50여 년 동안 인연을 맺어온 현호와 현고에게는 간절하게 당부했다.

"조계가풍을 잘 지켜주시오."

오랫동안 법정을 시봉했던 길상사 초대 주지 청학이 광주에서 올라왔을 때는 그의 손을 쥐고 놓지 않았다. 청학과도 필담을 나누었다.

"생사 경계가 어떠하십니까."

"원래부터 없다."

법정은 생사마저 무소유하고 있음이 분명했다. 입적하기 사흘 전에는 속가 사촌동생들이 두 번째 왔다. 스님은 사촌동생 중에 맏이인 박성직의 손을 한동안 잡고 시선을 주었다. 스님의 속가 모친을 30여 년간 모셨고 이후 4년간 제사를 지낸 사촌동생이었다. 서로 말없이 눈길만으로도 마음을 나눌 수 있었다.

다음 날에는 현장의 모친이 왔다. 현장의 모친은 법정의 외사촌 누이였다. 현장의 모친이 누워 있는 법정을 보자마자 울었다.

"스님 아파서 마지막 보겠네."

"또 보면 되제."

"어디서."

"불일암으로 와."

"나는 다리가 아파서 못 가."

"그러면 길상사로 와."

속가 친여동생에게는 한동안 뚫어지게 쳐다보더니 말했다.

"꿋꿋하게 살아라."

법정은 현장에게도 말했다.

"현장법사, 내 소원이 뭔지 아는가. 하루 빨리 다비장 장작불에 들어가는 거야."

법정은 죽음에 대한 두려움은 전혀 없었다. 내생에 불일암이나 길상사로 다시 올 것을 발원하고 있음이 분명했다. 마침내 입적 전날이었다. 법정은 따르는 문도들에게 손수 작성한 글을 보여주었다.

"모든 분들에게 깊이 감사드린다. 내가 금생에 저지른 허물은 생사를 넘어 참회할 것이다. 내 것이라고 하는 것이 남아 있다면 모두 맑고 향기로운 사회를 구현하는 활동에 사용하여달라. 이제 시간과 공간을 버려야겠다. 일체의 번거로운 장례의식은 행하지 말고 관과 수의를 마련하지 말라. 화환과 부의금을 받지 말라. 삼일장 하지 말고 지체 없이 화장하라. 평소의 승복을 입은 상태로 다비하고 사리를 찾지 말고, 탑도, 비도 세우지 말라."

덕조, 덕인, 덕문, 덕현, 덕운, 덕진, 덕일 등의 상좌에게도 의식이 또렷한 상태에서 일렀다.

"어디서든지 내 제자로 부끄럽지 않게 살아라. 정진의 힘으로 죽을 때 어지럽지 않도록 하라."

회향, 그리고 입적

다음 날 법정은 단 하룻밤도 잔 적이 없는 길상사로 자신을 옮기는 것을 허락했다. 상좌가 간곡하게 요청하자 고개를 끄덕였던 것이다. 법정은 법문하기 위해 길상사에 들를 때마다 차를 마셨던 행지실에 누웠다. 아직 감지하는 의식과 시선은 살아 있었다. 눈꺼풀이 가늘게 떨었다. 법정의 혼백이 잠시 행지실 밖 툇마루로 나와 앉아서 허공을 응시하는 것도 같았다.

혼백이 길상사의 풀과 나무를 보면서 중얼거리는 성싶었다.

'연둣빛 봄이 오고 있구나. 뻐꾸기가 울겠구나.'

잠시 후, 일곱 명의 상좌들이 지켜보는 가운데 법정은 눈을 감았다. 세상나이 79세, 스님나이(법랍) 56세, 2010년 3월 11일 오후 1시 51분의 일이었다. 행지실 밖에서는 신도 수십여 명이 합장한 채 발을 동동 굴렀다.

상좌들은 법정의 유언을 따랐다. 관을 짜지 않고 수의도 입히지 않았다. 침상으로 사용하던 대나무 평상 위에 스승을 뉘이고 가사를 덮었다. 장례 기간만은 스승의 유언을 따르지 못했다. 스승의 출가 본사인 송광사로 가려면 준비가 필요했다. 그래서 삼일장으로 모실 수밖에 없었다.

상좌들은 다음 날 스승의 법체를 송광사로 운구하여 송광사 문수전에 모셨다. 송광사에는 이미 추모객들이 인산인해를 이루고 있었다. 밤새 추모객들이 몰려들었다. 새벽이 되었을 때는 송광사에서 30리밖 국도까지 주차장이 돼버렸다.

영결식도 없고, 오색 만장도 없고, 연꽃 상여도 없고, 가사 한 장에

덮여 떠나는 법체지만 결코 초라하거나 가볍지 않았다. 아름답고 향기롭고 장엄했다. 전국에서 모여든 추모객들이 만장이 되었고, 꽃상여가 되었다.

다비장은 가파른 산길 끝 편백나무 숲속에 있었다. 추모객들은 힘들게 다비장으로 올라갔다. 산길을 오르는 추모객들은 향기로운 흙을 밟았다. 편백나무 숲의 향기를 맡았다. 숲과 흙을 가까이하라는 법정이 선사하는 선물이었다. 이윽고 다비장에서는 계속 올라오는 추모객을 더 이상 기다리지 못하고 장작더미에 불을 붙였다. 불길은 연꽃 형상으로 치솟았다. 영정을 든 손상좌가 눈물을 떨어뜨렸다. 다른 상좌들도 스승을 잘 모시지 못했다는 자책감으로 입술을 깨물었다. 산기슭에 모인 추모객들은 하나같이 아미타불, 석가모니불을 외웠다. 창불 소리가 편백나무 숲을 흔들었다. 불이 타는 동안 치솟는 장작의 재가 다비장에 눈송이처럼 떨어졌다.

추모객들은 합장한 채 다비장을 떠날 줄 몰랐다. 법정이 남긴 가르침으로 저마다 가슴을 적셨다. 법향法香을 남기는 수행자가 분명 존재한다는 것을 다비장의 불꽃을 보면서 깨달았다.

때마침 불일암 축대 밑에서는 제주바다를 건너온 수선화 다섯 송이가 노랗게 꽃을 피웠다. 봄을 알리는 꽃소식이었다. 수선화는 옛 주인이 떠난 불일암에 향기를 바쳤다. 매화나무 꽃망울도 막 부풀어 꽃공양 올릴 준비를 했다.

불일암으로 찾아가 법정스님을 친견하고 있는 작가

삶과 죽음마저 무소유였던 스님 이야기

올해도 해바라기 씨를 산방 주위에 군데군데 심었다. 강원도 오두막 수류산방 뜰에서 자라던 해바라기의 씨앗이다. 해바라기의 고향은 네덜란드다. 법정스님께서 프랑스 파리 길상사에 가셨을 때 네덜란드 암스테르담까지 올라가 고흐미술관 매점에서 사온 것이라고 말씀하신 적이 있다. 유난히 달을 좋아하셨던 스님께서 태양의 화가인 고흐가 즐겨 그렸던 해바라기의 씨앗을 구해와 강원도 오두막 뜰에 뿌린 것은 무척 이채로운 일이다.

스님을 떠올리면 지금도 옆에 계시는 것처럼 생생하다. 스님께서 불일암에 사실 때의 일이다. 스님께서 나에게 법명과 계를 내렸던 일이 마치 엊그제 같다. 아래채에서 하룻밤 묵고 난 아침이었다. 스님께서 명랑하게 휘파람을 불자 정랑 옆 오동나무에 살던 호반새가 공중제비를 했다.

이윽고 나는 위채 큰방으로 올라가 스님께 삼배를 올렸고, 스님께서는 나에게 '세상에서 살되 물들지 말라'는 뜻으로 무염無染이란 법명과 삼귀오계三歸五戒를 주시면서 계를 받는 공덕에 대해 법문을 하셨다. 이후 재가 제자가 된 나는 불일암에 더 자주 내려갔고, 스님께서는 불일암 아래채 툇마루나 대나무 평상, 위채 수류화개실에서 많은 이야기를 들려주셨다. 스님의 저서에 단 한 번도 나오지 않는 소년시절과 학창 시절의 고독한 얘기가 귀에 들어왔다. 초등학교 5학년 산수시간에 일본인 흉내를 내는 조선인 담임교사에게 반감을 표시하다가 고무 슬리퍼로 무자비하게 폭행당했던 이야기, 우수영 선창에서 여객선 매표소를 하는 작은아버지의 눈치를 보며 배표를 팔았던 이야기, 목포로 가서 중학교를 다닐 때 납부금을 내지 못하여 우수영으로 내려와 울었던 이야기, 원고지를 만질 운명인지 고등학교 때 인쇄소에서 아르바이트를 했던 이야기, 고3 때 니시다 기타로의 『선善의 연구』를 탐독하고 선禪에 관심이 깊어진 이야기 등을 들었던 것이다.

작가의 관점에서 보면 이와 같이 드러나지 않은 이면들이 스님의 인간적인 참모습을 이해하는 데 핵심적인 실마리가 되지 않을까 싶기도 하다. 스님은 공부하고 싶어도 학업을 계속하지 못하는 청소년들에게 끝없는 연민의 정을 보냈다. 실제로 스님은 모든 인세수입을 상좌들에게 알리지 않고 가난한 학생들을 위해 썼다. 1993년 금융실명제가 실시되지 않았더라면 영원히 아무도 모르는 사연이 됐을 텐데, 세무서에 과다한 세금청구를 문의한 결과 '학생들에게 영수증을 받아오라고 하니 난감하다'며 비원 앞의 '맑고 향기롭게' 사무실에서 나에게 말씀했던 것이다. 신문배달 꼬마를 찾아 머리맡에 있는 책을 건네주라고 한 유언도 가난한 소년을 배려하는 마음에서 연유됐다는 것을 알아야 한다.

스님께서 비폭력 사상을 펼친 간디를 흠모하고, 한때 장준하, 함석헌 선생 등과 함께 반독재운동에 가담한 일도 어린 시절에 겪은 폭력에 대한 거부감과 훗날 형성된 이성적인 판단의 결과라는 것을 이해하지 않으면 안 되리라는 생각이 든다. 6·25전쟁의 극단적인 폭력은 스님에게 가족과 친구가 사는 땅이 아닌 다른 제3의 공간으로 나아가게 한다. 이른바 입산 출가하게 한 동기가 됐던 것이다.

이후 미래사 토굴에서 은사 효봉스님을 모시고 행자생활을 보냈고, 사미승이 돼서도 쌍계사 탑전으로 가서 은사 스님을 시봉했으며, 해인사 시절에는 선방에서 정진하다가 한 아주머니가 고려대장경을 '빨래판 같은 것'이라고 말한 것을 듣고 한글 역경의 중요성을 절감하고, 수행자로서 불법을 널리 알리고 세상과 소통하는 수단으로 글을 쓰시게 된다.

그러면서도 스님의 수행관은 부처님 말씀처럼 '무소의 뿔처럼 홀로 가라'였던 것 같다. 한글대장경을 편찬하는 운허스님을 돕고, 〈불교신문〉의 주필, 〈씨올의 소리〉 편집위원 등의 일을 하면서도 나룻배를 타고 건너야 하는 봉은사 다래헌을 벗어나 서울 시내에서는 단 하룻밤도 머물지 않았던 것이다. 다래헌에서 불일암을 지어 내려간 까닭도 근인近因이 인혁당사건이라면 원인遠因은 출가정신을 지키고자 한 의지였다. 스님은 아무리 옳은 일이라도 타성에 젖는 것을 가장 경계하였는데, 어느 날 내게 웃으시면서 젊은 시절에 흠모했던 한 분이 수염을 휘날리며 고기를 드시는 것을 보고는 당신과 치수가 맞지 않는구나 하고 느꼈다는 말씀을 하셨다.

스님은 소로의 일어판 〈숲속의 생生〉을 보시고서는 내가 샘터사에 근무할 때 이례적으로 한국어판을 출판하라고 권유하시기도 했다. '홀로 있어야 전체가 된다'는 당신의 인생관과 흡사한 월든 호숫가에서 명상하며 살았던 소로의 문명비판적인 삶에 공감하셨던 것 같다.

스님은 연필을 깎는 동안 풍기는 나무향이 좋아 장날에 연필 한 다스를 사실 때도 있었고, 불일암에서 조그만 오디오를 마련하여 바흐 음악을 자주 들으셨지만 〈목포의 눈물〉이나 조지 윈스턴의 피아노 선율 〈디셈버〉처럼 가볍고 대중적인 음악도 좋아하셨다. 성철스님에게 친근감을 느꼈던 까닭도 엄하기만 한 성철스님이 '나는 〈목포의 눈물〉이 좋더라'라고 얘기한 뒤부터였다는 스님의 말씀을 들은 적이 있다. 성철스님과 법정스님은 서로의 세계를 인정했던 것 같다. 법정스님이 해인사 시절에 간절한 마음을 담지 않은 삼천배는 굴신운동이라고 신문칼럼을 통해 비판하자, 성철스님을 추종하는 일부 스님들이 법정스님의 방으로 몰려와 소동을 피웠던 것이다. 그때 스님은 걸망을 메고 해인사를 말없이 나와버렸고, 법정스님의 글을 본 성철스님은 단 한마디로 상황을 정리해버렸다.

'펜대를 바로 세우고 글을 쓰는 사람은 법정스님밖에 없다.'

단순하고 명쾌한 선승다운 말씀이었다. 나는 아직까지도 법정스님을 이만큼 적확하게 표현한 분을 일찍이 본 일이 없다. 훗날 성철스님

작가후기

은 당신의 상당법어집 『본지풍광』을 엮을 때 법정스님을 참여시킨바, 그것만 봐도 스님을 얼마만큼 신뢰했는지 잘 알 수 있는 사례 중 하나이다.

스님께서 불일암 시절을 접고 강원도 오두막으로 가신 뒤, 내가 건강을 염려하여 휴대폰을 마련하시는 것이 어떻겠느냐고 건의했을 때 스님께서는 거절하셨다. 휴대폰이 있으면 공연히 번거로워진다는 것이 이유였다. 그리고 나를 찾으려고 한다면 더 깊은 곳으로 갈 테니 아예 그런 생각을 말라고 당부까지 하셨다. 그 말씀을 들은 뒤로는 나는 아예 강원도 오두막 쪽을 쳐다보지도 않았다.

스님의 정수리를 보면 까만 상흔이 도드라지게 보인다. 오두막의 낮은 문설주에 여러 번 부딪혀 난 상처다. 길상사를 개원하기 전의 일이어서 스님께서 서울에 오시면 '맑고 향기롭게' 사무실을 들르셨는데, 나는 거기에서 연고를 두어 번 발라드린 적이 있다. 그때 '이제는 고개를 숙일 줄도 알아야지. 불일암 시절이라면 당장 문짝을 비졌을 것이야' 하고 말씀하시어 왠지 쓸쓸했던 기억이 난다.

다 알다시피 '맑고 향기롭게' 운동이나 길상사 개원은 스님의 입장에서는 평생 정진한 공부를 세속에 회향하는 일이었다. 길상사 법문 중에 '밥값'을 하기 위해 그런다고 말씀하셨던 것이다. 천식으로 고통을 받으면서도 약속한 강연과 법문을 다 하셨던 사실은 누구나 다 아는 사실이다. 스님께서 내게 보내주신 편지 중에 '천식으로 걱정을 끼쳐 미안하다'는 구절을 보면 거듭거듭 죄송할 뿐이다.

또 하나, 빠질 수 없는 사연이 남아 있다. 스님의 여동생 이야기다.

스님이 출가할 당시 여동생은 어린아이였다. 늦둥이를 보게 한 어머니에 대한 복잡한 심정 때문이었을까. 스님은 어느 글에서나 여동생을 단 한 번도 거론하지 않았다. 어머니와 할머니는 가끔 등장하지만 여동생만큼은 예외였다. 그러나 나는 스님께서 마음속으로는 늘 여동생은 물론 여동생 또래들에게 한없이 따뜻한 시선을 보내지 않았을까 하고 믿는다. 강원도 오두막 시절에 스님께서는 서울에 나오시면 관객이 적은 아침 일찍 조조 영화를 종종 보시곤 했는데, 영화 프로를 사전에 점검하는 것은 내 담당이었다. 한번은 단성사에서 영화〈서편제〉를 보는 중에 스님께서는 손수건을 꺼내 들고 자꾸 눈물을 훔치셨다. 오누이가 나오는 영화였기에 스님께서 더 각별하게 보셨던 것 같았다. 강원도 오두막에서는 박항률 씨가 그린 단발머리의 '봉순이'를 한동안 걸어놓고 사셨다는데 그 까닭은 뭘까. 스님은 입적하시기 며칠 전에 병원으로 찾아온 늙은 여동생을 보고 '꿋꿋하게 살라'고 말씀하셨다고 한다. 수행자가 된 이후, 혹은 출가 전에 애틋한 정을 주지 못한 이 땅의 누이들에게 남긴 절절한 말씀이 아니었을까.

그러나 스님의 마지막 삶은 생사마저 무소유하셨던 것이 분명하다. 오랫동안 스님을 시봉했던 청학스님이 내게 전해준 말에 의하면 '스님, 생사의 경계가 어떠하십니까' 하고 묻자 필답으로 '원래부터 없다'고 하셨다는 것이다.

나는 고승을 소재로 해서 여러 편의 소설을 써왔다. 그런데 이번에는 깨달음을 이룬 고승의 초월적인 정신세계를 쓰기보다는 고독한 실존의 인간이 어떻게 맑고 향기로운 꽃이 되는가를 써보고 싶었다. 한

작가후기

인간이 사바의 세상과 어떻게 소통하고 덕화의 그림자를 드리우는지를 그려보고 싶었다. 스님이 남긴 인간적인 법향을 사람들에게 전해주는 것도 작가로서 할 일이라고 생각했다. 스님이 살아 계실 때는 스님의 존재가 무엇인지를 미처 헤아리지 못했다가 지금에야 스님과 함께한 시간이 얼마나 큰 행복이었는지를 깨닫고 있다.

스님의 어록은 이미 인터넷의 바다에 널리 유포되어 있다. 그러나 그것만으로는 스님의 인간적인 진면眞面을 알기에는 아직 피상적이다. 스님의 무소유 사상에도 골수에 가닿지 못한 느낌이다. 공성空性에서는 "나도 없는 법인데 하물며 '내 것'이 어디 있겠는가"라고 말씀하셨다. 그런데도 사람들은 스님의 무소유에 열광하고 있다. 소유의 감옥에 갇혀 있다가 무소유라는 비상구를 하나 발견해서 그러는 것일까.

스님에 대한 잘못된 인식도 혼재하고 있다. 어떤 이는 스님의 저서들을 보고 스님이 글만 쓰는 문인인 줄 안다. 한마디로 큰 오해다. 스님이 글 쓰는 시간은 하루에 한두 시간에 불과하고 종일 정진하시는 참 수행자였다는 것을 모른다. 스님은 정작 책의 지식에 중독되지 말라고 하셨다. 스스로의 침묵과 체험에서 얻는 지혜를 강조하셨다. 오죽하면 다음 생으로 말빚을 가져가고 싶지 않다며 절판하라고 유언하셨을까. 스님에게 있어 말빚이란 사람들이 스님의 저서 속에서 지혜를 깨닫지 못하고 좋은 말을 챙기려고 하는 어리석음을 경계하라는 죽비의 경책일 것이다. 스님께서는 불일암 시절에 누군가가 '좋은 말씀'을 부탁하자, 그 사람에게 좋은 말씀에서 먼저 해방하라고 일갈하신 적이 있다.

나는 스님의 좋은 말씀을 나열하기보다는 당신식대로 살기를 원했던 의지와 텅 빈 충만을 이루고자 했던 당신의 마음을 살피고자 노력했다. 스님께서는 무소유로 인하여 무엇을 얻었는지, 출가 전의 고난과 고독을 스님은 어떤 방식으로 아름답게 승화시켰는지를 그리고자 했다. 스님께서는 고통 속에서도 살아야 할 이유를 꿈이 있기 때문이라고 말씀하셨던 것이다. 스님의 마음과 책을 읽는 독자들의 마음이 이심전심으로 하나 되기를 바랄 뿐이다.

끝으로 이 책을 감수하고 발간하는 데 도움을 주신 스님의 조카 현장스님, 스님의 맏상좌 덕조스님, 길상사 주지 덕현스님께 감사를 드리고, 책을 공들여 편집해준 열림원 출판사 사장 정중모님, 김도언 편집장과 편집부원들, 스님의 숨결이 스민 유적지 사진을 맡아준 사진작가이자 길상사에 근무하는 유동영님 그리고 이 한 권의 소설을 독자 앞에 선보이기 위해 묵묵히 애쓰신 모든 분들에게 지면을 빌려 고마움을 거듭 표하고 싶다.

2010년 봄날 남도산중 이불재에서

무염 정찬주 합장

작가후기

법명 法頂

속명 朴在喆

1932년 10월 8일 전남 해남군 문내면 선두리에서 朴根培 씨와 金仁
葉 씨의 아들로 출생. 우수영초등학교, 목포상업학교를 졸업하고 전
남대 상과대학 3년 수료.

1954년 2월 15일 통영 미래사로 입산 출가.

1956년 7월 15일 송광사에서 당대의 큰 스승이었던 효봉선사를 은사
로 사미계 수계.

1959년 3월 15일 통도사 금강계단에서 자운율사를 계사로 비구계
수계.

1959년 4월 15일 해인사 전문 강원에서 명봉화상을 강주로 대교과 졸업.

1960년 초봄~1961년 운허스님의 부름을 받고 통도사로 가 『불교사전』 편찬 작업에 동참하였고 이 일을 계기로 타고난 문재文才를 발휘해 글을 쓰기 시작함. 한편 지리산 쌍계사, 가야산 해인사, 조계산 송광사 등 선원에서 수선안거修禪安居함.

1967년 동국역경원 개설에 참여하고 역경위원으로 활동.

1972년 스님의 첫 저서인 『영혼의 모음』 발간됨.

1973년 대한불교 조계종 기관지인 불교신문사 논설위원, 주필 역임. 함석헌, 장준하 등과 함께 민주수호국민협의회를 결성. 유신철폐 개헌 서명운동에 참여했으며 〈씨올의 소리〉 편집위원으로 참여함.

1975년 10월 불현듯 송광사로 돌아감. 인혁당사건이 발생, 8명의 민주화운동을 하던 젊은이들이 사형당하는 것을 보고 큰 충격을 받음. 한편 반체제운동의 한계를 느끼고 송광사로 가 뒷산 중턱에 불일암을 짓고 홀로 수행함.

1976년 스님의 대표적인 저서 『무소유』 발간.

1984년~1987년 송광사 수련원장 역임. 구산스님이 1971년부터 시작한 송광사 선 수련회는 법정스님이 수련원장을 맡으면서 크게 확산됨. 한해 6~7차례에 걸쳐 5백여 명 이상이 참가할 정도로 큰 호응을 얻었고 이와 같은 4박 5일간의 짧은 출가는 전 불교계로 확산, 지금은 많은 사찰에서 선 수련회를 하고 있음.

1987년~1990년 보조사상연구원 원장 역임.

1987년 미국 LA에서 김영한 보살(1999년 작고함)이 자신의 소유인 대원각의 대지 7천여 평과 건물 40여 동 일체를 불교의 수행도량으로 바꾸어달라며 기증할 뜻을 밝힘. 이때 법정스님은 '평생 주지 노릇을 해본 일도 없고 앞으로도 주지가 될 생각은 없다'며 완곡한 사양의 뜻을 밝힘.

1992년 저작 활동으로 명성이 높아져 불일암으로 많은 불자들의 방문이 이어지자 다시 출가하는 마음으로 불일암을 떠나 전기도 들어오지 않는 강원도 산골, 화전민이 버리고 간 오두막에서 지내기 시작함. 강원도 생활 17년째인 2008년 가을에는 묵은 곳을 털고 남쪽 지방에 임시 거처를 마련함.

1993년 7월 「연못에 연꽃이 없더라」라는 글을 발표해 정부의 종교 편향 정책을 지적함. 당시 기독교인인 김영삼 정부가 독립기념관, 경복궁, 창덕궁 연못에 불교를 상징하는 꽃이라는 이유로 연꽃을 제거해 버렸다는 이야기를 듣고 각 현장을 직접 확인한 뒤 이를 비판하는 글을 발표함. 이 글을 통해 날로 각박해지고 메말라만 가는 인심을 맑고 향기롭게 가꾸기 위한 시민운동을 주창함. 불자들의 시주 덕분에 살아왔으니 그 빛을 갚는다는 뜻이 '맑고 향기롭게' 모임을 이끌게 된 바탕이 됨. 이 글이 발표되자 김영삼 대통령이 직접 실태를 파악한 후 잘못된 일이라며 시정하겠다는 뜻을 밝힘.

1993년 8월 맑고 향기롭게 살아가기 운동 발기인 모임. 현호스님, 청학스님, 윤청광, 박수관, 김형균, 이계진, 강정옥, 정채봉, 김유후, 이성용 씨 등 지인들의 권유로 순수 시민운동 '맑고 향기롭게 살아가기 운동'을 시작함. 이 모임의 상징은 연꽃으로 하였고, 그 도안은 고현(조선대 교수)이 함.

1993년 10월 10일 프랑스 최초의 한국 사찰 파리 길상사(송광사 파리 분원) 개원. 유럽 여행 도중 프랑스 파리에서 만난 불자 교포들과 유학생들의 어려운 형편을 보고 재불在佛 화가들과 함께 뜻을 모아 법당을 마련하는 데 나섬. 이때 도움을 받은 화주불자들을 위해 '길상회'를 결성, 서울 법련사 옆 출판회관에서 매월 1회 모임을 갖고, 『선가귀감』 등을 공부했으며 이 모임은 길상사 개원 때까지 이어졌다. 한편 맑고 향기롭게 모임의 창립에도 도움이 되었다. 당시 실무는 청학스님이 맡음.

법정스님 행장

1994년 3월 26일 맑고 향기롭게 살아가기 운동 창립 법회. 서울 양재동 구룡사에서 창립 기념 대중법문을 함. 같은 해 4월 4일에는 부산에서 역시 대중법문을 하여 일반 사회에 큰 반향을 일으킴.

1995년 맑고 향기롭게 살아가기 운동이 조용히 정착하면서부터 김영한 보살이 거듭 대원각을 법정스님께 기증하겠다는 뜻을 밝힘. 네 차례나 사양하던 법정스님은 주변 사부대중의 간청을 수락해 김영한 보살의 뜻을 받아들이기로 결심함. 다만 스님 개인이 아닌 조계종단의 이름으로, 자신은 상징적인 관리자 주지가 아닌 회주의 입장에서 대원각을 기증 받겠다는 의지를 천명함.

1995년 6월 13일 대원각 터와 건물 일체를 길상사吉祥寺로 창건하면서 대한불교조계종 송광사 분원으로 등록함.

1996년 5월 20일 대원각 부동산 일체를 증여받음. 같은 해 6월 7일 서울지방법원 성북등기소에 등기를 마쳐 법적인 절차를 마침.

1996년 8월 청도 운문사에서 1회 맑고 향기롭게 회원 수련회 실시. 임원 및 전국의 회원 80명 참석.

1996년 9월 26일 김영한 보살의 대원각 기증과 길상사 창건 소식이 〈동아일보〉를 통해 보도되면서 전국적인 화제를 불러일으킴. 당시

민심이 흉흉하던 터에 이 따뜻하고 아름다운 소식이 전해지면서 길상사는 창건 법회 이후까지 언론의 중심에 서게 됨.

1996년 12월 사단법인 맑고 향기롭게 이사장 취임. 회원이 생기고 후원금이 들어오면서 모임의 공신력이 필요하다는 건의에 따라 당시 문화체육관광부로부터 비영리사단법인으로 인가를 받음. 이때 스님은 부득이 '이사장'이란 세속 직위를 받았으나 그것은 서류상의 직책일 뿐이라며 이사장 대신 '회주會主'라는 호칭을 사용함. 여기서 회주는 어떤 모임의 중심이 되어 이끌어가는 사람을 가리키는 뜻으로 이후 불교계에서는 특정한 소임을 맡지 않은 어른 스님을 일컫는 말로 자리 잡게 됨.

1997년 8월 김천 직지사에서 2회 맑고 향기롭게 회원 수련회 실시. 전국에서 120명 회원이 참석하였고 3박 4일간의 일정을 스님이 직접 진두 지휘하심.

1997년 9월~12월 길상사 초대初代 주지 청학스님의 주도로 불철주야 창건 보수 공사를 실시함. 수십 년 동안 요정으로 사용되었던 흔적을 일소하고 주요 건물을 극락전, 설법전, 요사채, 후원, 시민 선방 등으로 개조하는 일에 박차를 가함. 당시 법정스님은 강원도 산골 마을에 주석하면서 길상사 창건 준비에 여념이 없는 사부대중을 여러 차례 격려함.

1997년 12월 14일 '맑고 향기롭게' 근본도량 길상사 창건 법회. 4천여 불자가 참여한 가운데 경내 극락전에서 이계진 아나운서의 사회로 창건 법회가 진행됨. 각 언론사의 열띤 취재 경쟁 속에서 천주교 김수환 추기경이 창건 법회에 참석해 축사를 하여 다시금 화제를 불러일으킴. 이날 법정스님은 "길상사가 가난하면서도 맑고 향기로운 도량이 되길 바란다"면서 "선택된 맑은 가난, 즉 청빈은 삶의 미덕이며 마음의 평화를 이루게 하고 올바른 정신을 지니게 한다"는 내용의 법문을 함. 김종서, 윤용숙, 김유후, 공종원 님 등을 자문위원으로 모심. 한편 법정스님께 길상화吉祥華라는 법명을 받은 김영한 보살은 개원 법회에 참석해 "없는 것을 만들어서 드려야 하는데 있는 것을 내놓았을 뿐이니 의미가 없다"고 말해 모든 이들의 가슴에 환희심을 일으킴. 맑고 향기롭게 장학금을 길상화 보살의 뜻을 살려 "맑고 향기롭게 길상화 장학금"으로 바꾸고 이후 매년 전국의 중고교생 30명을 선정 장학금 지급함.

1998년 2월 24일 명동성당 축성 100돌 기념 초청 강연. 김수환 추기경의 길상사 창건 법회 축사에 답례 성격도 있음. 글 쓰는 일 외에는 좀체로 하지 않으셨던 대중법문을 맑고 향기롭게 근본도량 길상사 창건에 대한 책임과 맑고 향기롭게 모임의 회원으로서 역할을 해야 한다며 격월로 대중법문을 함.

1998년 '마음을 맑고 향기롭게' 하기 위한 노력으로 명예 퇴직자를 위한 "내일을 준비하는 사람들" 개설. IMF로 갑작스레 직장에서 내몰리게 된 이들이 언제라도 찾아와 마음을 다스리고, 내일을 다시 준비할 용기를 낼 수 있는 수행과 휴식의 공간으로 운영함.

2000년 결식이웃 밑반찬 지원 사업 시작. 노숙자, 결식아동, 무의탁 노인들이 급격히 늘어나자 이들에 대한 지원을 위해 결식이웃 밑반찬 지원 사업을 100가구에서 시작한 이래 지금까지 10여 년간 지속하고 있음. 현재는 330여 가구를 지원함. 환경 문제의 올바른 인식 및 자연의 소중함을 체험을 통해 인식할 수 있도록 하기 위한 노력으로 사찰 생태문화 기행을 시작, 2010년 현재까지 실시하고 있음.

2003년 12월 '맑고 향기롭게' 근본도량 길상사 회주에서 스스로 물러남. 당시 스님은 맑고 향기롭게 모임의 이사장직도 사임하겠다는 뜻을 밝혔으나 임원들의 거듭된 만류로 사임의 뜻을 철회함.

2004년 그간 격월로 해오던 맑고 향기롭게 근본도량 길상사에서의 대중법문을 연 2회, 4월과 10월 두 번 하심.

2005년~2007년 '맑고 향기로운 책'을 월 1권 선정. 3년 간 총 36권을 회원 및 일반인을 대상으로 읽기를 권유, 독서문화 확대 운동을 펼침.

2007년 10월 폐암 진단을 받음. 병고도 당신을 찾아온 친지 중 하나라며 어르고 달래며 지내시겠다는 것을 친지 및 상좌들이 수 차례에 걸쳐 간곡히 권유해 치료를 위해 도미함. 세계 최고 권위의 의사들조차 성공률 4퍼센트라며 치료를 주저하였으나 '이분은 수행자로 일반인들과는 전혀 다르다'는 친지들의 강력한 주장에 치료를 시작, 현대 의학으로는 설명이 불가능하다며 담당의사들이 놀랄 정도로 회복하심.

2008년 2월 미국에서의 치료를 마치고 귀국하심. 이후 다시 길상사에서의 정기 대중법문을 하시고, 글도 다시 쓰실 정도로 회복하심.

2009년 4월 병고가 재발하여 치료, 요양하심.

2010년 3월 사단법인 맑고 향기롭게 이사장, 길상사의 '어른 스님'으로 주석하시다가 11일 입적. 13일 송광사에서 다비식 거행.

길상사 홈페이지(www.kilsangsa.or.kr) 법정스님 공식 행장 참조

소설 무소유

1판 1쇄 발행   2010년 4월 20일
2판 1쇄 발행   2010년 5월 14일
3판 1쇄 발행   2022년 3월 10일

지은이   정찬주
펴낸이   정중모
펴낸곳   도서출판 열림원

출판등록   1980년 5월 19일(제406 - 2000 - 000204호)
주소   경기도 파주시 회동길 152
전화   031 - 955 - 0700
팩스   031 - 955 - 0661   페이스북   /yolimwon
홈페이지   www.yolimwon.com   트위터   @yolimwon
이메일   editor@yolimwon.com   인스타그램   @yolimwon

주간   김현정   마케팅 · 홍보   김선규 임윤정
편집   조혜영 황우정 최연서   온라인사업   서명희
디자인   지노디자인   제작 관리   윤준수 이원희 고은정 원보람

ⓒ 정찬주, 2022

ISBN 979-11-7040-077-6 03810